アン・スウェイト　著
山内玲子・田中美保子　訳

グッバイ・クリストファー・ロビン

『クマのプーさん』の知られざる真実

国書刊行会

E・H・シェパードが描くクリストファー・ロビン（『プー横丁にたった家』10章より）（左）と、父A・A・ミルンが1924年に撮影した、「チョウを調べている」クリストファー・ロビン（右）

父と子　A・A・ミルンとC・R・ミルン。クリストファー・ロビンはいつもビリーと呼ばれていた

クリストファー・ロビンとプー

クリストファー・ロビンと
母ダフネ

クリストファー・ロビンと乳母《ナニー》オリヴァー・ランド（クリストファーは「ノウ」と呼んでいた）。ナニーはプーを抱いている。柵のそばにいるのは、大きいコブタ

ロンドン動物園で、カナダからきた熊のウィニーと。この熊の名前から、プーはウィニー・ザ・プーと名付けられた（1927年3月）

プー棒投げ橋。E・H・
シェパード画（1926年）

橋の最近の様子（著者
撮影）

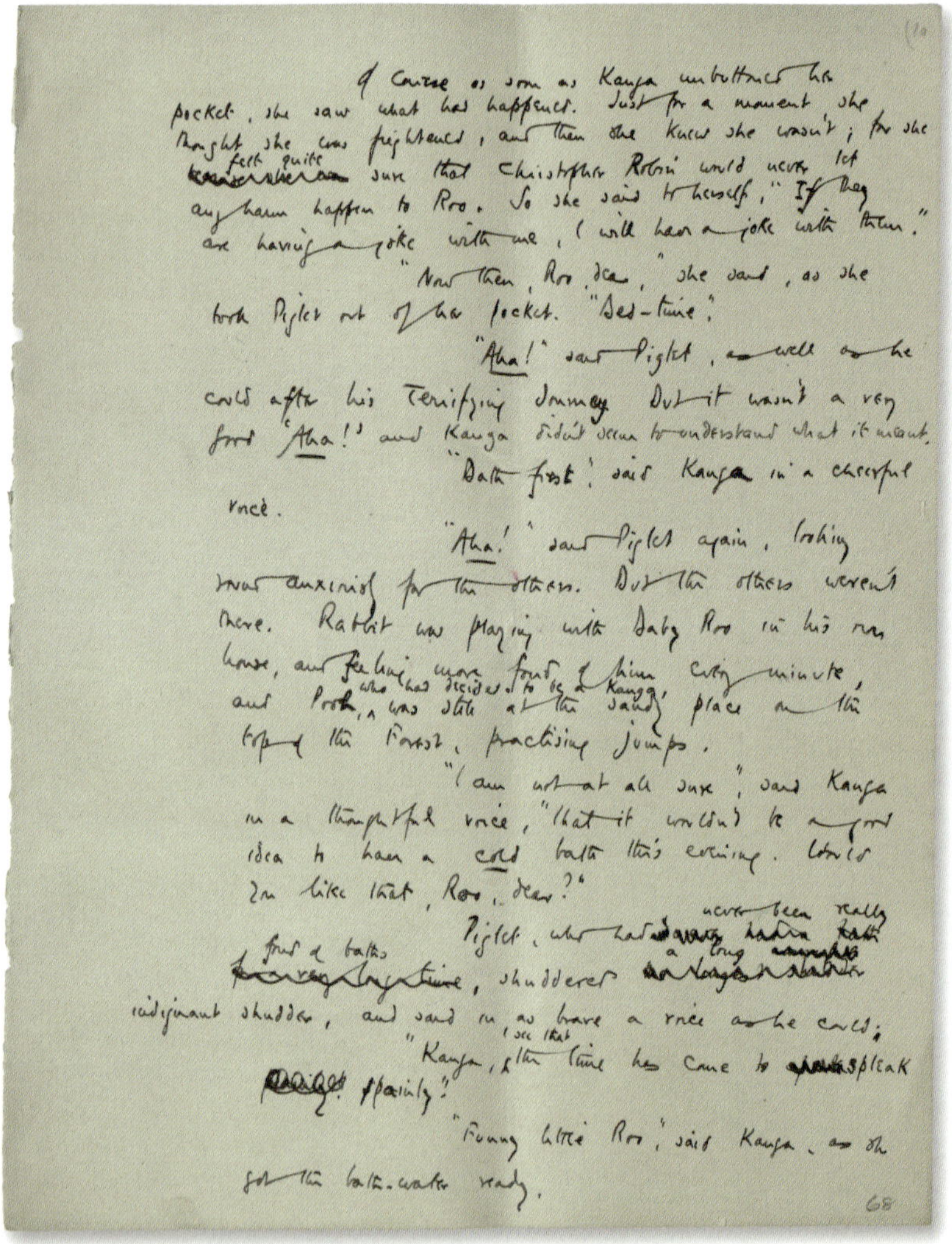

Of course as soon as Kanga unbuttoned her pocket, she saw what had happened. Just for a moment, she thought she was frightened, and then she knew she wasn't; for she felt quite sure that Christopher Robin would never let any harm happen to Roo. So she said to herself, "If they are having a joke with me, I will have a joke with them."

"Now then, Roo, dear," she said, as she took Piglet out of her pocket. "Bed-time."

"Aha!" said Piglet, as well as he could after his Terrifying Journey. But it wasn't a very good "Aha!" and Kanga didn't seem to understand what it meant.

"Bath first," said Kanga in a cheerful voice.

"Aha!" said Piglet again, looking round anxiously for the others. But the others weren't there. Rabbit was playing with Baby Roo in his own house, and feeling more fond of him every minute, and Pooh, who had decided to be a Kanga, was still at the sandy place on the top of the Forest, practising jumps.

"I am not at all sure," said Kanga in a thoughtful voice, "that it wouldn't be a good idea to have a cold bath this evening. Would you like that, Roo, dear?"

Piglet, who had never been really fond of baths, shuddered a long indignant shudder, and said in as brave a voice as he could:

"Kanga, I see that the time has come to speak plainly."

"Funny little Roo," said Kanga, as she got the bath-water ready.

『クマのプーさん』の手書き原稿。ミルンによって、母校ケンブリッジ大学のトリニティ・コレッジに遺贈された

クリストファー・ロビンとプー。マーカス・アダムズ撮影（1928年3月）

復刻されたプー2体。シェパードがモデルにした息子グレアムのグラウラー（左）と、クリストファー・ロビンのプー（右）。どちらも著者の所蔵

コッチフォード・ファームの正面。ロンドンから55kmほど離れたハートフィールド村にある。1925年にミルンが購入（著者撮影）

コッチフォードの裏手の芝生で、ダフネ、プーを抱くクリストファー・ロビンとアラン・ミルン。ミルンは不安そうな表情をしている

グッバイ・クリストファー・ロビン
――『クマのプーさん』の知られざる真実

口絵写真のクレジット

以下の写真以外は著者自身のコレクションによるものです。

１ページの左と５ページの上：Line illustrations copyright © E. H. Shepard. Reproduced with permission of Curtis Brown Group Ltd on behalf of The Shepard Trust
２ページと３ページの上下：© Bettmann
４ページの上下と８ページの下：© Brian Sibley
６ページ：Text by A. A. Milne copyright © Trustees of the Pooh Properties, reproduced with the permission of Curtis Brown Group Ltd

わたしの娘たち、

エミリー、キャロライン、ルーシー、アリスへ

こころから愛をこめて

日本語版に寄せて

私と日本との結びつきは、かなり昔までさかのぼります。初来日は一九五五年で、オックスフォード大学を出たての二十二歳、新婚で、夫アントニー・スウェイトとともに来ました。アントニーが東京大学に客員教授として招かれたため、当時は妻の同行が当たり前だったこともあり、喜んで一緒に来たのです。私自身は何をするのかまったくよくわからないままでしたが。やがて、私は、ロンドンのある出版社と仮契約を結び、『若き日本の旅行者』という本を書くことになりました。また、東京女子大学で何コマか教える非常勤の仕事も見つけました。

三十年後の一九八五年、何冊も本を著したのち、今度は、私が一年間の客員教授として、東京女子大学に招かれました。教えることに同意した授業の一つに、イギリス児童文学に関するものがあり、私は対象作家にA・A・ミルンを含めました。ちょうど、彼の伝記を書く契約書にロンドンで署名してきたばかりでした。ですから、スーツケースにミルンの書いた本―エッセイ、詩、小説、戯曲―をぎっしり詰めて日本にやって来ました。もちろん、すでに私は、あの素晴らしい四冊

――二冊の詩集と『クマのプーさん』『プー横町にたった家』――に精通していました。私がまだ幼いころ、どれも読み聞かせてもらいましたし、その後自分でも読み、さらにだいぶ経ってから自分の四人の子どもたちとともに、再度、すべてを楽しみましたから。このように、この愛すべき四冊は、生き延び続け、今でも何万冊という単位で世界中で売れ続けています。他のミルンの本は、ほとんどどれも古本屋でしか見かけなくなりました。『赤い館の秘密』という傑作推理小説だけが特例です。

『クマのプーさん』は、日本でも八十年近く愛読されています。初訳は一九四〇年で、英語の本が東京で翻訳されることなどあり得ないようなときに出されました。ミルンの二冊の子ども向けの読み物をたまたま読んだのが、当時岩波書店の編集者だった石井桃子さんであったのは、この本にとってこのうえなく幸運なことでした。

なぜなら、石井桃子さんは、日本女子大学で英文学を専攻し、イギリスを訪れたことがあり、英語という言語の微妙なニュアンスも熟知していたからです。ミルンの言葉の使い方は複雑で、言葉遊びや音の遊びだらけで、さまざまなレヴェルでその遊びが作用しています。だからこそ、子どもだけではなく、読み上げているおとなも魅了するのです。石井桃子さん自身もやがて子どもの読み物の作家になり、十九冊を著しました。それに加えて、百二十冊の翻訳書を出しました。

二〇〇二年、私は夫とともに、再び東京に招かれました。銀座の松屋百貨店で開かれた見事な

『クマのプーさん』展のオープニングに出席するためです。ノリコ・イシカワさんという方から招待を受けたのですが、彼女はこの展示の準備段階でイギリスまで私たちを訪ねてきて、私の所有しているミルンの資料やプーさん関連の品々を見て、このぜいたくな展覧会のために借り出したいものを決めていったのです。その展覧会はのちに日本中を巡回し、行く先々でたいへんな数の人たちを惹きつけました。

私たちが石井桃子さんとお目にかかるたいへん光栄な機会を得たのは、その松屋でのことでした。当時、石井さんは、九十五歳で、その六年後に亡くなりました。そのような年齢まで、とても多くの本を翻訳してきたのちも、『クマのプーさん』こそが彼女の心の奥深く残り続け、自分が成し得たことを心底喜んでいる作品なのだと明かしてくれました。

ここイギリスのノーフォーク州の私の書斎で、今この原稿を書いている私の傍には、展覧会のきれいな図録があります。これを見ていると、東京でのあの楽しいときや、大勢の聴衆でぎっしりになった講演会場などを想い出します。講演に来てくださったのは、「どんな人が『クマのプーさん』を書いたのか?」を聴くためです。私たちが祝したいのはA・A・ミルンその人なのです。ミルンの著名な翻訳者は、私の著したミルン伝を愛読していたそうです。その石井桃子さんなら、この『グッバイ・クリストファー・ロビン』とそれを原作にした同名の映画も、さぞ楽しんでくださったことでしょう。

最後に、この本のすばらしい翻訳者たちに感謝を述べたいと思います。二人とも、長年つきあってきた、私のとても大切な友人たちです。また、山内玲子さんの夫の久明さんは、一九五五年から一九五七年の東京大学での夫アントニーの教え子でした。田中美保子さんは、一九八五年の東京女子大学での私自身の教え子です。

アン・スウェイト

もくじ

訳注は＊を付けて、記しています（編集部）

序文

フランク・コットレル＝ボイス*

成功は単純化する。

クエンティン・クリスプ**が、ある講演で指摘した有名な話がある。ある著名なヨークシャー出身の年配の男性を舞台に引っぱりだしたら、聴衆は当惑するかもしれない。しかし、その人が、真ん中に穴の空いたつるつるの抽象彫刻を引っぱりだしたら、聴衆は「あ！ ヘンリー・ムーアだ！」と言うだろう、というのだ。そんなふうに、詩人、劇作家、論客、平和主義運動家、そして小説家、というA・A・ミルンの長い経歴も、彼が書いた四冊の短い子ども向けの本の陰にすっぽり隠れてしまった。これについて、ミルン自身は、一九五二年にこう書いている。

*脚本家・児童文学作家。本書に基いた映画の脚本を手がけた。二〇一二年のロンドン・オリンピックの脚本家、児童文学の権威ある賞二つを受賞した作家として名高い

**俳優・作家。特異な化粧や発言で知られる

……考えてもみなかった
ペンとインクに費やした長い歳月すべてが
子ども向けのあの四冊の小品に埋もれて
ほとんど跡形もなくなってしまうとは。

一九五二年以後に唯一変わったのは、「ほとんど」という言葉がもはや要らないことだけである。

我々は、成功を求め媚びへつらうことに取り憑かれた社会にいる。我々は、「あなたの成功の秘訣」を知りたがる。おまけに、クマのプーさんほどの成功を収めたものなど、ごくごく稀にしかない。クマのプーさんは、我々がその似つかわしくない名前 ― ブーツ、ザ・ビートルズ、スター・ウォーズ、クマのプーさん ― の本意*を忘れてしまうほど、とてつもない成功を収めたひと握りの創造物の一つなのだ。成功談や確実な成功法を語る本はごまんとある。『こうして私は痩せた』『大統領になった私』『金脈を当てる ― あなたにもできる』などなど。しかし、成功とはどのような気持ちをもたらすのか、その後、何が待っているのかを教えてくれる本はほとんどない。大いなる「成功の謎」の一つは、多かれ少なかれ、自分が望んでいた類《たぐい》の成功ではない形で起こるという点である。ハムレットになりたくても、道化師として称賛される。そうなれば、二度とハムレットの類にはなれない。逃れたいと願っても、地球規模の衝突が惑星の全重力でのしかかり、その軌道にがんじがらめになる。少なくとも、失敗には希望という慰めがある。アン・スウェイト氏により、ここで見事な迫力で語られるミルンの生涯の物語は、望まぬ大成功の試練を受けたら、どんな気持ちになるのかを鮮やかに照らしだしている。

単純ではないのだ。フランケンシュタインは、自分の名前を奪われることになったほど、自分が造りだしたものによって影が薄くなってしまった。ミルンには、劇場で成功した長いキャリアがあったが、そこは、作家が、ある程度、ご機嫌取りや甘やかしに馴れてしまう世界だ。彼は、聴衆が「ミルン！ ミルン！」と叫ぶ声を聞き馴れている。だが、プーの催しでそんなことをする人はだれもいなかった。みながひたすら会いたがったのは、クマと――しかもさらに厄介なことに――少年なのだから。むろん、ミルンだけが、自分の創りだしたものに呑み込まれてしまった作家というわけではない。ミルンの友であり英雄でもあった劇作家で小説家のJ・M・バリーも、『ピーター・パン』後、商業的大成功を抱えながら、ものを書いていた。とはいえ、『ピーター・パン』後とは、何を意味するのか？ ピーター・パンは、かつても今も存在し、今後も存在し続ける。バリーの他の作品は、その時代のものでしかない。シャーロック・ホームズの話の真髄は、モリアー

＊それぞれ、長ぐつ（「ブーツ」は薬局・雑貨商の最大手）、「カブト虫」と音楽の「ビート」を掛けた造語、星戦争?、うんち（あるいはバカにして言う「ふん！」）の意味がある

ティ教授が出てくるからではなく、作家が自ら創りだした登場人物を殺しかねないようなあの偉大な探偵の葛藤にある。

伝記は、その人物について、人間的な複雑さを復元したり、恐ろしいほどの成功の陽炎の背後に隠れた影や闇を見たりする機会を与えてくれる。ミルンの経歴は、おしゃれで魅惑的な一九二〇年代のロンドンの会員制の紳士クラブのたどった道をたどることに他ならない。劇場の並ぶシャフツベリー街の楽屋裏から、私のスマートフォンのアップストアのディズニー・ページに至るまで。そうすることで、プーを見出すまで、ミルンは編集助手として、どれほど長い間どんなにきつい下働きの仕事をしなくてはならなかったのかを思いだせるのはよいことだ。彼の台詞の群を抜いて絶妙な掛け合いは、脚本家の経歴にその根っこがある。彼の詩に見られる尋常でない安穏さと幅広さは、古典を学び、「パンチ」誌で働いたことにより培われた。ミルンの詩は、暗誦し朗読したくなる最後の詩ではなかろうか。蝶のように舞い、蜂のように刺す[*]。「言うことをきかないおかあさん」[**]ほどすんなり頭にはいって楽しめる詩は、まったく考えつかない。また、子ども時代の真の恐怖の一つを、こんなにも完璧に捉えた詩も思いつかない。

あるいはまた、プーが、万人に慕われているというわけではなく、ミルンの軽妙なタッチを称賛してきた作家たちが、プーの中の甘ったるく見える部分を攻撃してきたのを思い起こすのもよいことだ。アメリカの人気評論家のドロシー・パーカーが、自分のペンネーム「愛読者」をもじって

「アイドクチャもウエーっとなった」と言い、小説家のP・G・ウッドハウスは、「ティモシー・ボビンくんは、ぴょこん、ぴょこん、とはねてます」とミルンの「ぴょこん」の詩を使ってクリストファー・ロビンを揶揄《やゆ》した。もっとも残酷だったのは、人気ユーモア作家のリッチマル・クロンプトンで、クリストファー・ロビンの大人気をたっぷり皮肉った詩「宿題」で、「アントニー・マーチンが算数の宿題をしている」***と茶化した。

一般大衆のお世辞は、同業者からの称賛を失くした作家にとって、傷口に塩を摺り込むようなものだった。

本書がもたらしてくれる思いがけない喜びの一つに、アン・スウェイト氏がつまびらかにしているミルンとその兄ケネスとの感動的な関係がある。ミルンが兄に出した手紙は、悲劇の影を感じさせつつも、子どもの喜びを内包するミルンの創造力の源を顕在化してくれる。これは、実にすばらしい発見だ。私は、この本を読んだとき、この創造の源泉となる兄との関係という題材に心底魅了

*アメリカのプロボクサー、モハメド・アリの言葉
**『クリストファー・ロビンのうた』所収
***氏名の音節数を揃え、ロビン（コマドリ）同様、小鳥の名前でもあるマーチン（イワツバメ）を用いて、「おやすみのおいのり」の詩の「クリストファー・ロビンがおいのりしている」をもじって当てこすりしている

された。しかし、ミルンの映画の脚本を書くように求められたときは、それは省かざるを得なかった。

成功が単純化するのであれば、映画は、その単純さを単純化する。

別の言い方をすれば、伝記は個々の人間のその人らしさの由来を探るが、劇は我々人間が共通にもっているものを探る。よい物語をうまく書けば、その本が百万部売れることはありうるが、プーのような文化現象になるには何か別のものが必要だ。生の神経に触れることが必要だ。例のドロシー・パーカーのひどい書評では、クリストファー・モーリーの児童書『秘密を知ってる』にも言及しているが、こちらは、本当にげんなりするほどお涙ちょうだいのベタベタの塊だ。子どもを感傷の的にするのが流行ったことがあり、それに便乗してモーリーのような人間がうまく金儲けしたわけだ。それに対し、ミルンは、流行りの源を探し求め、真実でぞっとするが永続きするものを探りあてたのである。

『プー横町にたった家』は、二つの暗い影の間の湿地 ― 終わったばかりの戦争の余波と別の戦争が近づく恐怖 ― に立っている。第一次世界大戦で戦った者は、だれひとりとして、それが第一次の世界大戦だとはわからなかった。それどころか、彼らは、あらゆる戦争を止めるための戦いをしていると言われていた。その世代 ― つまり、ミルン世代 ― が、自分たちの子どもが、決して起こらないと言われてきた戦争へ向かって行進するのを目にしたのは、当時、最悪の皮肉であり失敗であったに違いない。ミルンは、息子が戦闘中に行方不明だという、あの忌まわしい電報を受けとり、息子は死亡したものと思い込んだ。これはだれにでも起こりうることだ。これはだれもが恐れることだ。そこにこそ――そういうことをめぐって、映画を作ることが可能になる。「百町森」の安穏とした日々を、自らのもろさによって震わせ揺らすのは、そういう影である。それらは、短命だとわかっていても、幸福は可能で確かにあるという感覚の光に包まれてもいる。それは、二つの大戦間の特殊な政治状況の緊迫感を伴って表現されているとしても、だれにでも、どこでも、いつでも、当てはまるのである。

それは、まさにそこ、森で遊ぶ子ども――クリストファー・ロビン自身の中にもある。その一方、彼は、グリーンウッドの自由を謳歌するロビン・フッドであると同時に、森で迷子になった赤ん坊でもある。クリストファー・ロビンが、文学に描かれた他の子ども――たとえば、人気シリーズ「ジャスト・ウィリアム」の主人公ウィリアム――と異なるのは、彼が、しばしば冒険には加わっていない、という点である。彼のよくある役目は、何かあったときにやってきて物事を収めることだ。彼は、子どもというより、心優しいおじさんに近い。安穏とした森の中で、彼は、責任という重荷を背負っているのである。

クリストファー・ロビンに関してもう一つ特異なことは、もちろん、彼が――いちおう――実在の少年という点である。このこともまた、クリストファー・ロビンを呑み込んだ。『クマのプーさん』と、たとえば『シャーロック・ホームズ』との違いは、プーが、ミルンひとりだけを呑み込んだのではない、という点である。バリーがピーター・パンをピーター・ルウェリン・デイヴィス[*]という名にしていたらどうなっていたか想像してみるとよい。チェスワフ・ミウォシュ[**]が、「一家に作家が誕生したら、その家はおしまいだ」と言ったのは、作家は自分の両親や兄弟姉妹を裏切るものだ、という意味だった。これに対し、ミルンのほうは——どんなに悪意はなかったとしても——自分の息子を裏切ってしまった。百町森の魔法は、痛切なはかなさを伴うものを永遠に留めさせるところにある。ミルンの成功の悲劇は、琥珀の中で化石となった昆虫のように、実在の生身の子どもをその中に閉じ込め、その子がどんな子どもでもなりたがるもの——おとな——になることをほとんど不可能にさせてしまった。次のクリストファー・ロビンの叫び声ほど、痛々しく悲痛な脅しがあるだろうか?「ぼくが『お父さん』の詩を書いたら、お父さんがどういうか見てみよう」

　これは複雑で微妙な物語で、それをつまびらかにするには、この本の全ページが必要になる。ただし、言っておく価値があるのは、この物語で待ち構えているもの——感動させてくれるもの——は、ミルンがその中からすくいだした幸福と美だ、ということだ。この序文の中で、私は前に「余波」という言葉を用いた。最近、この言葉が用いられるのは、ほぼきまって、「ダメージ」や「荒廃」を指している場合だが、原義は、はじめの取りいれが終わったあとに時として可能な「二回目の収穫」という意味である。ありとあらゆる影にもかかわらず、ミルンとクリストファーの物語が実際にもたらすのは光明であり、幸福が、たとえどんなにはかなくても、本当にあるという実感である。我々がみな、百町森の魔法に感動し魅せられるという事実、それが我々の心に訴えかけるという事実は、そうしたうつろいの瞬間が、我々の身近にあり、もっと堅牢で永続的なものに劣らないもののように、本質的でたしかに実在するということの証であり、我々人間は、そうしたうつろいの中に、真実のもの、逆説めくが不朽のもの、永遠に不滅でさえあるもの、を見出すことの証なのである。

R・S・トマス***が、「輝きの原」という詩にこう謳っている。

モーセが導かれた
燃え立つ奇跡のしばに似て
光り輝くものが、
かつては青春のようにはかなく思えたが、
それこそが行く手に待つ永劫なのだ。

*ピーター・パンは、バリーが懇意にしていたデイヴィス家の三男ピーターがモデルと言われる
**リトアニア系ポーランド人でノーベル文学賞を受賞した詩人、作家、エッセイスト、翻訳家
***ウェールズの詩人、英国国教会の聖職者

はじめに

A・A・ミルンとその息子クリストファー・ロビンのことを書くようになった経緯について、よく尋ねられてきました。一九八五年に出した私の二冊目の伝記『エドマンド・ゴス 文学の風景』が、ある賞を取ったのち、出版社数社から提案があり、そのリストの中にA・A・ミルンもありました。別の複雑な父子関係について書いたばかりの伝記作家にとって、ミルンは、ぴったりの題材に思えました。さらに、その前に書いた、フランセス・ホジソン・バーネットに関する伝記でも、その息子ヴィヴィアンがバーネットが『小公子』を書く原動力になっていました。一九七四年に、「オブザーバー」紙*は、クリストファー・ロビンのことを、「あらゆる坊やの中でもっとも有名（これに比べれば小公子フォントルロイは小さな星にすぎない）」と呼んでいます。

さらにまた、私が、A・A・ミルンで育ったことも無関係ではありません。私の父は、『クマの

＊毎日曜に出るイギリスの全国紙

プーさん』が一九二六年にはじめて出たとき、それを私の母に買ってやっていたのです。私はその六年後に生まれました。その中の詩や物語の多くを私は諳んじていましたし、私のロンドンでの子ども時代は、クリストファー・ロビンの大衆版と言えるようなところもありました。我が家には田舎の別荘はありませんでしたが、北ロンドンの家の庭先にはドリス・ブルックという小川が流れていました。私の二つ重ねる名前（子どものころ、いつも、私はアン・バーバラと呼ばれていました）まで、マーガレット・ローズ王女よりもクリストファー・ロビンのほうが関係が深いという気にさせてくれたのです。

A・A・ミルンが、私の書く伝記の候補対象の一つとなったとき、私は、息子のクリストファー・ミルンに断られる可能性が高いと思いました。すでに他の人たちが断られていたのを知っていたからです。クリストファー・ミルン自身が回想録を二冊出していたことも関係していました。ご本人が、二冊目の『クリストファー・ロビンの本屋』の中で、一冊目の『クマのプーさんと魔法の森』は、他人の先手を打つために書いた、と実際に述べていたからです。それに対し、私のほうは、どんなに重要な素材でも、彼の同意と許可がなければ、この父子について書くことはできないのは自明のことでした。

クリストファーが私に伝記を書かせてくれるばかりか、彼が読まないと思って書いたほうがよいとまで、言ってくれたのは、本当に嬉しいことでした。何年もかけて調べ、書いたのち、彼に完成版の本を進呈したところ、やがて、「はじめは何らかの疑いをもったり気が進まない思いをしたことがあったとしても、そういう思いは完全に拭いさられ、賞賛と幸福感以外は何も残っていない」と書いてきてくれました。こうした反応は、双方にとってたいへんほっとするものでした。『A・A・ミルン　その生涯』は一九九〇年に大西洋の東西両側で出版され、ウィットブレッド文学賞の伝記部門でその年度の最優秀賞をいただきました。多くの版を重ね、今ではEブックや、オン・デマンドのペーパーバック版も出ています。本書『グッバイ・クリストファー・ロビン』は、その単なる短縮版ではありません。どのようにしてA・A・ミルンが四冊の偉大な子どもの本を書いたのか、そして、どのようにしてクリストファー・ロビンが世界一有名な子どもになったのかを完全に語る本になっています。有名人の物語であり、成功の喜びと痛みについての物語でもあります。

クリストファー・ミルンは、彼自ら言う幸福な生活を送ったのち、一九九六年に没しました。二十一世紀になって、こんなにまた、『クマのプーさん』熱が昂《たか》まったことを知ったら、驚くでしょうか。最近のBBC放送の調査では、『クマのプーさん』が、これまでに書かれた子どもの本のトップに選ばれました。二〇一七年十二月には、『クマのプーさん』の大きな展覧会も、ロンドンのヴィクトリア・アンド・アルバート美術館で始まります。そして、何にも増して喜ばしいのは、プーの本が翻訳された世界中のほぼすべての国で、デイミアン・ジョーンズ制作、サイモン・カーティス監督、フランク・コットレル＝ボイス脚本による、すばらしい映画が上映されることです。

本書は、その映画の原作となった物語です。（二〇一七年五月記）

この本を読む前に

アラン・アレクサンダー・ミルン（A・A・ミルン）は、一八八二年一月十八日に生まれた。学校経営者兼校長のジョン・ヴァイン・ミルン（J・V・ミルン）とその妻マライアとの三人息子の末っ子として、たっぷり愛情を注がれて育った。両親は、つましいと言えるような出自で、自分たちの努力によって世に出た人たちだった。アラン・ミルンは、ヘンリー・ハウスという名の小さな私立学校で育った。そこは、ロンドンの北西の一画で、ミルンが「メイダ・ヴェイルのキルバーン区側」と呼ぶ場所だ。徒歩五分ほどのところにある、ミルンの言うセント・ジョンズ・ウッド区には、ある少年が住んでいた。彼より二歳年上で、のちにミルン作品の挿絵を描くことになるE・H・シェパードである。ふたりの名前は切っても切れないものとなったが、何年も経って世紀が代わり、それぞれが「パンチ」誌の仕事をするようになるまで面識はなかった。この雑誌は、当時、世界一有名なユーモア週刊誌と評されていた。

ヘンリー・ハウスは優れた学校で、父親の教えによってアランの才能は開花した。彼とすぐ上の兄のケンは、幼いころ、非常にのびのびと自由を満喫していた。ハムステッド・ヒース[*]の広大な緑地も二人が自転車で行くのにそう遠くはなかった。のちにミルンが描いた「魔法の森」に、乳母も子ども部屋の約束事もないのも不思議ではない。プーとプーの友だちは、友情と空腹と冒険熱だけが日々の行動を決める世界を探検する子どもたちで、そこでは、クリストファー・ロビンという少年が賢くて頼りになる親の役目を果たし、彼らの話を聞いたり読んだりする子どもたちも、彼に自分を重ねるのである。

アラン・ミルンは、非常に利発だったので、十一歳でウェストミンスター校[**]の奨学金を得て、先に入っていた兄のケンと一緒になった。何年も経ってから、ミルンは、感謝の念をもってこの名門校での日々を思い起こしているものの、一度、不当な成績報告書を受け取って大打撃を受けて以来、「人生の気軽な側面に目を向け、学業は放棄した」と述べている。

たしかに、ミルンは数学に関する野心はすべて放棄した。それでも何とか、ちょっとした奨学金を得てケンブリッジ大学のトリニティ・コレッジに進むことができたし、何より重要なのは、彼がライト・ヴァース[***]を書く才能を伸ばしたことである。

ケンブリッジ大学で、ミルンは「グランタ」という学友誌の編集を担当した。編集の腕を磨きはじめていたおかげで、大学を出てほどなく「パンチ」の編集部に職を得た。そのとき、彼の銀行口座にはわずか二ポンド[****]しかなかった、と述懐している。ミルンは、一九〇六年に副編集長に任命された。二十四歳であった。そのときまでに、本を一冊（関連するものの寄せ集めに過ぎず、ミルンがのちに自分の作品であると認めたがらなかった代物）と、時事的な雑文多数に未上演の戯曲数編を書いていたに過ぎなかった。それが今では、高給と毎週十万人の読者を手にしたのだ。

戯曲が成功する前から、Ａ・Ａ・ミルンは、ある種の有名人になりつつあった。たくさんの招待状が舞い込んでも、知らない人たちからのものもよくあった。「パンチ」に掲載したエッセイを集めた『今日の遊び』と題した本が、ベストセラーになった。「デイリー・グラフィック」紙*****は、国じゅうの家族がミルンの記事を読もうと熱中して、「パンチ」を奪いあうイラストを掲載した。ミルン自身も、自分が、ルイス・キャロルと比較されているのを意識するようになったが、まだ、その自画像の中に、「子ども」は、ほとんどいない。

一九一三年の一月、休暇でスイスにスキーに行き、同じホテルに滞在していたダフネ・ド・セリンコートという自分の編集長が名付け親の娘と出会い、ロンドンに戻ってから婚約した。ふたりは、

*ロンドン北部にある広大な歴史ある公園。起伏のある丘陵地に、自然のままの雑木林や池などがある
**ロンドン中心部ウェストミンスター寺院に隣接する、一五六〇年創立の名門パブリック・スクール
***軽妙でユーモラスな遊戯詩
****現在のレートで数百円足らず
*****アメリカのイラスト入り夕刊紙

その年の六月四日に、ウェストミンスター寺院の敷地内にあるセント・マーガレット教会で結婚式を挙げた。ちょうど、エミリー・デイヴィスン*がダービー競馬で国王の持ち馬の前に身を投げて自殺した日である。ダフネは、女性参政権論者《サフラジェット》ではなかったが、結婚式の宣誓で用いる、夫に「従う」という言葉は、「彼のためにあらゆる礼状を書く」だけの意味に限定すること**で、ミルンに同意した。

結婚ではよくあることだが、この二人が一緒になった理由を聞いてみたくなるような取り合わせである。それについて、のちに、息子のクリストファー・ミルンは、「（わたしの）冗談に笑ってくれたから」という父親の言葉を借りて、説明している。

ダフネは、非常に洗練されたあでやかな女性で、ミルンとはまったく異なる家柄 ― ヨットや高級スポーツカーの輸出入業を営む裕福な家 ― の出だった。政治にはまったく興味がなかった。彼女の関心は、常に、物事の見え方のほうだった。アラン・ミルン自身は、熱心な民主主義者で、接戦となった一九一〇年の選挙では、自由党の票獲得のために、一軒ずつ回って歩いた。平和主義者だった。

ミルンは、ある日、アメリカの編集者に次のような手紙を送っている。

私がこれまで書いたどの本よりも『クマのプーさん』のほうが大切だと思っている、と常にあなたはおっしゃっていました。ここで、私はこれまで書いたどんな本よりも『名誉ある平和』のほうが大切だと思う、と言わせてください。

この平和主義の小冊子はやがてベストセラーになったものの、出版は一九三四年まで待たねばならなかった。ただし、ミルン自身は、すでに一九一〇年には自分を「反戦主義者」と称していたし、この真摯で重要な本の種は、戦時中も一九二〇年代もずっと、片ときも離れずに彼の脳裏にあった。あのソンムの戦い***のおぞましい体験の後遺症に苦しんでいたのだ。

戦争は、他の多くのもの、多くの命を抹殺したばかりか、ミルンが「パンチ」に書いてきた世界を粉々にした。ミルンは、自伝で、「あの悪夢のような、戦争という精神的道義的堕落については、考えただけで吐き気がする」と書いている。ひとりのオーストリア＝ハンガリー帝国大公（皇太子）の暗殺が「大公ではない一般市民一千万人」の死をもたらした。****我々には容易に理解しがたいことだが、一九一四年当時は、非常に広範囲にわたって戦争が歓迎されていたのである。ミルン自

＊女性参政権を求めて設立された急進的な女性社会政治同盟のメンバー
＊＊ミルンの短編小説「オレンジとレモン」第四章に同じエピソードが登場する
＊＊＊第一次世界大戦で戦場となったフランス北部のソンム川沿いの戦い
＊＊＊＊大公夫妻が銃撃され、第一次大戦のきっかけとなったサラエボ事件を言っている

身も、友人のH・G・ウェルズのいう「戦争をやめるための戦争」かもしれない、と束の間考えていたが、それはやがて悲しい常套句となってしまった。この戦争により、人々が戦争の真の無益さに気づくかもしれないと願っていたが、ソンムの戦場で、彼は、戦争が「精神病院も恥じいらせるほどの狂気」だと思い知ることになる。

「パンチ」誌の編集室で耳にする「徴兵逃れ」や「白い羽根」[*]の話題は、ミルンには耐えられなかった。とうとう、ミルンは、一九一五年二月に軍隊に志願する。「戦時中の生活はどうであれ地獄だ。そして、軍服を着ているときだけは、そのことを考えなくてすむ」という筋の通らない理屈を口にして。三月になると、彼は、ワイト島のゴールデン・ヒル・フォートに駐屯していたロイヤル・ウォリックシャー連隊に配属された。かなり経ってから、ミルンは従軍中、一度として、怒りに駆られたり自己防衛のために発砲したことはない、と記している。これは（彼の平和主義者の良心にもかなうものだったが）、ウェイマス近くのワイク・リージスにある南方部隊通信学校で九週間の講習に自ら進んで参加していたおかげでもあった。ワイト島に戻ると、彼は、「大隊軍事訓練上欠くべからざる人材」として登録された。いつもそうだったように、ミルンはここでも幸運に恵まれた。「私が通信士官でなかったら、七月に出征していたはずだった。その第二大隊は、前進中にひとり残らず、士官さえ残らず、一掃された。」ダフネもこの島に移ってきて、ふたりはサンダウンの町に小さな一軒家を借りることができた。

実際にはじめての上演劇をミルンが書いたのはこの地で、一九一五年から一九一六年にかけての冬のことであった。そもそもの目的は、上司の大佐の五人の子どもたちに何かすることを提供するためであり、自分とダフネ（ミルンが読みあげたのを口述筆記し、悪賢い伯爵夫人として舞台にも現れた）自らが「日常があまりおもしろくない時分」に楽しむためであった。その脚本は残っていないが、のちのミルン初の児童書『ユーラリア国騒動記』の萌芽が見える。同書は一九一七年に初版が出され、五年後にチャールズ・ロビンソンによる挿絵付きで再版された。その後ほどなく『クリストファー・ロビンのうた』が出る。

戦死した通信士官の代わりにフランスに送られるのに備えて待機中の日々は、日中に新兵の訓練をし、夜は劇をもう一本書くのにぴったりであった。喜劇でなくてはならず、戦争とはまったく無関係でなくてはならない。こうしてできたのが、『ワーゼル・フラマリー』という奇妙な名前の三幕ものの劇である。やがて二幕ものに手直ししたうえで、ロンドンのウェスト・エンド地区で興行されたミルン初の戯曲となった。宣伝用ポスターには、彼の友人J・M・バリーの寸劇二本が併載されている。

アラン・ミルンはソンム川周辺の戦場に一九一六年の夏、到着した。最初の殺戮（初日だけで、イ

＊臆病者。第一次大戦中、戦争に行かずにいる男性に贈られた

ギリス兵約二万人が戦死、四万人が負傷）に続き、さらに毎日一万人が死傷していた時期である。ミルンが行軍を共にしていた若い下士官も一週間たらずで戦死した。壮絶な事態だった。七月だというのに、ぬかるみの戦場で、打ち砕かれて葉のない樹木と半ば埋もれた死体の間で戦っていたのだ。悪臭とハエが凄まじかった。ミルンは、八月十一日にはじめて、通信用電線網を張った。有線通信網を維持するのは、危険な任務だった。

恐怖の只中で気の休まるときは、ほとんどなかった。ミルンは、「ほどほどの軽い負傷」を望んでいた。結局は、深刻な塹壕《ざんごう》熱になり、四十度を超える高熱を出したためにイギリスに戻され、オックスフォードの病院を経て、ワイト島のオズボーンの回復期医療施設に移送された。ミルンは、静かな戦をしていた、と言われている。ソンムで過ごした人で、静かな戦をしていた者などいない。彼の地で、静かということは、死んでいるということでしかあり得なかったからだ。砲撃音、死体に群がるハエの羽音は、彼の脳裏で何年も響き続けた。しかし、彼は、生きていることがいかに幸運なのか、よくわかっていた。身をもって戦争を体験した今、戦争の狂気についてますます声を上げる権利を得たと感じていた。

医療班の勧めにより、ミルンは後方勤務に回された。陸軍省に設けられた諜報部での任務時もまだ、体調は芳しくなかった。任務内容は秘密で、一九一八年のフランス行きも謎めいている。とはいえ、大半は在ロンドンで、ダフネと再び暮らしている。そして、軍部が放っておいてくれるときがあればいつも、ミルンは劇を書いていた。『ワーゼル・フラマリー』に続いて、『ベリンダ』、『少年の帰還』、『見せかけ』（児童劇）、『カンバリー・トライアングル』、『幸運な人』が生まれた。いずれも今では忘れられた劇だが、当時は、大いに注目され、大いなる愉しみを人々に与えていた。いずれもミルンがまだ軍隊にいる間に書かれたとは、驚きである。

『ベリンダ』は、一九一八年四月八日に幕をあけた。「タイムズ」紙に劇評が載ったその日、対ドイツ軍攻勢の再開が報じられた。三週間で四十万人を超える兵士が戦死した。『ベリンダ』は、戦時中最悪のロンドン空襲にもかかわらず続行され、九週間後に公演中止となった。ミルンは「そのころの世の中の状況を考えれば、不幸にもそんなに早く打ちきられても、それほど大ごとには思えなかった」と言っている。

ミルンは、ついに、一九一九年のバレンタイン・デイに、兵役を解かれる。本人も、戦争後は「パンチ」に戻るつもりだったし、妻ダフネも、彼が編集者として彼女の名付け親のサー・オーウェン・シーマンの後任として編集長になり、同じようにナイトに叙せられることを夢見ていた。だから、ミルンが副編集長への復帰を求められなかったのは衝撃だった。劇を書くほうをずっと好んでいると思われたのである。実のところ、サー・オーウェン・シーマンにとって、ミルンはこれまでも自由主義過ぎ、「過激」過ぎたのだった。ミルンは苦しみ、傷つきもしたが、その一方で、ロンドンに飽きてきていたし、自分が書いている劇で財を築けるものと楽観してもいた。

さて、そしてその後は……

1 劇作家

一九二二年、A・A・ミルンが四十歳で、あの有名な子どもの本の一冊目が出版される二年前のこと、ロンドンの新聞に出たミルンの写真に、次のようなキャプションがつけられていた。「ミルンは何年も前に、成功を求めてフリート・ストリート*に来た。劇作家としてのミルンは、ときには週に二百から五百ポンドの収入がある。」一九二二年当時は、これはたしかに成功といえる収入だった。一週間の収入が、たいていの人が一年かけて稼ぐよりも多かったのだ。一九一七年にアラ

*ロンドンのシティの西端の通りで、近年まで新聞社が多く集まっていた

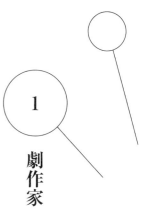

ン・ミルンが兄のケンへの手紙にサインしたときに使った「イギリスの最高の劇作家」という冗談半分の肩書は、正当化されることはなかった。しかし、短い期間ではあるが、ミルンはたしかにイギリスで最も成功した、最も多作で、最も有名な劇作家の一人であった。これは、今ではほとんど信じられないことである。彼の名前をよく知っていて、彼の本が大好きでも、彼が戯曲を書いたことをまったく知らない人が多いのだ。

A・A・ミルンがギャリック・クラブ*に入会したのは、一九一九年だった。このクラブの会員であることをミルンはその後ずっと（とくに一九三〇年代に、憩いの場として、もう一つの家庭として）楽しむことになった。その楽しみに報いるために、プーの本の印税の一部を遺産としてクラブに贈ったほどだった。ギャリック・クラブは劇作家にふさわしいクラブだった。いつも俳優が大勢いたし、作家もまた大勢いた。

一九一九年のミルンは野心満々だった。大金を稼ぐ、という意味だけではなかった。後年、人生の終わりごろ、ミルンはその気持ちを次のように要約している。

ジョンソン博士は馬鹿げたことをたくさん言ったが、その最たるものは次の表現だ。「よほどの間抜けでない限り、金のためにしか書かないものだ。」彼はこう言うべきだった。好きなことを書いたら、もっとも需要の多いところで売らない作家は、間抜けである、と。だが、作家は、その作品に対して金以外にも欲しいものがある。それは作品の永続性だ。（中略）自分の作品が、たとえ大英博物館の片隅であろうと、分厚い表紙に守られて、不朽の名声を得ることを切望するのだ。

ミルンは自分の戯曲がチャトー&《アンド》ウィンダス社から、魅力的なそろいの装幀で出版されることに気を配った。しゃれた茶色の布表紙で、背にはいいデザインのラベルがあった。「なかなかすてきだよ」というのが、ミルンが『初期戯曲集』の校正を見たとき、小説家で編集者でもある友人のフランク・スウィナートン**に述べた感想だった。ミルンの書いた戯曲のうち、二十本がこの装幀で残っている。それも、大英博物館だけではない。だが、本当の不朽の名声を得たのはもちろん、子どものための本であって、後年これを悟ったミルンは遺憾に思うのだった。

ミルンが最初に本当の成功を手にした戯曲は、一九二〇年にロンドンのニュー・シアターで初演された『ピムさん通れば』だった。この劇場の観客の心をつかむのは、難しかった。一九二〇年の大

＊ロンドンの会員制紳士クラブ。一八三一年創立で、世界で最も古いクラブの一つ。名優デイヴィッド・ギャリックに因んだ名称で、会員は演劇及び文学関係の著名人が多い

＊＊小説家、批評家。長年にわたりチャトー&ウィンダス社などで編集に携わり、影響力が大きかった

ヒット作といえば、『チュウ・チン・チョウ』[*]や『ハッサン』などの、魅惑的でエキゾチックなミュージカル・ショーで、夜の外出をたっぷり楽しみたい人々の欲求を十二分に満たすものだった。ミュージカルでない演劇では、劇作家の腕の振るいどころは、観客を笑わせることだった。また、さまざまな実利的なことも知っておかなければならなかった。当時の劇場は、今日に比べると、マナーがいい加減だった。だから序幕では端役の俳優たちを動き回らせるのだ。一階席は八時半まではいっぱいにならないだろう。だから序幕では端役の俳優たちを動き回らせるのだ。」ジョークは、「台本の五ページまでに使っても無駄になるだけだから、気を付けるように。」観客が席に落ち着くまでは、タキシードの糊のきいたシャツの胸当てがばりばりと音をたてたり、イヴニング・バッグのビーズの房がじゃらじゃら鳴ったり、プログラムをめくる音がしたりする。そして劇の終わりでも、観客の多く、たとえばチズルハーストのような遠いところに住んでいる人たちは、最終電車に間に合うように、いつも最後の五分は端折る、もちろん、何度も繰り返される国歌の演奏も無視する、ということを劇作家は忘れてはならないのだ。

ミルンには、もっと個人的な問題もあった。ミルン夫妻は、ダフネがなかなか妊娠しないので、気にしはじめていた。二人とも子どもが欲しかった。結婚してからそろそろ六年だった。戦争中も、そう長い間離れてはいなかった。婦人科医の診察を受けたこともあった。一九一九年の五月、ダフネは私立の病院に入院した。「時間に余裕があれば、いつでも病院に駆けつける」とミルンはフランク・スウィナートンへの手紙に書き、『ノクターン』という小説を書こうとしているのだが、つい後回しになる、とも言っている。ダフネが受けた手術は「表向きは」盲腸の摘出ということになっているが、同時に何か他のことも行われたようである。おそらく、卵管通気検査＊＊が行われたのであろう。何があったにせよ、一九二〇年の四月に、J・M・バリーがミルンにお祝いの手紙を書いている。「これまでで最高の（きみが書いた最高の）文章は、奥さんについてのこの数行だ。このニュースを心から喜ばしく思っている。」ダフネは八月に子どもが生まれることになっていた。

子ども部屋の準備はできていた。一九一九年の八月、「ロンドンのかわいい小さな家」に引っ越したと、ミルンはスウィナートンに報告している。SW3区、チェルシー、マロード通り十一番地は、キングズ通りから歩いて二、三分のところにある、短い、静かな通りである。

その家は、幅の狭いテラスハウスで、戦争の少し前に建てられた。三階建てで、地下室があり、明かりとりの吹き抜けの周りにうまくデザインされていて、外観よりもずっと広かった。この家は一九二〇年代には、新聞や雑誌記者の群れがクリストファー・ロビンの子ども部屋をめざして家のなかを歩きまわったので、細かく記述されることが多かった。「マロード通りの家は、もとはロシ

＊「アリババと四十人の盗賊」に基づいたミュージカル・コメディ。記録的な大ヒットで五年以上のロングラン

＊＊不妊症の検査。卵管に炭酸ガスを送って異常や支障がないか調べる

ア・バレエの舞台に影響された色彩で内装されていました。黒いカーペットや色鮮やかなクッションとか。実用的ではありませんでした。カーペットはたばこの灰でも落ちていたら、すぐ目立つのです」とダフネの友人がダフネの言葉を思い出して書いている。「そのころ大事だったのは——他とは違うことなの、と言っていました。」その家は「芸術的な統一体、人に見せるための建築」でなければならなかった。

ミルン自身が新しい家について感じた、あふれんばかりの喜びは、引っ越して間もなく、一九一九年の八月九日に「スフィア」*に書いたエッセーに見られる。寝るために二階に上がり、朝食のために下りてくるのは、ここ十九年で、つまり、ケンブリッジ大学に入るために家を離れて以来、初めての経験だ、とミルンは述べている。

もちろん、こういうことは他人の家でときどきやっていたが、他人の家ですることとは、数に入らない。(中略)しかし、今やこの十九年来初めて、私は一軒の家に住んでいる。私のワクワクぶりを想像してほしい、私には自分自身の階段があるのだ。

フラットは便利かもしれない(私も少し前にフラットに住んだときは、そう思った)が、不都合もある。不都合の一つは、そのフラットを完全に所有できないことだ。たとえば、客間は自分のものだと思っているかもしれない、だが、そうではない。階下に住んでこちらの床を天井として使っている人と共有しているのだ。ステップダンスを踊りたいと思っても、階下の天井の漆喰のことを考えなければならない。私はステップが彼の天井に響くことについてはいつも、彼が文句を言うのも無理からぬと思うようにしていたが、バスルームの天井に関しては、その古くさい考えを我慢することができなかった。風呂に入っているときに、ちょっとでも床に湯をまきちらしたら、階下に住む紳士が天井を気にするかもしれないと考えるのは、いかにも窮屈である。それは赤の他人とバスルームを共有することだ ― 誇り高い男にとって耐えがたい状況である。いま私は生まれて初めて、自分のバスルームを持っている。

戸建ての家に住むことが、心にも身体にも極めて健全であることははっきりしている。今のところ私は約三十分ごとに寝室に上がったり、下りたりしている。フラットでは、そのようなことはできなかった。まだ二、三日しかたっていないが、気分がよくなったような気がする。

だが、戸建ての家の一番いいところは、内側と同様、外観にも個性があることである。読者諸氏もそのうち我が家のある静かな通りを通りかかって、ちょっと立ち止まって私の家を見るかもしれない。気の利いたノッカーのついた青い扉、鎖でつないだ青い柱の輪の内側に並んだ青い桶の植え込み、鮮やかな色のカーテンなどを見るかもしれない。ロンドンの景観にいささ

＊写真や挿絵の多い週刊新聞

かなりとも寄与していると思うと、楽しいものだ。我々は今や通りの一部であり、この通りを誇りにしている。

「通りの一部」であるとはいっても、言葉通りにコミュニティに関心があったというわけではなかった。けれども、ミルン夫妻はやがて何人かの近隣の住人と友人づきあいをすることになった。作曲家のハロルド・フレイザー=シムソン*は通りの向かい側に家をもっていて、ギャリック・クラブの会員だった。W・D・ダーリントン**とその家族は、歩いてほんの二、三分のところに住んでいた。彼らはときどき出会っていた。ダーリントンは初めてミルンを訪問したときのことを、次のように書いている。

> マロード通りにある彼の家のベルを鳴らすと、私は急に内気になった。彼の作品を深く、しかも長い間、尊敬していたので、突然、まるで上級生に呼び出された雑用係の下級生のような、ばかげた感じにとりつかれたのだ。これは、彼に会ったとたんに消えた。実際のミルンは、そうあって欲しいと思っていた通り、あたたかく、親しみやすい、おもしろい人だった。

ミルンはダーリントンに訪ねてくれるよう声をかけていた。ダーリントンの『ピムさん通れば』の劇評は、彼が「デイリー・テレグラフ」紙の演劇批評家として就職が決まった日の夜に書かれた。彼は最後までその仕事を続けたのだった。ミルン夫妻は社交的な訪問をしなかった。「我々はあまり人を訪ねるほうではない」とミルンは言っている。「私のせいだろうと思う。私は、近所に住んでいるからという理由で、知り合いになるのは嫌なのだ。」隣人たちも同じように感じていたのだろう。ミルン家に泥棒がはいったとき、隣の人は見舞いの手紙をよこした。そのときも、彼らは互いに口をきくことはなかった。「郊外の気軽なつき合い」にミルンは魅力を感じなかった。彼はすでに、プライバシーを守る必要を感じていた。ただ、いつも首尾一貫しているわけではなかった。あるとき、スウィナートンに言った。「人間というものは、小説家が描くように、いつも、事務的に考えているものかね?」本当の人間は、フィクションのなかの人物のように、首尾一貫しているものではないのだ。ミルンは、あるときは人づきあいをしない人だと言ってもよかった。だが、気分が変われば、同じ人間同士のあたたかい好奇心や誠実な興味を歓迎することもあった。

ミルンについていかにもあたっているように見える一般論 ― 時代遅れで、ある人々にとっては不快なものだが ― は、スウィナートン自身の言葉に任せるのがいいだろう。ミルンを本当によく

＊作曲家。ミュージカルの楽曲や歌を作曲。ミルンの子どもの詩やプー物語、ケネス・グレアムの『たのしい川べ』をミルンが脚色した『ヒキガエル屋敷のヒキガエル』の作曲でも知られる
＊＊作家・ジャーナリスト。長年「デイリー・テレグラフ」紙の演劇批評を書いた

知る人の言葉である。「彼は善良さを愛している。（中略）彼は美徳のために立ち上がる人だ。」ミルンは美徳がなければ、何ものも、何の意味もないと信じるように育てられてきた。これはもちろん彼が常に正しいことをしたという意味ではなく、強い道徳的な感覚をもっていた、ということである。スウィナートンは、劇作家としてのミルンにとって、これは問題であると見ていた。「ミルンには軽口の才能と宗教的な厳格さとが共存していて、彼の演劇的才能の発揮を狭めていたと思う。想像力を駆使する作家は、悪人にも三分の理を認めてやるぐらいの寛容さがなければ、（中略）道徳に縛られてしまうものだ。ミルンは罪びとたちに心のときめきを許せなかった。」グレアム・グリーンは、一九三〇年代に、すでに倒れているミルンに止《とど》めの一撃を与えるように、「厳正さは、ユーモアにとって命とりだ」と言った。せめてもの救いは、ミルンが賛美したのは真の善良さであって、ヴィクトリア朝の美徳、あるいは、しばしばそれとして通用する「一般に広まっている社会的慣習」ではなかったことだ。それでも、のちに述べるように、そのせいでミルンに対して反感をもつ人があった。善良さを唱道する人は、上品ぶったとか、堅苦しいとか、高慢などと呼ばれる危険がある。ミルンの出版社の社長の一人は「ミルン氏といっしょにいると、落ち着かない気分でした」と私（著者）に語った。スウィナートンは「ミルンと違う意見をもっている人たちは、議論をすると柔軟性がない、見解が堅苦しいと不平を言う」と言い、さらに付け加える。「でも、私自身は、そのように感じたことはない。私が知るミルンは、いつも上機嫌そのものだった」

アラン・ミルンの両親は、学校を譲渡して引退していたが、戦争中とその直後は、サセックスのバージェス・ヒルにあるセント・アンドルーズという家に住んでいた。アランの姪のひとり、アンジェラは、彼らを訪れたときの記憶を語ってくれた。「ロンドン郊外に住んでいる子どもにとって、セント・アンドルーズは天国でした。」その家は、「こぢんまりとしたヴィクトリア朝の邸宅でした。レンガ造りで、切り妻屋根とずんぐりした塔があって」、敷地もミルン家の土地だった。バスルームにはペアーズの石鹸*が、玄関には大時計があって、正面玄関の入口の両側に石造りのライオンがあり、トケイソウが植えてあった。母のマライアは病弱で、杖をつき、ショールを肩にかけ、レースの縁なし帽子を被って、家の周りをゆっくり歩くのがやっとだった。三十年前に自分の子どもたちに教えたにちがいない道徳的な詩を、孫たちにも教えていた。

この世でおきる悪いこと、
直すものあったり、なかったり。
あるなら探しにいきなさい。
なければ、心配おしでない。

＊楕円形で琥珀色の半透明の石鹸。ミレーの絵「シャボン玉」を広告に使って話題になった

「J・V・ミルンはマライアよりも元気な、小柄な人で（年をとるにつれてますます小さくなりました）、きれいな白いひげとパナマ帽が印象的でした。鼻めがねをかけて、長母音の『アー』を『ア』と短く発音するところがスコットランド的でした。（中略）私たちといっしょに（手をうしろに組んで）庭を散歩しながら、ためになることやおかしなことを聞かせてくれました。」庭には、蛙がたくさんいて、リンゴがいっぱい落ちていた。家ではよく、「トランペット吹きよ、いま何を吹いているのか*」と、ハリー・ローダー**が歌うヒット曲「おれはあの娘《こ》に首ったけ」のレコードが鳴り響いていた。

老ミルンの大きい誇りと喜びは、息子のアランが成功して名声と富を得ていることだった。アランは父に一九一〇年には早くも総合新聞切り抜き協会の予約購買権を送っていた。J・Vは、どっしりした黒いノートに切り抜きをきちんと貼っていた。やがて、ミルンの劇の公演が、国中の小劇場や地域の芝居小屋で見られることになり、切り抜きもふえていった。詩人チャールズ・コーズリーと演劇評論家J・C・トレウィンはそれぞれイングランドの西部で育ったが、二人とも『ピムさん通れば』を観たことが最初の幸せな劇場体験だったと記憶していた。

『ピムさん通れば』はロンドンで二百四十六回上演され、ニューヨークでも一九二一年二月二十八日に開演後、やはり大成功のロングランとなった。以後ミルンの生涯にわたって、この劇は収入源であり続けた。ミルンは何年も「パンチ」のユーモア作家としての名声があった。しかし今や、朝配達される郵便物は劇的に増えた。ミルンは引っ張りだこだった。多くの写真家から写真撮影の申し入れが相次いだ。「とてもハンサムで、面長で、きりっとした顔つきをしている」とスウィナートンが表現したミルンは、一九二〇年代に撮影されたたくさんの写真からこちらを見ている。

ミルンはこの劇に基づいた小説を書いていた。「小説の書き方についてはほとんど知らない——もっとも、戯曲の書き方もよくは知らない——のだが、少しは身についていると思いたい。それにとにかく、あまりうまくできないことをするほうが、やすやすとできることをするより、ずっとおもしろいものだ。」小説『ピム氏』は、戯曲の会話のほとんどがあるが、「まともな小説だ」とミルンは言った。「会話に『彼は言った』とか『彼女は言った』をくっつけただけではない。」小説にすることは、ミルン自身が考えついたことではなかったが、大成功をおさめた。

ミルンはすでにもう一つの小説、『赤い館の秘密』という推理小説を書き上げていたが、出版は一九二二年で、『ピム氏』のあとだった。ミルンはずっとのちになって、謙遜して言った。「最近のように、多くのすぐれた作家が多くのすぐれた推理小説を書いているときなら、あの作品は注目さ

＊「トランペット吹き」という歌で、第一次大戦前後に流行した
＊＊スコットランド出身の歌手。イギリスのミュージック・ホールで成功し、国際的な人気を博した

れないままになっていただろうが、当時はあまり競争がなかった。」『赤い館の秘密』の出版は、アガサ・クリスティーの最初の本『スタイルズ荘の怪事件』（三十年後に、ミルンはこの作品を「推理小説の模範」と呼ぶことになる）が出版される直前で、ドロシー・セイヤーズの第一作が出版される一年前だった。『赤い館の秘密』ののちの版に書いた序文のなかで、ミルンは彼の代理人が推理小説という新しいジャンルに熱意がなかったとコメントしている。何といっても、ミルンはユーモア作家という型にはめられていたのだ。しかし、型にはめられることを拒絶するのは彼の性格だったし、作家生活を続ける間ずっと、行動にあらわれた。なにか新しいことを試すのは、いつも楽しかった。「私が書きたいと思ったものが、たいていの場合、人気を博したことは、作家としては幸運だった。それが極めて人気があるとわかると、もう書きたくなくなるのは、ビジネスマンとしては不運だった。」同じことが、ユーモラスなエッセーや推理小説や子どもの本の場合にもあてはまることになるのだった。

A・A・ミルンは自分の仕事に羨むべき自信をもっていた。姪のアンジェラは、ミルンがこう言ったことを覚えていた。「自分は優越感をもっているって、自慢するでもなく、打ち明けるでもなく、ただ事実としてそう言ったのです。その通りだと思います。ミルン家の人たちはみんな、お金のことは心配するな、（中略）大事なのは頭だ、と信じるように育てられたのです。」プーは気の毒なことに頭が足りないために、いろいろなトラブルにまきこまれ、クリストファー・ロビン（とお話を聞いている子ども）に心地よい優越感を与えるのだ。それは、ときに他人に対する不寛容やじれったさを伴うこともあったが、ミルン自身がとても楽しんだものだ。ミルンはこの優越感を自嘲的な謙遜でたくみに隠すことが多かったが、友人や知人は辟易したことだろう。自分自身の価値に抱く強い確信とは裏腹に、ミルンは批判を受け入れることができなかった。W・A・ダーリントンはそれについてこう述べている。

アランと私は一緒のときはたいてい、いろいろなゴルフコースを回った。そこには、共通の友人がたくさんいるか、または、すぐにできた。これらの友人たちから、私は心を乱すようなことを聞いた。みんなアランにたいへん好意をもっているのだが、とても扱いにくいと感じることがあると言うのだ。問題は、彼がどんな批判もまったく受け入れられないことだった。「うっかりお気に召さないことを言おうものなら、アランは石のように冷たくなって、一日中、口をきいてくれないよ」と警告された。

ものを書いたり作ったりするアーティストには、賞賛を望んだり、非難を避けようとする傾向はめずらしいことではないが、アランはどうもそれが度を超えているようだった。わずかでも非難されていると感じると、あれほど激しく反応するのは、やや病的だった。まるで皮膚が剝がれてむき出しになっているかのようだった。

子ども時代にほめそやされ、大事に育てられて、アランは身を守るよろいをつける必要がなかったのだろうか。遠い昔、ウェストミンスター校の生徒として、生まれて初めてひどい成績報告書をもらい、傷ついたことがあった。校長の愛する末息子として幼年時代を過ごし、溺愛されちやほやされて育った結果、何をしても許されると思っていたのだ。たしかにミルンは、多くの作家がそうであるように、褒められたいという強い願望を抱いていた。彼は「激しく賞賛されたときだけに降りてくるインスピレーションとパワー」について書いたことがある。また、それとは別のときに、インタビューを受けていて（当時まだダフネがよくミルンの口述筆記をしていたのだが）、一日の仕事のあとで彼女が彼が書いたものを批判することがあるかときかれ、彼はこう答えている。「いや、彼女は褒めるだけだ。（中略）作家は、仕事をしているときは、賞賛が欲しいのだ。」実際、賞賛こそ、ミルンがいつも求めていたものだった。

2 クリストファー・ロビンの誕生

一九二〇年の夏、ダフネ・ミルンはチェルシーの家で、最初でただひとりの息子を出産した。お産は楽ではなかった。ずっとのちに、ダフネは友人にお産について語っている。その友人がわたしに話してくれた。「とても信じられないことだけど、じっさいに赤ちゃんが生まれるまで、ダフネは出産がどういうものか、まったく知らなかったのですって。ほんとうにひどい精神的ショックで、もう二度と同じことはしないと心に決めたそうです。」それほど信じられなくもない。ミルンの『かれら二人』という小説のなかで、妻は結婚前に母親が何も、まったく何も言ってくれなかったと回想している。二年前に出版されたばかりの、マリー・ストープス*の書いた『結婚愛』を読んでいた若い女性は、あまりいなかった。

　アラン・ミルンは、その小説などから推測すると、伝統的な、心配性の父親で、お産の間じゅう、パイプをすぱすぱ吸いながら、産室からあまり遠くない部屋で、いったりきたりしていた。ある短編小説のなかで書いている。「息子の出産はとても長くかかった。あれはみんなこれのためだったのか。こんなに小さく、こんなに醜い。しかし何という重荷か。」別の作中人物はこう言っている。「息子が生まれたとき、私たちは二部屋で暮らしていた。メアリが一部屋を、私がもう一つの部屋を使っていた。」彼は出産の様子が聞こえた。「子どもを何人もつかは、私が決めることではなかった。」「『きみがこわい思いをしたり、気分がわるくなったり、ひどく傷ついたりするなんて、考えるのもつらい』と彼はさけんだ。急に、自分自身のこと、男性というもの、女性が男性によって苦しめられてきたことのすべてを、恥じた。」そして、作中人物ではなく、彼自身の声で、A・A・ミルンは、はっきり言っている。「私にとって、人間誕生の奇蹟は、聖母マリアの処女降誕よりも、畏敬の念を感じさせる。（中略）人間とは、何という妙なる造化の賜物なのか**」

　クリストファー・ロビン・ミルンは一九二〇年八月二十一日に生まれ、その名前で登記されたが、すぐにビリーのあだ名がつき、のちに ― 彼がミルンをあいまいに発音した音から ― ムーンと呼ばれるようになった。八月二十三日に、ミルンはフランク・スウィナートンにこう書き送っている。

素晴らしい出来事が起こった。二流の小説家なら、気にもとめないだろうが。ミルン家に子どもが生まれたのだ！　これは妻（ダフ ― ダフネ、またはダッフォディルという人もいる、の省略形）が創造したものだ。これを前にしたら、あの二流小説家のくだらない作品などはその無力な炎を弱めるのだ（シェイクスピアだか、それに類する古典作家）。ここではこの創造物はビリーとして知られている。

きみ、これまでにひれ伏したことがなかったら、今こそ、この奇蹟の前で、ひれ伏したまえ。女にこんなことがやれるのなら、われわれ男どもが、きみやぼくが、ものを書き続ける意味がどこにある？（ごらんの通り、きみをぼくと同じレベルにおいているが、ぼくは今夜は寛大なムードなのだ）。なぜ我々は自らを創造の王などと呼び続けるのか、まったくそうでないのに？　なぜ ― いや、これ以上、きみの頭脳を酷使してはなるまい！

チャトー氏によろしく言ってくれ、ウィンダス氏の背中をたたいてやってくれ。カレンダーの八月二十一日に血で印をつけるように言ってくれ。

＊スコットランドの古生物学者、産児制限論者。主著『結婚愛』は、結婚と性生活の啓蒙書
＊＊『ハムレット』第二幕第二場よりの引用

優越感に浸りつつ
敬具
夫、父、市民、作家のいずれ
としても秀でたる
A・A・ミルン

二、三日後、ミルンはずっと落ち着いた口調で、両親の友人、ビディー・ウォレンにお祝い状への返事を書いている。「ダフとビリー（ほんとうはクリストファー・ロビンなのですが、ビリーと呼ばれています）は、二人ともとても元気にしています。ビリーの体重は十ポンド（約四・五キロ）ぐらいと看護婦は言いましたが、看護婦は釣り師のようなものだ*と私はにらんでいます。ビリーは茶色いカールした毛がたくさん生えていて、年の割にはわるくない、小さい顔をしています。私たちは女の子が欲しくて、ローズマリーと名付けるつもりだったのですが、この男の子でもとてもうれしいです。」J・M・バリーのお祝いの言葉はこうだった。「あなた方二人に、厳密には三人に、心からお祝いを申し上げる。ビリーが永遠の喜びとなることを祈っている。きみのいう通りなら、彼はもう驚くべき子どものようだが、実際に会ってから自分で判断するとしよう。その日が早く来ることを望んでいる」

A・A・ミルンは子どもに興味がないとか、子どもの扱い方を知らないなどの説が根を下ろしつつある。一つには、ミルン自身が子どもの本から距離をおく必要があって、それを助長している面もあるのだが。彼は一九三九年に ― 自分は作家であって、単なる子どもの本の作家ではないことを読者に印象づける必要を強く感じているときだった ― 書いた自伝で述べている。「私は極端な子ども好きでも興味があるわけでもない。私にとって、子どもの魅力は、他の動物の子どもの魅力と同じで、見た目の愛らしさである。子どもについて、感傷的になったことはまったくなく、子犬や子猫のちょっとしたこと以上に感じたことはない。子どもの心に対する理解は、たいていは無意識の観察に基づいている。人間一般を観察するのと同じか、自分の子ども時代の記憶と、想像力に基づいている。想像力は、すべての作家の記憶や観察に必要なものである。」「子どもの性質の魅力的でない部分である利己主義や冷酷なところ」も記憶していて、観察もしている、と述べている。

子ども好きでない子どもの本の作者というのは、いわばパラドックスだが、ある人々の心に根付いている感がある。そういう人々は、今日では、ルイス・キャロルが幼い少女が好きなことをしばしば問題視する。ピーター・グリーンはケネス・グレアム**の伝記の中で、ミルンは子どもといっ

*獲物の重さを実際よりも多めにいう

**スコットランド生まれの作家。『たのしい川べ』の著者

しょだと落ち着かないという説を広めてしまった。だが、その根拠は、彼がグレアムのように子どもを無視しなかっただけである。よくこう言う人がある。「あゝ、A・A・ミルンね。彼は子どもが好きじゃなかったんだよね。」そういう人たちは、それでミルンについて「知っている」つもりでいる。クリストファー・ミルン自身が書いた子ども時代の回想記*がおそらくそう考えさせたといえる。彼は次のように書いている。「子どもとの付き合いがうまい人も、うまくない人もいる。それは、特別の才能なのだ。その才能があるかどうかの問題なのだ。私の父にはそれがなかった——つまり、子どもとの付き合いができなかった。のちにはそうではなくなっていた。だが、私は自分が幼いころのことを考えている」

　子ども自身が感じていた証拠を疑うのは、たしかに難しい。だが、息子が幼かったころに書かれたミルンの手紙からは、たとえ単純な意味で「子どもとの付き合いがうまく」なかったとしても、ミルンが息子にいつも強い関心をもち、その時代の多くの父親より、はるかに観察力が鋭い（それは、まわりの世界にインスピレーションを求める作家であることの必然的な結果であるのだが）だけでなく、息子の人生にずっと深く関わろうとしていることが感じられる。

　息子が幼いころに書かれた今も残っているミルンの手紙で、子どもについて何も言っていないものはほとんどない。しかも、よく写真もいっしょに送っている（J・M・バリーは、一九二一年の手紙で、二人の名前のわからない赤ん坊の写真について、たずねている。「どっちがビリーなの？ いや、自分で当てるよ、言わないでくれ」）。クリストファーの自伝の書評はすべて「デイリー・メール」紙と同じ印象をとり上げていた。「物語の中のクリストファー・ロビンは、多忙な作家である父親をほとんど知らなかった」これは、五十年後に、クリストファー自身が考えたことである。「私が両親を愛していたと言えないのは、幼いころに、両親のことをほとんど知らなかったからだ。」クリストファーは父のことを知らないと思っただろうが、父は息子のことをよく知っていた。初めから、息子がミルン家の中心だった。エドワード・マーシュ**（と「あの有名な女優アシーニ・セイラー」）を息子に引き合わせようとランチに招いたとき、ミルンは時間を一時半と指定した。「（少し遅いが）一時半でないとだめなんだ、ビリーのランチが一時と決まっているのでね。」ビリーはそのとき生後二か月だった。翌年六月、祖父のJ・V・ミルンは友人宛てに書いている。「アランはビリーといつもいっしょで、仕事が手につかないそうだ」

クリストファーが生まれるずっと前から、ダフネとちがって、アランは赤ん坊についてよく知っていた証拠がたくさんある。兄のケンに長男が生まれたころ、「パンチ」に「相続人」という子どもが中心のシリーズがあった。これを見ると、ミルンの子どもへの態度がはっきり分かる。子ども

＊『クマのプーさんと魔法の森』
＊＊翻訳家。ルパート・ブルック等の詩人たちの後援者

が大好きだが、感傷的ではない。

　ある作中人物ダリヤは赤ん坊についてしゃべりたてた。父親そっくり、というのだ。「私はアーチーの顔をじっと見て、それから赤ん坊を見た。『いつでも見分けがつくよ』と私はやっとのことで言った。」子どものことをよく知らない名付け親のサミュエルが、大きなテディベアを小さな子どもに贈って、「汽車のなかでわたしはこのくまをダンカンと呼んでいたが、もちろん赤ん坊は自分の好きな名前をつけたいだろうな」と言う。作者のミルンはそんな友人に優越感を抱いている。友人は赤ん坊にばかばかしいほど多くを期待している。「年のわりに背は高いほうか?」「サミュエル、しっかりしてくれよ。寝ているだけだから高くはないさ。強いていえば、長いんだろうが、どれぐらい長いかは、風呂に入っているのを見た人にしか言えないね。分かっているだろうが、生まれてからまだ一か月だよ。」「いや、きみ、もちろんだ（中略）よちよち歩きもしてないだろうね?」「いや、いや」とミルンは言う。「よちよち歩きはまだだ」

「私たちは女の子が欲しくて、ローズマリーと名付けるつもりでした。」息子が生まれてすぐに書いた手紙でミルンは言っている。クリストファーのもっとも古い記憶のひとつは、まだ乳母車に乗った、小さいころのことだった。チェルシーの食料品店の外で、いい気持ちでくつろいでいると、だれかの声が聞こえた。「まあ、なんてかわいい女の子でしょう!」父のように、初めてヘアカットをしてもらうまで、長く待たされていたのだった。彼の長い髪は、母にはほんとうは女の子が欲しかったことを思い出させ、父には少年時代の自分を思い出させた。クリストファー・ミルンはのちに思い出すことになる。「私は、男の子が髪を長くしていないときに長い髪だった。（中略）スモックやら何やら、女の子が着るような服も着せられた。そして覚えているいちばん昔の夢のなかで私は女の子だった。」いとこの一人も言っている。クリストファーのイメージは「まちがいなくダフで、アランではない」と。ミルン自身も、長い髪で、可愛い服を着せられた息子を見て、自身の子ども時代に感じた「女の子みたいな格好との戦い」の気分を思い出したに違いない。おそらく、そのことが彼自身にそれほど害がなかった（そして、その結果、彼のいう、こういう人間、こういう作家になった）のなら、ビリーにもたいして害はない、と思ったのだろう。

アランは、女の子のような格好をさせられても、それに大胆かつ勇敢に立ち向かったと感じていた。いっぽう、息子のほうは、イメージと現実が強く結びついていると感じていたようで、表立った戦いはなかった。クリストファーはおとなしく、内気で物静かな子だった。W・A・ダーリントンは「かわいい小さな男の子が（中略）やや軟弱で女の子のような育てられ方をしていた」と回想している。彼自身の娘アンは、八か月ほど年長の、しっかりした性格の少女で、クリストファーの親友になった。二人は「ほんとうに仲良しで離せないほどの仲で――アンがちょっとお姉さんだった。」そしてアランもダフネも、アンをとても可愛がった。「アンは当時もその後も、死ぬまで、私のなれなかったローズマリーだった」とクリストファー・ロビンは述べている。

少なくとも男の子なら、将来クリケットのイングランド代表選手になることが期待できた。何年も前に、ミルンは「将来の一流のクリケット選手に洗礼名をつけるときに大切なのはいい組合せの頭文字《イニシャル》を選ぶこと」と言っている。クリストファー・ロビンは実際には洗礼を受けなかったが、C・R・ミルンは、いい頭文字《イニシャル》と考えられたに違いない。「グレース*のニックネームとして、W・G・よりもいい名前があるだろうか。だが、もし彼の頭文字《イニシャル》がZ・Z・だったらどうだろう**」と何年ものちにミルンは書いている。

クリストファー・ロビンが生まれたとき、名前が必要だった。私たち夫婦は前から別の名前を決めていて、彼ものちに自分をまた別の名前で呼ぶことにしたので、私たちがいま見ているこの名前は、いずれ使うための二つの頭文字《イニシャル》を与える口実にすぎなかった。イニシャルが一つや無しよりも、二つがいいと決めていた。W・G・グレースやC・B・フライのようにクリケットのイングランド代表選手になってほしかったからだ。たとえアマチュア選手でも、二つのイニシャルがあったほうが、得点表で見栄えがするだろう。父親はこんなことも考えなければならない。というわけで、私たちの一人はクリストファーという名前が好きで、もう一人がロビンという名は感じがよくて珍しいと主張したので、C・R・ミルンにして、スポーツ界で有名にさせようと決めた。

このときはもちろん、彼自身まったく使わず、ほとんど関係がないと思っていた名前を使って、父が彼を有名にするとは、そしてC・R・ミルンではなく、クリストファー・ロビンが「世界で最も有名な五人の子ども」の一人と言われるようになるとは、まったく考えもつかなかった。ずっとのちにその子どもが、自分のゆりかごの上で、「お得意の不思議な呪文」を唱えたにちがいない妖精について書くことになる。「『そしてこの子の名前が世界中で有名になるように』というその呪文は、祝福のように聞こえるが、じつは呪いになってしまった」

ところで、父はビリーの最初のクリケットのレッスンまでまだ四年もあると考えて、次の戯曲の執筆を進めた。ミルンの人生のこの時期は、一九二〇年代に上演された、長短合わせて十六編もあるミルンの戯曲をすべてくわしく検討すると、読者に退屈なのは間違いない。だが、無視できない際立った作品や興味ある部分もある。すばらしい感激もあれば失望もある、その繰り返しだった。「劇はいつも、初日はうまくいく。」ミルンは晩年の小説『かれら二人』のなかで語ることになる。「それから批評家が出てきて、楽しいと思ったが実はそれほどでもなかったのはなぜか、とか、だ

＊アマチュアのクリケット選手。長年にわたり、イングランド代表をはじめ多くのチームのキャプテンを務め、最も偉大なクリケット選手とうたわれた

＊＊ZZはいびきの音ぐーぐーやハチの羽音ブンブン

れか別の劇作家がまったくちがう劇を書いていたらよかったのに、などと言うのだ」

一九二一年にミルン夫妻はビリーを残してイタリアで一か月の休暇を楽しむことができた。完璧な乳母《ナニー》がいたので、心配する必要はまったくなかった。オリーヴ・ランドというこの乳母は、ビリーは「ノウ」と呼んでいたが、世界中でアリスとして知られることになった。「パレス」ときれいに韻を踏むからである（「衛兵交代のバッキンガム宮殿《パレス》／クリストファー・ロビンのお供はアリス」）*。

オリーヴ・ランドは、一九三〇年にクリストファーが寄宿学校に入るまでミルン家に住みこんでいた。彼女とクリストファーはマロード通りの家の最上階にある、子ども部屋とその隣の寝室で過ごした。クリストファーによれば、「私たちはあまりいつもいっしょだったので、ナニーはほとんど私の一部になったほどだった。（中略）他の人たちも周りをうろついていたが、大して重要ではなかった。私が愛し、心から信じきっていたのはナニーだった。」クリストファーは、「バッキンガムきゅうでん」の詩のなかで父が描いたナニーのイメージは、まったく不正確と言っている。ナニーは「そうですとも、ぼうや、でもお茶の時間ですよ」などと無意味なことを言って、子どもの質問をはぐらかす人ではなかった。さらに、「ジェイムズ・ジェイムズ・モリソン・モリソン」の詩**について書いた文のなかで、クリストファー・ミルンは、三歳ではどう感じたかは分からないので、「推測だが、母がいなくてもさびしくなかったかもしれないし、父がいなくてもたしかに平気だっただろう。だが、もしナニーがいなくなったらさびしかっただろう——耐えられないほどに」

オリーヴ・ランドは普通のナニーではなかった。ずっと困難なことも経験していた。ロンドンでチリ大使の子どもたちのナニーをしていて、その家族といっしょにいろいろなところへ旅行していた。一九一四年、第一次大戦の初期に一家が一時フランスに取り残された後、彼女もいっしょにアメリカに行き、それからチリにも行った。一九六五年に「サンデー・タイムズ」紙のインタビューで、A・A・ミルンについて語っている。その口調は、同じことを何度も聞かれたが、その話題に飽きていないことをうかがわせる。「ミルン様は、クリストファー・ロビンの空想をばかになさったことはありませんでしたし、坊ちゃまがぬいぐるみのペットたちをおしゃべりやゲームに入れたいと思ったら、ミルン様はいつもその場の気分をくみとって、ぬいぐるみたちにまるで人間のように話しかけていました。」オリーヴ・ランドには婚約者がいた。陸軍を除隊後、郵便局の技師に

＊『クリストファー・ロビンのうた』のなかの「バッキンガムきゅうでん。」一九三一年に、ダフネはニューヨークで受けたインタビューで言っている。「イギリスの母親は幸運なんですよ（幸運ではないすべてのイギリスの母親たちのことは忘れたようだった）。子どもたちの乳母を完全に信頼することができるんですから。信頼できる最愛の『ナニー』は同じ家族に何年も続けて雇われるのです。（中略）仕事のために特別の訓練を受けていて、その仕事を、誇りをもって打ち込むに値する、本当の職業と考えるのです」

＊＊「いうことをきかないおかあさん」

なった人で、オリーヴがクリストファーのナニーをやめて結婚して欲しいと思っていた。しかしオリーヴはクリストファーが彼女を必要としなくなるまで、彼を置いていく気にはなれなかった。

一九二一年の夏までに、A・A・ミルンは二編の戯曲を仕上げていた。『ブレイズ家についての真実』と『ドーヴァー街道』で、『ピムさん通れば』と同じように、ロンドンとニューヨークで成功しただけでなく、世界中のアマチュア演劇クラブやレパートリー劇団*の基本演目となった。アマチュア演劇全盛期のミルン劇の成功は目ざましく、一九二四年にジョン・ドリンクウォーター**に、アマチュア演劇の著作権だけで年収二千ポンドはある、と言っている。「アランはすごい勢いで突進している」とミルンの父が六月六日に報告している。だが、ミルンは、成功の驚異的な成果が長続きしないことを、他の作家と同じように、悟っていたようだ。彼は裕福な生活を楽しんでいたが、収入のほとんどを不安な将来に備えて投資していた。

六月二十六日、J・V・ミルンは友人に再び手紙を書き、ビリーの伯母によれば、赤ん坊はとっても可愛いそうだ、と報告している。察するに、祖父と祖母は、赤ん坊に会ったとしても、そう頻繁ではなかったようだ。六月にアランは八月に車で会いに行くと約束しているが、大した旅ではないのに、実際に行ったのは九月だった。ビリーは十三か月になっていた。「それで、おばあちゃんはビリーに会えて、とても喜んだ。」このころミルンの母はすでに「耳が遠く、目もわるくなり、読書や針仕事はできず、杖がなければ部屋を動くこともできなかった。」彼女はその後まもなく亡くなった。

一九二一年の九月に一家がバージェス・ヒルの祖父たちに会いに行ったとき、ビリーのテディベア（八月の一歳の誕生日にハロッズ百貨店で買ったプレゼントだった）もいっしょだったと考えてもおかしくはない。テディベアはまだウィニー・ザ・プーの名前はなかったが、ミルン家のなかでは目立っていた。ちょうどクリストファー・ロビンが初めて言葉を言おうとしている頃だった。十八か月で「ハイメマチテ」と言えたので感心された。父は「ビリーはすごいよ、一日中ずっと歩きながらしゃべろうとしている」と書いている。テディベアははじめはただベアかテディと呼ばれ、あるいはおとなにには威厳がありそうに聞こえるエドワード・ベア***と呼ばれることもあった。「おもちゃ屋にテディベアがずらりと座っている。みんな同じサイズで、同じ値段だ。でも、それぞれ、何とちがっているのだろう。つんとすましたのもいれば、愛らしいのもいる。とくに、あそこのあの子、

＊いくつもの劇を定期的に次々と上演する劇団
＊＊詩人、劇作家、評論家。『エイブラハム・リンカーン』など。当時バーミンガム・レパートリー劇団の支配人
＊＊＊テディはエドワード、またはシオドアの愛称。テディベアの呼び名は、アメリカのシオドア（テディ）・ルーズベルト大統領が猟でクマの子を助けたエピソードに由来する

特別にかわいらしい顔をしている。そうだ、あれがいい、あれをお願いします。」クリストファー・ミルンが回想記のなかで、ウィニー・ザ・プーを買う場面をこのように想像している。

彼は認めようとしないが、私たちの知るテディベア、E・H・シェパードの挿絵で何百万もの人に親しまれているテディベアは、実は彼のではなく、少し年上の子どもの、形もかなり違う、性格のはっきりしたテディベアだった。それはE・H・シェパードの息子、グレアム・シェパードのグラウラー（うなりや）だった。

シェパードによれば、グラウラーは「すばらしいテディベアだった。こんなのは見たことがない。」一九一五年にシェパードが家にいて、家族が出かけていたとき、彼は七歳の息子のグレアムに手紙を書いた。「グラウラーとパックは困ったもんだよ。一晩中、ぺちゃくちゃおしゃべりなんだ。」パックは「コルクづめの小人」で、この物語には関係がないが、グラウラーは個性が強く、我々のウィニー・ザ・プーのイメージづくりに、深く関わってくる。

一九二一年の同じ九月に、ミルン一家はサセックス州のアランデルとリトルハンプトン近くのポーリング村の「デコイ」という茅葺きのコテージを訪れた。ここへは今後何度か訪れるのだが、ここでクリストファー・ロビンが湖で白鳥に餌をやってプーと名付けたのだった。「これは白鳥にはとてもいい名前だ。だって、呼んでも来なかったら（白鳥ってそういうことよくやるから）、来なくてもいいのを見せるために、「プー!」と言っただけのふりができるから。[*]」ここには牝牛もたくさんいて、湖に水を飲みに来ていた。それを見て、ミルンはつい思った。「ムーとプー[**]は韻を踏んでいる! これでちょっとした詩が書けないだろうか……」すぐに、白鳥と牝牛が出てくる詩が書かれるが、どちらにもムーもプーも出てこない。なぜなら、詩とは、そういうものなのだ。

一九二二年の七月、ミルン一家はデヴォン州のウーラクーム湾のホッブズ夫人の宿で一か月過ごした。クリストファーはここがはじめて「足の指にはさまった砂」を経験した場所だと言う。だが、二歳そこそこでは、まだ砂は口に入れるものだし、六ペンス硬貨をしっかり握りしめるには幼なすぎだろう(「つまさきの間のすな」という詩の場面としてありそうなのは、ウェールズのプラス・ブロンダニューの近くのホワイトサンド入江だろう。一家は翌年の夏にそこに行き、そこで詩が書かれたのだから)。スウィナートンはウーラクームにいるミルンに手紙を書いた。「もしきみたちがいる場所の天気が、わたしがアーノルド・ベネット[***]のヨットで体験している天気だったら、気の毒だ。逆に、もし天気のせいで君が部屋にこもって戯曲を書いているなら、それはそれでよかったが、ビリーとお母さんには同情するね。」ミルンは「親愛なるスウィン」に返事をしたためた。「ここでは三日間、すばらしい天気

*「プー」という音は、普通は軽蔑や不同意をあらわす。「ふうん」「へん」など
**牛の鳴き声(モー)
***小説家、劇作家、評論家。『二人の女の物語』など作品多数

で、われわれはしょっちゅう服の着替えで忙しかった。だが、楽しくやっているし、ビリーとダフはとても元気だ。わたしもそうで、すっかり怠けている。ロンドンに戻ったら**仕事をするぞ。偉大なる戯曲と力強い小説**がわたしのペンから次々に生まれるだろう。」ミルンはスウィナートン宛てに書くとき、もっともふざけて自慢口調になる。

ミルン夫妻はほどなく田舎の住まいを探すことになる。ケネス・グレアムがバークシャーのブルーベリーにある自分の別荘ボアムはどうかと言ってきた。グレアムは息子のオックスフォードでの鉄道自死のあと苦悩して、そこを引き上げることにしたのだ。しかしミルンは、別荘を借りるのではなく、購入したいと思っていた。気に入った家が見つかるまでは、デコイで事足りていた。

ミルンがグレアムと近づきになったのは、代理人《エージェント》のカーティス・ブラウン*が『たのしい川べ』の脚色を提案していたからである。その劇は一九二九年 ― ミルン自身の子どもの本が成功したあとのこと ― まで上演されなかったが、ミルンがカーティス・ブラウンの提案に応えたのは、一九二一年と早かった。カーティス・ブラウンはもっと早くから興行界に働きかけていたが、反応はこの本の出版当時の出版社のそれに近かった。メシュエン社はようやく出版を引き受けたあとでも、保証前渡し金を払うほど信頼していなかった。だが、「タイムズ文芸付録」に掲載された有名な書評（「博物誌への貢献としては、この本は取るに足らない」）やアーサー・ランサムが出版カタログ誌「ブックマン」に書いた書評（「この本を目的から判断すると、失敗作である。ホッテントット人に向かってなされた中国語のスピーチのようなものだ」）などの否定的な評価にも関わらず、その後の重版のリストを見れば、『たのしい川べ』が、ミルンの言うように、孤軍奮闘、宣伝する必要があったのが信じられない。出版から十三年後の一九二一年には、すでに十一版を重ねているのだ。ミルンはいつもこの本を友人に勧めていた。一九一九年にミルンは『たのしい川べ』について、「古典となるべきで、なっていない本」と語っている。

知らない人と初めて会うとき、私はたいていこの本の話をする。会話の出だしで、他の人が天気などからはじめるのと同じである。はじめにしなければ、終わりに押し込む。その人はどこかの段階でその話を聞くことになる。仮に私が被告席にいて（そういうこともないとは限らない）、何か言い残すことはと聞かれたら、答えはこうだろう。「そうですね、陪審員の方々に一冊の本をお奨めしてもよろしいでしょうか、この世の名残として……」

さらに、ずっとのちに、新版の序文で、ミルンはこう付け加えている。

＊十九世紀末以来、現在まで続く文芸代理業者の最大手。作家と出版社の著作権問題などを代行する。カーティス・ブラウン本人は、社主となる前は編集者

『たのしい川べ』については、議論の必要はない。若者は恋する少女にその本を贈り、気に入らなければ、恋文を返してくれと言う。老人は甥っ子に読ませて、結果次第で遺言を書き変える。この本は、人格を試すものだ。（中略）読み始めたら、私の趣味やケネス・グレアムの芸術を判定するために読むなど馬鹿なことを考えるな、きみは単に、きみ自身を判定しているのだ。

『クマのプーさん』についても、同じように感じる人もいるだろう。この二冊の本の関連は微妙だが、『クマのプーさん』の背後に『たのしい川べ』があるのは間違いなく、それがなければミルンの本は書かれなかったかもしれない。ミルンは、グレアムと同じように、自分の子ども時代をすばらしく、いい時代と記憶していた。グレアムは、「おかしなことに、そのころ感じたことは、すべて思い出せる。四歳から七歳まで使った脳は、まったく変わっていない」と言った。テムズ川流域地域に戻ってきたことで、グレアムは少しずつ記憶が呼びさまされた。ミルンは断定できる戻るべき子ども時代の遊び場はなかったが、頭のなかにはしっかりと刻まれていた。E・H・シェパードはのちに、ミルンがまずたずねたのがまさに、『たのしい川べ』を読んだかだったと、述べることになる。これはシェパードが『たのしい川べ』に挿絵をつけて（一九三一年）グレアムとミルンの絆を強めるずっと前のことだった。シェパードは述べている。「そのときすでに、グレアムの本がミルンに与えた影響の大きさを、はっきり感じました。ミルンの作品はすべてグレアムが元のようで、ミルンは率直に認めていました。正直な人で、グレアムの本を賛美していましたよ。」カーティス・ブラウンが作品の戯曲化を提案する手紙を書いたとき、ミルンが一九二一年十一月十五日に次のように返事したのも、驚くにはあたらなかった。

『たのしい川べ』ですって！　喜んでお受けしますとも！　もしケネス・グレアムにその気があって、そちらで適格な興行主を探せるなら（たぶんできると思いますが）、わたしはやります。楽しい仕事になるでしょう。実は、お手紙をいただいてすぐ、概要を書き始めたのですが、何とかなると思います。子ども向けの劇にして、音楽もちょっとつけるといいでしょう。

アラン・ミルンは兄のケンに、戦争以来「政治にはもううんざりで、まったく関心がなくなった」と言っている。政党政治に関してはその通りだが、平和主義的信念は持ち続けていて、この頃は「タイムズ」と、より左翼的な「デイリー・ニュース」を読んでいて、海外ニュースも注視していた。ソンムを経験した平和主義者として、ミルンはだれよりも、あの戦争はすべての戦争を終わらせるための戦争であったと考えていた。それがそうではないと分かるのは、苦い経験だった。一九二二年の九月にロイド・ジョージ首相はトルコと戦争しそうになった。（同盟軍の戦後の和解を脅かす民族主義的反乱を受けて）ギリシャをトルコに侵入させたあと、ロイド・ジョージはトルコがギリシャ軍を敗走させ、中立地帯チャナックの英国陣地の境界近くまで進んだことに気づいた。これはダーダネルス海峡の航海への脅威だけでなく、ガリポリで斃れた英国の戦没者への忘恩だという人々がいた。この熱狂的愛国主義的な考えを、A・A・ミルンは一九二二年十月四日の「デイリー・ニュース」に掲載した記事で嘲笑した。その記事は、小説家E・M・フォースター[*]に感銘を与えた。

> 彼らはもう少しで、「平和を終わらせるための戦争」をやるところだった、その平和のために三年も奮闘してきたというのに。何という信じがたい冗談か！「ダーダネルス海峡の自由と、ガリポリにあるわれらが戦没者の墓地の尊厳」を守るための戦争だと、「パンチ」は崇高な口調で述べている。もちろん、そうも考えられる。それは、けっこう威厳があり自然に聞こえる。だが、同時に、テーブルを囲む五人、十人、あるいは二十人の人間、選ばれた政治家を思い浮べることもできる。私と同じように。いつも同じ政治家だ。それぞれに、戦争の記憶がよどんでいる。戦争継続も終結もできない、己の完全なる無能を百も承知の面々だ。

フォースターは五日後、ミルンの「もう一つの小さな戦争」というタイトルの記事を受けて、次のように投書した。

拝啓　A・A・ミルン氏の見事な記事「ガリポリにおけるわれらが戦没者墓地の尊厳」の痛烈な分析は、特別の感謝に値する。我々の統治者はその政策の評判がよくないことを承知の上で、我々に無理矢理受け入れさせようと、この不快な訴えを容認した――その訴えが攻撃するのが高潔な感情であり、正しく方向づけられれば国家を浄化できるだけに、いっそう嫌悪感をもよおす。かの墓地に横たわる若者たちの遺体は、もう互いに仲違いもせず、我々の不和とも関係なく、我々が擁護しようがすまいが何の関心もなく、もっと若者を殺戮したいという気持ちもないのだ。魂の生命について、少しでも考えたことがあれば、だれでも理解できることだ。

死者を政党のプロパガンダのために掘り起こし、生存者を捕えるための餌に利用するのは、ホワイトホール**の老いた食屍鬼《しょくしき》（グール）だけである。

フォースターとミルンは遂に出会わなかったが、著名な作家からのこの暖かい支持を、二年後、

＊小説家。『眺めのよい部屋』『ハワーズエンド』『インドへの道』など
＊＊英国政府の俗称

フォースターの小説『インドへの道』が出版されたとき、ミルンは思い出したにちがいない。ミルンに、もっと広い経験があれば、もし彼が別の人間であれば、力強い小説を本当に書けると感じたかもしれない、と想像してみたくなる。

クリストファー・ミルンによれば、彼の両親はいっしょに何かを楽しむことがあまりなかった。結婚して十年になったころ、アランはダフネのゴルフをあきらめた。ダフネはレッスンを受けていたが、どうしてもゴルフが好きになれなかった。ハーヴェイ・ニコルズやハロッズなどの高級百貨店で過ごすほうが好きだった。ダフネの楽しみは、アランが大嫌いなもの――室内装飾の職人を雇って、部屋の模様替えをすることだった。そういうときは、アランは書斎――家の裏手の小さな暗い部屋――に引っ込んで、大騒動と塗料のにおいを無視しようとした。すべてが終わり、出てきてもよくなると、しかるべき褒めことばを述べた。ダフネはヘアーサロンやエリザベス・アーデンの美容室で、化粧や髪の手入れに長い時間を過ごした。彼女は美人ではなかったが、美しく装っていた――非のうちどころがなく、近づきがたいほどだった。人々は彼女のことを、魅惑的で、洗練された、優雅な女性と評した。ダフネはドレスメーカーで服を注文し、帽子屋を訪れることを楽しんだ。彼女にとって、服や帽子がとても重要だった。

ダフネはミルンのある劇のドレス・リハーサルに、特別豪華な帽子をかぶって行った。その後ろにだれも座っていなかったらよかったのだが。ミルンは彼と妻が非常に違っていることを示す話を女優のアイリーン・バンブラにしている。ドレス・デザイナー、ニュー・ボンド・ストリートのマダム・ハンドリー・シーモア ― 主役の女性の衣装のデザイナーだった ― が、ミルンに、奥様がかぶっている帽子ほど素敵な帽子を見たことがない、と言ったというのだ。ダフネは震えるほど感激した。ミルンは言った。「彼女は、わたしがトマス・ハーディ*に頭をなでられたように感じたのです。」それは、実際には起きそうもないことだった。ハーディはその後、四年半も生きたが、ハーディとミルンが出会うことはなかった。バリーは二人の出会いを取り持つことはできたはずだが、ミルンがどんなにハーディに興味があっても、ハーディはミルンに興味をもたないと、バリーには分かっていたのだ。「クリストファー・ロビンなんて、大嫌い」と、ハーディの二度目の妻、フローレンス・ハーディはのちに言うのだ。彼女自身の子どもの物語が成功しなかったので、負け惜しみもあるだろうけれど。

その二年ほど前に、アメリカの夕刊紙「ボストン・イヴニング・トランスクリプト」に、ミルンを称える、長い記事が掲載された。J・ブルックス・アトキンソンによるもので、ミルンに「金目当ての作品やお決まりの雑文」書きなどしないように説き、「ミルン氏の人間性の知識とわきたつ

＊小説家、詩人。『テス』『帰郷』など

ユーモアのセンスで、もっと注目に値する作品を書くべきである。」たしかに、ミルンは金目当ての作品など書きたくなかったし、その必要もなかった。彼は一九二二年十一月十五日に三冊の小説を書くというカーティス・ブラウンとの契約書に署名したことを後悔していた。一冊目は、『赤い館の秘密』に続いて一九二三年に出版予定になっていた。あるアメリカの編集者がこの小説に感銘し、ロンドンに来たとき、ミルンと直接契約し、次の推理小説の連載著作権として破格の二千ポンドの支払いを申し出たのだ。だが、次の推理小説は書かれず、次の小説も一九三一年まで書かれなかった。ミルンにとって小説が難しかったのは、あまりにもジェイン・オースティン*や、サミュエル・バトラー**やトマス・ハーディを賛美しすぎたからかもしれない。自分が読みたい小説を書けるかどうか、心もとなかったのだろう。

他に戯曲もいくつか書いたが、そろそろ何か別のものを書くときだった。その前の冬に、ミルンはダフネのために詩を書いた（子どものための詩ではなかった）。二歳のビリーがベッドのそばにひざまずいて、多くの子どもたちが教わる、寝る前のお祈りの言葉、「神さま、ママとパパとナニーをお守りください、そしてぼくをいい子にしてください」を、ナニーに教わっているのを見て、思いついたのだ。「ミルン様はそっと入って来て、しばらく見ていらっしゃいました」とオリーヴ・ブロックウェル（ナニーの結婚後の名前）は何年も経って回想した。「それからミルン様が部屋を出て、階段を下りて行かれるのが聞こえました。何かとてもうれしそうに含み笑いをしていらっしゃるようでした。」そのときのことを思い出して、オリーヴは、ミルンの「含み笑い」は、詩のすばらしいアイデアを思い付いたからと考えたのだ。「とてもすてきな言葉ですわ」と彼女は言った。「それに、あの通りだったのです。私は子ども部屋のドアにドレッシング・ガウンをかけていました。***」しかし、ミルンが微笑んでいたのは、もちろん、ビリーがとても可愛かったからで、それに、小さな子どもにとって、お祈りが無意味なことを完璧に示していたからだった。実は、お祈りはミルン自身にとっても、何の意味もなかった。ミルンは伝統的なキリスト教を嫌っていた。

子どもがお祈りしている姿は、「多くの人を感傷的にさせる」と、ミルンは自伝で述べている。「その場面は、感動で胸がいっぱいになるように意図されている。だが、たとえそうでも、真実を述べなければならない。」その真実とは、お祈りは二歳の子どもにとって意味がないだけではない。たしかに子どもには「あどけなさと無心の優雅さ」があるが、「すぐれた資質があっても、いっぽうで道徳的な性質がもともと欠けていて、そのことが自然に表に出て、まったく無情な利己主義として現れるのである」

＊小説家。『高慢と偏見』『マンスフィールド・パーク』『エマ』など
＊＊小説家。ユートピア小説『エレホン』や『万人の道』など
＊＊＊詩集『クリストファー・ロビンのうた』のなかの「おやすみのおいのり《ヴェスパーズ》」

評論家のハンフリー・カーペンター*は、この詩が出版されて間もなく「ビーチコーマー」がパロディーにしたが（「シーッ、シーッ、だれも気にしない／クリストファー・ロビンが階段から落っこちた」）、その必要はなかったと指摘している。「おやすみのおいのり《ヴェスパーズ》」自体、完全に子ども時代を皮肉って書かれているからだ。クリストファー・ミルンが、自分自身の子ども時代の回想記で、父の「皮肉な」ものの見方に反発しているのは、興味深い。A・A・ミルンは明らかに、この「おやすみのお《ヴェス》いのり《パーズ》」をいい子がお祈りをしている感傷的な詩とする解釈を積極的に打ち砕いている。しかし、息子は、子ども時代について、父よりも、ワーズワス**にずっと近い見方をしていた。クリストファー・ミルンは、「原初の共感、影のように捉えがたい記憶」（「霊魂不滅の啓示」一四九―一五〇行）を「この世の光の源泉」（同一二〇行）として覚えていた。おとなは、しばしば、子どもと同じように利己主義的である。それを隠すことは上手いけれど。

> 輝きと栄光に満ちていたあの頃、私はたしかに神に近いと感じていた――ナニーが空に住んでいると教えてくれた神さま――今よりずっと近かった。だから、子ども時代の二つの見方のどちらを選ぶと聞かれたら、迷わずワーズワスを選ぶだろう。ワーズワスは感傷的なのかもしれない。子どものワーズワスは、中年の詩人をだましたのかもしれない。ひざまずいて祈るクリストファー・ロビンが多くの読者をだましたように。皮肉屋の父が、正しいのかもしれない。

しかし、それは、私が感じることとは違っている。

アラン・ミルンは、この詩をダフネに贈り、出版したかったらしてもいい、原稿料もとっておきなさい、と言った。ダフネはその詩をニューヨークの月刊誌「ヴァニティ・フェア」に送った。詩は一九二三年一月号に掲載され、ダフネは五十ドル（約五百万円）を受け取った。これがミルンが妻に与えた、生涯でもっとも気前のいいプレゼントとなった（詩人ウォルター・デ・ラ・メア[＊＊＊]が「聴く者たち」という一編の詩の収益で、息子のイートン校の学費を支払ったという逸話が思い出される）。翌年の冬、ミルンは建築家ラチェンス卿の指揮のもとに製作されたメアリ王妃のドールズハウスの図書室にミニチュア本の贈呈を求められた。そのドールズハウスはウェンブリーでの大英帝国博覧会で展示され、のちにウィンザー城に常設された。豪華絢爛なドールズハウスの製作計画そのものが「根深い愚かしさ」だとアーサー・ベンソン[＊＊＊＊]は言ったが、王室の命令とはそんなものだった。協力を拒否したの

＊伝記作家、作家、評論家。トールキンの伝記、C・S・ルイスと仲間たちについての著作など

＊＊詩人。子ども時代に湖水地方で得た自然との一体感を原体験として追求した。短詩「虹」「黄水仙」から自伝的叙事詩『序曲』まで作品多数

＊＊＊詩人、作家。子ども向けの物語や詩、神秘的・幻想的な作品多数。『九つの銅貨』『妖精詩集』『孔雀のパイ』など

＊＊＊＊エッセイスト・詩人。愛国歌「希望と栄光の国」の作詞家（エルガー作曲）

は、ジョージ・バーナード・ショーだけで、ドールズハウス発案者のマリー・ルイーズ王女によれば、「とても失礼な断り方」だった。ミルンは、従順に「おやすみのおいのり《ヴェスパーズ》」を書き写した。少なくとも、短い詩だった。その後、何年も、世界中の子ども部屋に「おやすみのおいのり《ヴェスパーズ》」のコピーが掛けられたが、一番下に、「王妃のドールズハウスの図書室の許可により印刷」の一行があった。ミルンは、そのときはまだ気づかなかったが、一種の子ども部屋の桂冠詩人への道を歩みはじめていた。

3 ぼくたちがとても小さかったころ

一九二三年の夏、ウェールズ北部でハウス・パーティ*が行われた。ミルンはナイジェル・プレイフェア**と、建築家クラフ・ウィリアムズ＝エリスの所有する家を借りる費用の分担に同意していた。ウィリアムズ＝エリスは、その後、近くにポートメイリオン***を開発した。その家はポートマドック

＊田舎の邸宅などに宿泊客を招待してもてなすパーティ
＊＊俳優。当時ハマースミスのリリック劇場の支配人
＊＊＊北ウェールズのグウィネスにつくられた観光ビレッジ。城、広場、噴水などイタリアの村の雰囲気を模している

に近いスランフロセン村にあるプラス・ブロンダニーで、そのあたりは、イギリスでも特に美しい地域だった。ロンドンから来た人々は、クニット山やスノードン山に登ったり、ハーレック城を巡ったり、カーディガン湾で泳いだりするのを楽しみにしていた。

　プレイフェアは『ベガーズ・オペラ』*の公演の成功で裕福な気分になり、大勢の人を招待した。『ベガーズ・オペラ』の音楽を編曲したフレデリック・オースティンがいて、舞台装置家の妻のグレース・ラヴァット・フレイザーと、マクベスを演じていて公演中に亡くなった俳優の十六歳の娘のジョーン・ピット＝チャップマンもいた。それに、マルコム夫人という女性もいた。夫が最近、殺人罪で告発されたが無罪放免になっていた。他にも、いろいろな人が来たり、帰ったりした。ある晩、小説家のリチャード・ヒューズとその母親が夕食にきて、プレイフェア夫人に暖かく迎えられた。「まあ、どうぞお入りください、ビアード夫人とビアードさん。」プレイフェア夫妻がヒューズと母親をそう呼んだのは、当時、リチャード・ヒューズがひげ（ビアード）を生やしていたからだった。それからの夜の雰囲気は少しおかしかった。みんなこの歓迎の言葉を聞いていた。

　それは奇妙なハウス・パーティだった。もし天気がよく、予定の遠出ができていたら、すべてよかったかもしれなかった。しかし、ミルンがスウィナートンに憂鬱そうに書き送ったように、「ウェールズでは一日じゅう雨が降る。」一日じゅう、しかもほぼ毎日、降るのだった。プレイフェア家の十三歳の次男ジャイルズは、珍しく晴れた三日のある日、コダックの簡単な箱型カメラで写真を撮り、集まった人々を不機嫌そうににらみつけた。「ぼくに興味のない人たちは、嫌いだった。興味をもってくれた人は、ほとんどいなかった。たしかにウェールズのハウス・パーティにきた人はみんな（ミルン夫妻を含めて）、ぼくのことを無口で、不機嫌で、退屈で、頭の鈍い奴だと思っただろう。」それにくらべて、兄のライアンは生き生きしていて、パーキン・ウォーベック**についての戯曲を書き、ある雨の日に朗読して、人々を楽しませた。ミルンはその場に座って、序文を書いた。

くる日もくる日も雨だったが、ナイジェル・プレイフェアはみんなを元気づけようと大いに努力した。遠来の客に楽しんでもらいたかったのだ。息子のジャイルズは次のように回想している。

父がそばにいると、いつまでも憂鬱な天気が続くのに、みんな笑っていた。父が朝食に下りてくるのは、いつも最後だった。彼が現れるまでは、食堂では、ナイフとフォークが皿にあたる音の他には、何も聞こえなかった。しかし、彼が入ってくると、必ず楽しげな笑い声がどっと上がり、食事が終わるまでずっと続いた。

＊一七二八年にジョン・ゲイが書いたバラード・オペラ。一九二〇年代にリリック劇場で一四六三回という驚異的な上演記録を残した

＊＊十五世紀後半、エドワード四世の次子ヨーク公リチャード四世（ロンドン塔の王子の一人）と称し、王位を要求して、ヘンリー七世を脅かした。反乱を起こすも捕えられ、脱獄して処刑される

父は我々みんなに「羊に出合った」というばかばかしいゲームをさせた。このゲームのルールは簡単だった。隣の人に「羊に出合った」と言うと、その人は「羊はどうした?」と聞く。そこで両手を振って、答える。「『メエ、メエ、メエ』と鳴いたよ。」ゲームは、テーブルの全員が、両手を振って「メエ、メエ、メエ」と鳴くまで続いた。老いも若きも、控えめな人も高慢な人も、有名無名も関係なく、みんな大まじめでこの妙な動作を繰り返す様子は、何ともいえずおかしかった。

このゲームは、実のところ、ミルンの憂鬱を晴らすにはあまり効果がなかった。そのうえ、グリフィスという気の滅入るような執事（家に付随していた）がいて、特にミルンが嫌いなようで、食事を給仕するときはいつもミルンを最後にするので、料理が冷めていた。その月に三歳になったビリーは、ナニーと子ども部屋コーナーにさっさと連れていかれてプレイフェアの末息子の四歳になるアンドルーといっしょにされ、ほとんど姿を見せなかった。十六歳だったジョーンは、実際あの時を振り返っても、父の死を悲しみ、作りかけの黒白の格子のドレスに専念していたとはいえ、ビリーのことは思い出せなかった。しかし、アラン・ミルンとダフネのことは覚えていた。彼女の記憶では、あの休暇は「あのカップルが派手に登場するための垂れ幕*」のように見えた。ジョーンはとくにA・A・ミルンに興味をもった。五年前、ハマースミスでミルンの劇『見せかけ』が上演されたとき、子役の一人として小さな役を演じていたからだ。それまでダフネには会ったことがなかった。結婚十年にもなるのに、彼らは「新婚夫婦のように、いつも一緒で、他の人たちとほとんど話さなかった。」ジョーンは二人のことを「感じがよくて、魅力的なカップルだと思った。二人とも背が高く、彼は禁欲的でまじめな感じで、よく笑うタイプではなかった。」ユーモア作家だから笑い笑わせる、というわけではなかった。

ジャイルズ・プレイフェアは、ジョーンの記憶を裏づけるように、ミルン夫妻は「深く愛し合っていた」と述べた。彼の印象では、ミルンは「上品で、礼儀正しく」、下品なことが嫌いなようだった。「ええ、もちろん」とジャイルズは言った。「父とミルンさんはお互いに大好きでしたよ。」だが、十三歳の少年からみれば、この有名な劇作家は作家らしくなかった。ミルンが嫌ったものを書き出してみると、若いジャイルズ・プレイフェアにとってミルンがいかにも堅苦しく見えたことは、容易に分かる。ミルンはビールだけでなく、ジンもウィスキーも嫌いだった（「ウィスキーを飲むのが好きならいい人で、嫌いなら堅苦しいやつってのは、いったいなぜなんだ?」とミルンの劇に出てくる少年が言うのだが）。ミルンはプロのサッカーが嫌いで、血を見るスポーツ（狩猟など）はすべて嫌悪した（「あれは小さい動物を殺すのが好きということだ」とミルンは言った）。競馬にはまったく興味がな

＊リリック劇場のこと

く、あらゆる賭け事を嫌った――賭けの対象がスポーツ、株式取引、宝くじ（当時、その可能性が議論されていた）のどれであろうと、無から有を生み出す商売のすべてが嫌いだった。ジャズには関心がなかった、というより、どんな音楽にも特に興味はなかった。ただ、いとこの演奏するチェロのリサイタルを思ったよりも楽しんだことがあった。あらゆる種類の攻撃、戦争を美化する思慮に欠けた話のすべてが大嫌いなことを、はっきりと表現した。こうしてみると、一筋縄ではいかない感覚で、十三歳の少年には我慢できないのも無理はない。

ミルンは一緒に泊まっている人たちとの距離が近すぎることに、だんだん苛立ちを募らせていた。のちに書いたことだが、「一週間も経つと、私は広場恐怖症で叫んでいた。」――閉所恐怖症の反対で、公的な場所への嫌悪、応接間への嫌悪であった。そこから抜け出さなくてはならなかった。ある日のこと、チェルシーから転送された郵便が届いた。ローズ・ファイルマンが創刊しようとしていた子ども雑誌「メリー・ゴー・ラウンド」に書いた詩の校正刷りだった。ミルンは校正のために、大喜びで別棟のサマーハウスに引きこもった。

ローズ・ファイルマンは『妖精と煙突』『妖精のフルート』など、たくさんの子どもの本の著者だった。一九二〇年代の初めは、妖精がしきりにもてはやされた。子どもたちは、魅力的なインテリア・デコレーションというだけでなく、想像力に富んだ小さな存在であって、彼らの気まぐれはのびのびと花開かせられるべきで、懐疑的なおとなによって潰されてはならなかった。子どもはきれいな子ども部屋に封じ込めて、外の世界のつらい現実から守るべきとの考えがその背景にあった。さらに、その前のヴィクトリア朝の親たちのように、ただし非常に異なる理由から、妖精物語と、極端で安定が必要な心理をいっそうけしかける人々を疑いの目で見る、「進歩的な」親に対する強い疑念があった。コンプトン・マッケンジー*は、子どもたちにメカノ社の金属製組み立て玩具や独創的な機械仕掛けの玩具しか与えず、蒸気機関車や飛行機の絵を中心とする図鑑、『ワンダーブック・なぜ・なに』を読ませ、「妖精や幽霊や歴史上の英雄などの愚かしい物語を追放する」親たちを痛烈に風刺した。草地の上に見つかる輪は（妖精たちが踊った跡ではなくて）キノコが生えただけとか、シンデレラのガラスの靴は、翻訳の間違いで、じつは毛皮でできていた、などと説明しようとする彼らの傾向に対する嫌悪感があった。

ローズ・ファイルマンは「ジョイ・ストリート」という年刊誌の編集者でもあった。それはその年、「メリー・ゴー・ラウンド」の創刊の一か月後に創刊された。「ジョイ・ストリート」は「子どものための文学の文字通りすべての最高の作品の集まるところ」という謳い文句で宣伝されたが、ローズ・ファイルマンは明確に妖精の側だった。彼女のよく知られた「庭の奥に妖精がいる！」と

＊イギリス生まれのスコットランドの作家。スコットランドを舞台にした作品多数。スコットランド国民党の創立者の一人

いう陳腐な詩は、一九二〇年に「パンチ」に寄稿した二十編あまりの詩の一つにすぎず、そのいずれも作者の意図は真面目くさったものだ。アーサー・コナン・ドイルが『妖精の出現』のなかで、コティングリーの妖精事件*を検討してから一年しか経っていなかった。それは大いに喧伝された妖精の写真で、どう見ても贋作としか思えないが、ドイルは未決の裁定を下したのだった。

ミルンは一九二五年に書いている。「現代の母親たちが、妖精を受け入れるように子どもを育てるべきかどうか迷っても、もう遅すぎる。子どもたちにとって妖精を受け入れることは、牛乳配達屋や市長を受け入れるのと同じぐらい自然なことなのである。（中略）世の中にはたくさんの美しい鳥や蝶がいるのだから、子どもには妖精など必要ないとか、五足す五は見事に十なのだから七リーグの長靴**はいらないというのは、イギリスを隅から隅まで知り尽くすまでは（我々はだれ一人果たしていないわけだが）スイスは必要ないとか、シェイクスピアの作品をすべて理解するまではワーズワスは必要ない、というのと同じである」

問題は、妖精物語や妖精詩の多くが、どう判断しても頼りないことである。この年、イーニッド・ブライトン***の二冊目の本が出版された。それは『ほんとうの妖精たち』という題で、「モーニング・ポスト」紙の書評は、こう述べている。「子どもたちは妖精を信じる権利を回復する教育上の特権を手に入れた。」「モーニング・ポスト」はどうやら、死に瀕したティンカーベルを助けるために、妖精を信じるかどうか、とクリスマスごとに繰り返されるピーターパンの問い****を忘れていたようだ。

一九二四年には、その名も不愉快な『特大土曜日妖精ブック』という本が出た。一九一四年に出版されてこの年までに五万部も売れた『小さな人』の著者、マリオン・スィン・ジョン・ウェブの詩もいくつか入っていた。六歳の子どもが第一人称で語る詩集という形で、いかにも舌足らずの発音や綴り字がちりばめてあった。ミルン自身は数年前に、赤ちゃん言葉の趣味を嘲笑った。ずっと前の作品の中で、ある人物が「たとえ子どもでも、若い母親が使いがちなばかげた赤ちゃん言葉ではなく、まともな英語で話しかけられるべきである」と言いながら、そのあと、子どもを「ちっちゃいかわゆいおねしょの子ひつじちゃん」と呼んで、とがめられている。「パンチ」にはその手のものが山ほどあった——しかし、そういう傾向に対する嫌悪感を示すものもいくらかはあった。

＊一九一六年、ヨークシャのコティングリー村で二人の少女が撮ったという妖精の写真をめぐる論争。多くの人がこの写真を妖精の実在の証拠と考えた。ドイルもその一人。六十年も経ってから、二人は写真は捏造であったことを告白した
＊＊ヨーロッパの民間伝承で、これをはくと一歩で七リーグ（約三三・五キロ）も歩ける魔法の長靴
＊＊＊児童文学作家。『五人と一匹』シリーズ他作品多数
＊＊＊＊イギリスでクリスマス時期に上演されるパントマイムの人気演目「ピーターパン」の一場面で、「きみたち、妖精を信じるかい？」というピーターの問いに、子どもたちが「イエース！」と大声で答え、ティンカーベルはめでたく生き返る

たとえば、A・E・ベストールの風刺漫画で、乳母が子どもに「ほら、ディッキー、なんてかわゆいワンワンでしょう！」というと、子どもは冷静に答える。「あのケアンテリアだかシーリハムテリアのこと？」小さい子どもに対して、そのような赤ちゃん言葉を使わずに、自分たちと同じ背丈の人に対するのと同じようにまともに話しかけるのがむずかしいと思われていた。そして、子どもたち自身の言葉を文字にするとき、多くの作家は（H・G・ウェルズでさえ）、「きれいなおあな」とか「もっかいやって、とうちゃん」などと恥ずかし気もなく書いていたようだ。ミルンは実際はそのような表現はめったに使わなかったが、のちにドロシー・パーカー*によって槍玉にあげられたとき、たまにでも使ったことを後悔することになった。

ウェールズの雨に降りこめられたサマーハウスでミルンが校正した詩は、彼が子どものためと銘打って書いた最初の詩だった。しかし、子どもは出てこないし、赤ちゃん言葉も妖精も出てこない。ローズ・ファイルマンが最初に依頼してきたとき、ミルンは断った。二年後の一九二五年にも、忙しすぎるという理由で断ったが、そのときは、もし忙しすぎなかったら何を書いただろうか、と思い始めた。一九三九年に書いた自伝では、それは子どもの本の作家というレッテルを否定しようと躍起になっている時期だったが、少し違う説明をしている。それによれば、ローズ・ファイルマンに自分は子どもの詩は書かないと言った。「わたしは（子どもの詩は）書かないし、書いたこともないし、書こうとしても書けない。わたしの専門ではないのだ。」そして、彼女の提案を断る手紙を投函したあとで、もし断っていなかったら何を書いただろうか、と考え始めた。それから実際に書いてみた。それはミルンの子どもの詩の最高のものの一つ ―「ネムリネズミとおいしゃさん」― となった。ハリー・ラウンツリーによる初めの挿絵では、見当違いなおいしゃさんは自分も大きなネズミで、シルクハットを被り、縞のズボンをはいていて、牛乳と背中のマッサージを処方し、くよくよせず車でドライブすることを勧め、菊の花を見なさいという。ネムリネズミはどこも悪いところがないことにまったく気づいていない。ネムリネズミが必要としていたものはただ一つ、それは―

（青い）デルフィニウムと（赤い）ゼラニウムの
ベッドに戻ること。

一九二三年の子どもの詩は、妖精の流行の他にも、いろいろ問題があった。ファロデンのグレイ子爵夫人**は、その年にメシュエン社から出版された、フィリップ・ウェイン編の『子どもの詩の本』

*アメリカの詩人、作家、評論家。機知・皮肉に富んだ風刺家としても知られた。パーカーのミルン批判については、6章「章の終わり」参照
**パメラ・グレイ。作家

につけた序文のなかで、当時のことを「精神分析の時代で、だれもが第一印象の重要性に気づき始めています」と書いている。しかし、「もし、特別に子どものために書かれた詩を掲載しているすべてのクリスマス年鑑や学校の定期刊行物や雑誌を買い占めて、市場の真ん中でぜんぶ燃やしてしまうことができたら、私は大喜びでやるでしょう。今日、胸の悪くなるようなこういう種類のばかげたものが世の中にあふれているのは、大きな災いです。人々は不注意からくだらないものを子どもたちに与えてしまいます、ただ幼いからというだけの理由からです」と慨嘆している。ミルンはある詩人の娘についての物語のなかで、こう言っている。「ことばに豊かな味わいがない ― 風味がない。がつんとくる効き目がないのだ」（この詩人が娘について初めて書いた詩は、ある誤解のために、夜中にがたがたいう子ども部屋の窓に押し込むのに使われてしまう。たぶんその詩が受けるにふさわしい運命だったのだろう）。

ミルンは詩の校正をすませ ― わずか数分で終わる仕事だった ― 封筒にローズ・ファイルマンの宛名を書いてしまうと、館と泊り客のところへ戻らない口実を考えなければならなかった。明らかに、何か書かなければならなかった。彼が立ったまま、サマーハウスの窓からウェールズの容赦ない土砂降りを眺めながら、なんとか元気を出そうとしているところを想像してみよう。

「雨が降ってる」？　心配はいらないよ ―

小鳥たちがどんなに喜ぶか、考えてごらん！
何十羽もクロケーの芝生に集まって、
踊っているだろう？
もし芝生にミミズがいなかったら、
小さな友だちは食事ができたかな？
「薄暗い」って？ それがどうした、
フクロウがしきりに鳴いているなら、
きみがフクロウだと想像してごらん ——
お日さまなんていやだろう？

ミルンはこの詩を二年ほど前に書いていた。もちろん、子どもの詩としてではなく、ただ楽しみのために、やはり雨の降る夏の日に書いたのだった。もしかすると、子どもの詩を書くことは、結局のところ、それほど専門外のことではなかったのだ。そして、たしかに忙しすぎるという状態ではなかった。彼は腰を下ろして、言葉と遊び始めた。ちょうど四つ折り判＊の赤っぽい大理石模様《マーブル》の表

＊24×30センチ。Ａ4よりやや巾広い

紙がついたノートと、消しゴムのついた鉛筆（「詩を書くにはお誂えだ」）を持っていた。ミルンは、これからしようとしていることについて、少しきまりわるく感じた。これまでも多くの子どもの本の作家が感じたことである。みんながあれほど彼に書いてほしいと思っている二冊目の推理小説の進行状況を毎晩ディナーの席で報告できれば、そのほうがずっと格好よく聞こえるのではないだろうか？（連載著作権だけで二千ポンドの契約を提示されたことを思い出さずにはいられなかった）。休暇中なら子どもの詩をいくつか書いても、たぶん構わないだろう——だが、本当に、それを次の本にしたいのか？　子どものために書くことは、当時は本気で考えられていなかった。それは、だれでも暇なときにやってみるもの、程度にしか考えられていなかった。だが、ミルンは児童文学というジャンルを過少評価してはいなかった。長い間賞賛してきた『たのしい川べ』を思い出し、「まず自分のために書くのでなければ、子どもが好きになるような本を書くことはできない」ことを知っていた。

書き上げた本が子どもたちを満足させたら、それは幸せな偶然であって、犬や子どもに好かれるのが幸せな偶然であると考えるのと同じである。それは人柄の問題である。そして人柄は心配しても仕方がないことである。だが、どのようなことを恐れるにしても、子どものためによく書きすぎることを恐れる必要はない。（中略）辞書にあるすべての言葉を自由に使っても、自分を表現するのは難しいものである。ましてやシンプルな言葉以外は使えないとなると、困難はさらに大きくなる。努力を惜しむ必要はまったくないのである。

ミルンは子どものために語彙を厳密に制限しなければならないと考えていたわけではない。自分の使う言葉には豊かな味わいやガツンとくる効き目が欲しいと思っていたし、たまに出会う聞き慣れない言葉の持つパワーを知っていた。ちょうどビアトリクス・ポター＊が、『フロプシーのこどもたち』のなかで、レタスは食べ過ぎると眠くなるという報告にコメントしたとき、意図的に「催眠《ソポリ》的《フィック》」という難しい言葉を使ったのと同じである。小さい子どもがだれかのことを「善意の人」と言ったり（「アーネストは象で、とても善意の象でした」＊＊）、別のだれかが「だれにもいわずあてもなくあるきまわって」＊＊＊いると言ったら、それはミルンの詩を聞き覚えた子どもだとわかる。しかし、A・A・ミルンの子どもの詩の言葉は、そのほとんどが、おとなにも退屈でなく、三、四歳の子どもにも容易に理解できるのだが、これは注目すべき手練の技である。ミルンは自分の立場を明確にしておきたかった。最初の詩集について「これは詩人がふざけて書いた作品ではなく、子どもを好きな人が子どもへの愛を表現しているのでもなく、あるいは散文の作家が子どもたちのために調子のよ

＊絵本作家。『ピーターラビット』『ベンジャミン・バニー』他多数
＊＊「四ひきのともだち」
＊＊＊「いうことをきかないおかあさん」

い言葉を適当にくっつけたものでもない。これは、ユーモア詩の作家が、子ども部屋で読まれるものではあるが、本気で仕事をした結果の作品なのである」と言っている。ミルンの作詩技巧は見事である。彼の子どもの詩が一度聞いたら忘れられなくなるのは、リズムと韻の巧みな使い方による。これこそ、彼が求めたものであった。若い読者に向けて書いたある序文で、次のように述べている。

きみたちがもちろん知っているように、詩には韻《ライム》というものがある。だが、韻よりも大事なのは「リズム」と言われるものなのだ。見た目は難しそうだが、意味は「詩が進んでいくテンポ」のことだ。詩にはかならずその詩だけの音楽があって、その音楽に合わせて詩が進んでいく。その詩のどの行も、どの単語も、その音楽のテンポに合わせなければならない。それが詩を書くのが難しい理由なのだ。意味が通るからとか文法的に正しいからといってどんな言葉でも使えるわけではなく、特定の言葉を特定の順序で使って、詩の音楽のテンポに合わせなければいけない。必要ならば、韻も踏むようにする。この音楽のテンポに合っていて、いいたいことをぴたっといい表わしている言葉を見つけることができたら、きみの書く詩は、聞いた（あるいは読んだ）人たちの頭の中で歌い、いつまでも歌い続ける。そうなれば、その人たちがひとりぼっちで不幸せなときでも、この音楽がいっしょにいてくれる。

ミルンはまた、詩には三つの源泉があることを明らかにしている。「作家が人について知るには三つ方法があって、それは思い出すこと、注意して見ること、そして想像することである。」ミルンは自分自身の子ども時代のこと、彼と兄のケンがしたこと、自分が感じたことを思い出していた。「子どものとき、ネズミを飼っていた。たぶん、そいつは逃げ出した—ネズミは、たいてい逃げ出すのだ。クリストファー・ロビンは、ネズミ以外は、たいていの動物を飼っていた。だけど、バッキンガム宮殿《パレス》へもよく行った（わたしは行かなかった）。（中略）そして、たいていの子どもは跳びはねる（中略）それから、階段の途中で座りこむ。」ミルンは明らかに幼い息子を「注意して」見ていた。息子はミルンの意識から遠く離れることは決してなかった。ビリーは新しいズボン吊りをもっていて、それが自慢だった。たぶん、ウェールズで迎えた三歳の誕生日のプレゼントだった。たしかに「おとなになる」*はサマーハウスで書かれた詩の一つで、「しあわせ」もまたそうである。「しあわせ」はすごく大きな雨降り用の長靴をはいて水たまりをバシャバシャしている小さい男の子の詩だが、ミルンはここではその子をジョンと呼んでいる（著作のなかでケンをよくジョンと呼んでいる）。クリストファー・ロビンという名前は、ミルンもいうように「軽やかに口をついて出る」が、（一行に一〜三語だけの）この詩には、おさまりきれなかった。実際、ミルンも言うように、「クリス

＊「ぼく」はあたらしいズボン吊りがうれしくてしかたがない

トファー・ロビンが出てくる詩は、三つしかない。」実は、クリストファー・ロビンの名前は、最初の詩集四十四編のうち四編に出てくる。しかし、思い出や注意深い観察を重視するミルンをもってしても、妖精を想像する詩をいくつか書く誘惑に抗うことはできなかった。もっともトウィンクルトウズ（「つまさききらきら」）は（挿絵がなければ）、蝶とも読めるのだが。

ミルンはウェールズを去るころまでに、詩集の四分の一ぐらいを書き上げていた。ジャイルズ・プレイフェアは、ミルン夫妻は他の客よりも早く帰ったと述べている。

ミルン夫妻は休暇を切り上げて、予定した時期よりも早く帰ることにした。帰るのを喜んでいるのを隠そうともしなかった。ぼくは彼らの出発する日の朝のうれしそうな様子を忘れることができない。

しかし父は、それにめげず、家族全員とハウス・パーティの客たちに、ミルン夫妻を見送らせた。ぼくたちは夫妻の自動車の周りに輪になって、声を張り上げて、「キャンベル夫妻が来る……」のメロディで「ミルン夫妻が帰る、バンザイ、バンザイ」と歌うように指示された。ミルン夫妻はこの歌を聞きながら自動車を走らせた。

さてミルンは、彼の代理人と出版社に、次の本は彼らが待ち望んだ推理小説でもふつうの小説でもなく、子どもの詩集であるというニュースを伝えなければならなかった。ダットン社のジョン・マクレイは、その秋、ロンドンに来た。彼は『赤い館の秘密』と「パンチ」掲載の作品集『サニーサイド』を前年にニューヨークで出版していた。ミルンは彼をギャリック・クラブのランチに連れて行った。その冬にミルンが初めてアメリカを訪れるという話が持ち上がっていた。「今のところ、まだ話だけだ。だが、何度も行くと約束したので、行かなければならない。本の売上げにはいいことだろう。」実際にミルンがアメリカに行くのは、八年も先のことになる。彼のアメリカの出版者は次のように回想している。

ためらいがちの会話 ― 作家と出版者の間ではよくあることだが ― のなかで、ミルン氏は新しい原稿を送るところだと愛想よく言った。それは子どもの詩集だというのだ。われわれ出版業界の人間ならだれでも分かっていることだが、気にいった作家から出版社が受け取る原稿で、最も絶望するのは、子どもの詩集の原稿である。

天才のものなら、子どもの詩に不満なわけではない。だが、ミルンはまだ詩を書けることを証明していなかった。私の嘆きと失望が想像できるだろう。だが、私は感情を隠し、原稿が届くまで抑えることにした。

ミルンはマクレイがこの企画にあまり熱意がないのに気づいた。彼自身、九月下旬に女優のアイリーン・ヴァンブラへの手紙で述べたように、その詩は非常に雑多な取り合わせだった。

わたしは子どもの詩の本を書いています。スティーブンソン*のような、ただ彼のより上等です。いや、実は、まったくスティーブンソンとは違います。ミルンのような、と言いましょう。しかし、奇妙な取り合わせです。子どものための詩もあれば、子どもについての詩もある。子どもによる、子どもとともにある、子どもからの詩もあるのです。

これと同じ手紙のなかに、父と子の日常生活が垣間見られる。二人は毎朝、朝食のあとに散歩した。室内履きで、帽子も被らずだった（「とってもインフォーマルです、パーティじゃないんだから」）。毎日、フラム通りまで行き、そこから別のルートで家に帰った。毎日、同じ中年の郵便配達夫に会った。ある日、ミルンは言った。「郵便配達のおじさんにおはようございますを言いなさい。」三歳のビリーは従順に「おはようございます」と言った。郵便配達夫は気づきもしなかったが、息子は聡明にも、「ぼくのこと、知らないんだね」と言った。父親にはそれが、「その場の状況に毅然としたけりをつけた」と感じられた。それからすぐ、彼は大勢の人々に知られるようになり、散歩していると、「あれがクリストファー・ロビンだよ！」とささかれるようになるのだった。

その年の十月、E・V・ルーカス**は、ミルンがゴルフをし過ぎると心配しているようだった。彼はミルンに、もっと生活にメリハリをつけて、また「パンチ」にふつうの散文を寄稿してはどうかと提案した。ミルンは作家活動に関するルーカスの忠告を不愉快には思わなかった。「きみがぼくの作家活動に関心をもってくれることに、いつも感謝している」といいつつも、怠けているとは言われたくなかった。さすがに言いにくいが、ミルンはあちこちで戯曲が上演され、常に収入があるので、当分本当に働く必要がなかった。リバプール・レパートリー劇団による『ブレイズに関する真実』の公演は特に大成功で、ミルンは生涯最高の好評を博した（「マンチェスター・ガーディアン」紙のC・E・モンタギューによる劇評）。『ピムさん通れば』のドイツ語訳公演はベルリンで三か月の長期公演となり、悪性インフレ時期のドイツで、「ほんの二兆マルクくらい」を稼いだ。『ピムさん』はその年にウィーンでも上演された。ミルンはルーカスに宛てた手紙で次のように書いている。

私の怠惰は、実際よりもひどく見えるのだと思う。実際に怠惰なのだが、がんばって克服して

＊スコットランド生まれの作家、詩人。『宝島』『ジキル博士とハイド氏』、童謡詩集『子どもの詩の園』など

＊＊多才多作の著述家、文芸評論家。長年「パンチ」の副編集長。メシュエン社の出版顧問を務め、のちに会長

いる、と言うべきだろう。この五年間で、標準的な長さの戯曲を六本、短い戯曲を四本、小説二冊、エッセーと小品を一冊半、詩集一冊、短編三つと雑文いろいろを書いた。この他に、もちろん、九冊の本の出版という、実務的な仕事もあったし、七本の長い戯曲のリハーサルもやった。こうしてみると、そう悪くはないだろう。

率直にいうと、「パンチ」への定期的寄稿は、もうごめんだ。みじめになるばかりだ。それに、きみが本当に欲しいのは、前からしきりに書くのを勧めていた「ビリーの本」ではないのか。それで、「パンチ」に何章か書き出したら、本もうまくいくと思っているのだろう。心配はいらないよ。そのうち書くから。書くのは好きだ。戯曲にならない書きものならね。あの本は書く。別の本になるかもしれないが、すぐに書くよ。そしたらきみは、「彼は書けるといつも言っていた」と言うだろうがね。

来週、二十か三十の詩を送るよ、もし見たければ、だが――表向きはメシュエンの友人として、非公式には私の友人として。雑多な取り合わせだよ。あんまり雑多な取り合わせだから、散文の序文がいると思う（やったね！）。

詩は約束通り、メシュエン社のルーカスのオフィスに届いた。当時ルーカスは、メシュエン社でも「パンチ」でも、非常に影響力があった。まもなくメシュエン社の会長になるし、「パンチ」ではミルンの初仕事以来ずっとオーウェン・シーマン編集長の代理だった。ルーカスは回想録『読み、書き、思い出すこと』のなかで、ミルンと「鉛筆をもった共著者、アーネスト・シェパード」の両者を讃えているが、この二人の特筆すべき共同制作――やがてギルバート・アンド・サリヴァン＊のように、ぴったりで切り離せないパートナーになるのだが――について、自分の功績とは言っていない。だが、それがルーカスの考えだったことは、間違いない。

ルーカスは、ミルンの子どもの詩を見るとすぐに、これをたくさん集めれば、すばらしい本になると気づき、手始めに「パンチ」にいくつか載せようと思った。適切な挿絵画家を見つけることが確かに重要だった。「おやすみのおいのり《ヴェスパーズ》」は最初に発行されたときは、挿絵がなかった。「ネムリネズミとおいしゃさん」に線画をつけたハリー・ラウンツリーは、動物の絵がとてもうまかった（ロンドン動物園で何日も過ごした）が、その画風はあまり子ども部屋向きではなかった。ルーカスは「パンチ・テーブル」という内輪の編集会議で、シェパードの隣に座っていて、ちょっとスケッチしてミルンが何というか見てみようと提案した（とシェパードは記憶している）。

シェパードがテーブルに参加したのは一九二一年以降で、ミルンが「パンチ」を辞めたあとだっ

＊台詞作者ウィリアム・ギルバートと作曲家アーサー・サリヴァンが共同で十四本のコミックオペラを制作した。『軍艦ピナフォア』『ミカド』などいずれも大成功を収めた

たが、ミルンはシェパードの仕事はよく知っていた。戦前、シェパードが時事漫画を投稿していたころ、ミルンは確かに、アート欄担当部長のF・H・タウンゼンドに一度ならず言った。「いったいこの男のどこがいいのかね。まったく望みはないな。」それに対して、タウンゼンドは、満足そうに、「まあ、待っていたまえ」と答えていた。シェパードはいつもジョークが苦手だった。

　ミルンの最初の子どもの詩集に挿絵を描き、続いて書かれた三冊の子どもの本にも挿絵を描くことになるシェパードこそ、ミルンが待ち望んだ画家だった。二人は妙な縁がいろいろあったのに、人間としては、共通の要素がほとんどなかった。その縁とは、例えば、彼らは子どものころ、通りをほんの二、三本隔てたところに住んでいて、シェパードはミルンの友人のナイジェル・プレイフェアと同じ、アッパー・ベーカー通りの幼稚園に通っていた。のちに、シェパードの妹のエセルは、ミルンの父のジョン・ヴァイン・ミルンの最も有名な教え子、アルフレッド・ハームズワース*の結婚式で、ブライズメイドとして花嫁に付き添った。ハームズワースはのちにノースクリフ卿となり、やがて「タイムズ」紙の経営者となった。幼いアラン・ミルンにペニー硬貨をたくさんくれたハームズワースは、若いころのアーネスト・シェパードに、クリケットの上手投げを教えた。こういう縁は友情の基盤ではなく、二人の気質は非常に違っていた。ミルンは特に、シェパードの戦争観が受け入れ難かった。彼らは二人とも一九一六年にソンムの恐怖を経験していた ― シェパードは軍隊に長く留まり、パッシェンデール戦線での勲功により十字勲章を受けていた。ロール・ノックスはのちにシェパードの伝記のなかで述べている。「シェパードにとって、『大戦』は生活の自然な延長だった。彼は実際に、あらゆる活動に興味をもったが、あの戦争は、他のどんなことより興奮させるものだった。（中略）彼はいつも銃に魅せられていた。」シェパードは最終的に「サセックス州の社交界の中心人物」になったが、ミルンは決してそうならなかった。

ミルンの子どもの詩の挿絵画家には、他にも候補者が大勢いた。詩集が出版された前の年の「パンチ」を見ると、E・H・シェパードの子どものスケッチは他の画家より、優れているわけではなく、むしろ劣るものもある。A・E・ベストール（メアリー・トーテルからもう一つのくまキャラクター、ルーパート**を引き継いだが、プーほど有名にならなかった）か、D・L・ギルチックかG・L・スタンパのだれが選ばれてもよかった。しかし、シェパードがたいていの人には完璧に見えた。ただ、R・G・G・プライスはシェパードの「かわいく見せる」手法がブルジョア的だと指摘し、批評家のジェフリー・グリグソン（気難しいので悪名高い）は「見事なほど特徴がない」と批判した。ミルン自身はシェパードが描いた最初のスケッチを見てとても喜んだ。「子犬とぼく」につけた挿絵で、

*実業家、ジャーナリスト。多数の新聞を創刊・買収し、新聞王と言われた。「タイムズ」の経営者となる。初代ノースクリフ子爵

**「デイリー・エクスプレス」に一九二〇年より連載されているコミック・ストリップの主人公の白クマ

この詩はずっと昔、どこからともなく現れたゴードンセッター犬のブラウニーを思わせる――この詩のなかの子犬も、どこからともなく現れる。挿絵の男の子と子犬は、ペネロピー・フィッツジェラルドが「右から左へのデザインの特徴的な動き」と呼んだ動きをシェパードがとくに好んでいたことをよく示している。シェパードの最高傑作で際立つのは、「停止した動きの緊張感」に見られる生命感である。

ある批評家は、シェパードの挿絵はミルンの詩と、「こだまと声のように親密に結びついている」と評した。確かに、ミルンが手にする驚くべき成功の多くは、シェパードのおかげだった。しかし、その成功はシェパードあってのものではない。それは、シェパードが二、三年後に楽しい挿絵を描いた子どもの詩集がすっかり忘れられていることを見れば明らかである。たとえば、ジョージェット・アグニューの『ごっこ遊び』やジャン・ストゥルーザーの『オオカエデ広場』などである。人気の組合せに便乗しようとした人はたくさんいた。E・V・ルーカスのよく似た詩集『遊びの時間とお友だち』を読んで、ミルンはどのように感じただろうか。それは、ミルンの詩の初刊から一年後に出版されたが、シェパードのプーによく似たクマがベッドの上にいて、クリストファー・ロビンそっくりの男の子が出てくる。しかも、ライス・プディングについての詩があって、食べたがらない子どもに向けたこんな不思議な行がある。

こんどプディングを見たら、
いつものように「プー！」と言ってはだめ。
やさしいインド人を見習いなさい。

ミルンがベストールかギルチックと組んでも、シェパードとの組合せと同じような効果をあげたかもしれない。シェパードはミルンと組まないときは、すでに評価の定まった本――たとえば『たのしい川べ』の新版（ミルンは大いに喜んだ）や『ビーヴィス』*など――の挿絵を描くとき以外は、ほとんどいつも評価が低く、すっかり忘れられてしまう。

ミルンはシェパードの挿絵の貢献を全面的に認めたが、一九二三年末には「パンチ」に掲載する詩のシリーズのタイトルに悩んでいた。オーウェン・シーマンへの手紙で次のように言っている。「編集部は全般的なタイトルを望んでいるが、私は『ぼくたちがとても小さかったころ』**よりいいものが思いつかない。だが、もしきみでもだれでも、何か提案してくれるなら、変えてもいい。

＊リチャード・ジェフリーズ作（一八八二）。いなかの大自然のなかで冒険を楽しみながら育つ少年ビーヴィスと仲間たちの物語
＊＊『クリストファー・ロビンのうた』の原題

『子どもたちが呼んでいる』も候補だったが、2LO*のアンクル・アーサーがこれを下品にしたからね。」シーマンは明らかに『ぼくたちがとても小さかったころ』がどうも気に入らなかったようだ。というのは、ミルンは二、三日後に、他のタイトルの候補のリストを送っているからだ。

タイトル代案

『子ども部屋の窓の植木箱』
『子ども部屋の窓から』（または『子ども部屋の窓を通して』）
『エプロンをつけていたころ』
『ブランコとメリー・ゴー・ラウンド』（たぶん既に使われている）
『キンポウゲとデイジー』

このなかでは、最初のが一番いいと思うが、『ぼくたちが……』よりもいいかどうか、わからない。

頭が疲れ切って、もうこれ以上は考えられない。

詩のシリーズは三つの短い詩で始めるというのが、ミルン自身の考えで、一九二四年一月九日の「パンチ」に『ぼくたちがとても小さかったころ』のタイトルで掲載された。特に印象深くはなかった。挿絵はなく、三編の詩はつまって見えた。最初は「こびと」で、カーテンに隠れた小さな生きものの詩である。それから「ぼくだって」は、尻尾についての詩、そして最後は「おやつのまえに」で、エメリーンはだれかに手が汚いといわれて機嫌をそこね、プイとどこかへ行ったきり、一週間も姿を見せなかった、という詩である。一週間後に、「子いぬとぼく」が掲載された。全ページの扱いで、E・H・シェパードの挿絵が、本に載ったときよりもずっと大きく、五つの連を囲んでいた。ミルンは何かの折に、すべての詩のなかでこれが一番気に入っていると述べた。

このようにして掲載された他の詩は、「王さまのあさごはん」、「テディ・ベア」、「子どもべやのいす」、「せんとしかく」（二枚の絵がついていた。一枚は通りかかった人を食べ終えて満腹の熊の絵だが、それは本には載せないことになった）、「いちば」、「ボーピープとボイブルー」だった。他にも挿絵なしで掲載されたものもあった。それからまた全ページの詩が四編、「三びきの子どもぎつね」、「ジョナサン・ジョー」、「まいご」、「しあわせ」── これには、ジョンが長靴をはいている絵が余分についていた ── が加わって、二十五編の詩のシリーズは完結した。アメリカの子どもの雑誌「セント・ニ

＊イギリスで最初にできた放送局

コラス」の夏号と秋号には、さらに四編の詩が掲載された。これらの詩にはレジナルド・バーチによる挿絵がついた。バーチは四十年ほど前、出版史に残るベストセラー、バーネット*の『小公子』の挿絵で有名になった画家である。翌年の冬に『クリストファー・ロビンのうた』が出版されると、同じような途方もない反応が起こるのだが、その前に、一九二四年に他に何がミルンに起きていたかを見る必要がある。

ミルンの兄のケンの健康状態が、しばらく心配の種になっていた。ケンの医者は結核（当時は肺病と言った）の診断を下していて、一九二四年の春には、ケンは年金省を辞職して、クロイドンから田舎へ転地することになった。当時は肺結核の治療に有効な薬がなく、田舎の新鮮な空気が体力回復に役立つと信じられていた。ケンが公務員を辞めるという知らせを父から聞いたとき、ミルンは新しい戯曲『名誉を受けること』（執筆はかなり前だった）のリハーサルの最中だった。ミルンはすぐ父に手紙を書き、ナショナル・リベラル・クラブでの食事に誘った。他の客と話をしたくないときは、ギャリック・クラブではなく、ときどきここを使っていた。ミルンは、具体的な対策を考えようと提案した。いろいろ問題があるのは明白だった。ケンの年金――給料の三分の一しかなかった――は、まだ学校教育の最中の四人の「優秀な」子どもたちを支えるには、まったく不十分だった。二年前の一九二二年にケンが政府の仕事で南アのプレトリアにいたとき、父はある友人に家族の写真を送って、愛情をこめたコメントを添えている。「幸せそうなモードを見てくれ —— いつもこうだ。」状況はもう同じではなかった。アラン・ミルンは生涯にわたって、義姉のモードにとって必要な頼れる人となった。一九二四年にミルンは兄に手紙を書いている。

仮の話だが、兄さんの子どもたちの教育費として、一人当たり年百ポンド払うのはどうだろう。今は年四百ポンド、マージェリーが落ち着いたら年三百ポンド、という工合だ。だがこれよりも重要なのは兄さん自身のことだ。まず書くことだよ、そして、失望することもあるだろうが、根気よく続けることだ。手始めに、O・S（オーウェン・シーマン編集長）に頼んで「パンチ」に試しに書評を書かせてもらうことができると思う。ターリーは去年これをやって二百ポンド以上稼いだ。これがうまくいけば、他のことも開けてくるかもしれない。「ネイションズ」の編集長は今のところぼくに親切にしてくれるけれど、先ず、「パンチ」での仕事を引き合いに出せるようにしておくべきだろう。もちろん「どんな馬鹿でも書評ぐらい書ける」が正しいかどうかは別として、そう感じる人が多いから、はげしい競争が起きる。だから、ぼくが口を出すの

＊イギリス生まれ、アメリカに移住帰化した作家、劇作家。『小公子』『秘密の花園』など
＊＊アメリカの最も古く、読者数も多い週刊誌

だ。でも、お願いだから、ぼくが「さあ、何とか金を稼ぐことを考えろ」と言っていると考えないでくれ ― そんなつもりはないことは、分かっているだろう。ぼくが言いたいのは、兄さんはまだ四十三歳で、公務員のりっぱな経歴の中断を悔やんでも何にもならないということだ。まだ別の仕事が兄さんを待っているのだから。いい小説や戯曲がいくつも、それにエッセーが何百も、これから書かれようとしている。だが、今のところは、定期的に少しずつ批評記事を書くのが役に立つだろう。収入だけでなく、腕を磨く意味でもだ。そして、分かってほしい、ぼくにできることは、どんなことでもするよ。モードによろしく。内心では、兄さんたちの田舎暮らしを羨ましいと思っているよ！

愛をこめて、

アラン

夏には、ケンとモードはサマセット州のシェプトン・マレットに落ち着いた。「ケンは頑張っているよ」と父は言った。ケンは「戸外の、回転小屋」で眠り、「朝七時半に、モードが部屋着のままで」湿った草地を通って「朝のお茶を運んでくる。」J・V・ミルンがサマセットでケン夫婦と同居することも話題にはなった ― ロンドン南部での一人暮らしは寂しくてしかたがないのだ ― が、「モードは、ケンの面倒を見るだけで手いっぱい」ということで見送られた。ダフネが義父と暮らすのを我慢するとは、だれも考えなかった。

これ以後、ケンが死ぬまで、アランは定期的に手紙を書き、田舎に引きこもった兄を励まし、楽しませた。その結果、四冊の子どもの本を出版した時期にアランがしたことを、ケンがロンドンにずっといた場合より、はるかに多く知ることができる。何度か、ミルンはケンを自分たちの田舎の別荘に招待した。ケンが行ったかどうかは分からない。クリストファーは伯父に会った記憶がなかった。アランがサマセットに行くこともあった（ダフネはいっしょでなかった）。初めのころはケンがロンドンに来たこともあった（たまにモードといっしょに）。ときには電話もかけた（「電話でモードの声が聞けてうれしかった、兄さんたちのすぐ近くにいるようだったよ」）。田舎から汽車で帰ったケンの子どもたちをアランが迎えにいくこともあった。しかし、たいていは手紙のやりとりで、長いものもあった。

この時期、アランは微妙な綱渡りをしている。兄が状況を知りたがっているのは分かっており、収入を兄が知ってくれたら、経済的な援助が容易なことが分かるからだ（この年、ケンの息子のトニーが盲腸になって、高額の医療費を、アランは喜んで支払った）。しかし、得意そうに見えたり、ケンが援助を受け入れにくく感じることは避けたかった。何かをしてやるより、してもらうほうが難しい。これはクリストファーものちに感じることになる（「ぼくは何かを受け取るのがへただ。感謝するのがへたなのだ」）。ケンにとっては、自分の経歴が断たれた直後に、アランがもっとも華々しい成功をおさめる時期がきたのが、とくに耐えがたかった。

一九二四年の四月、ミルンはウィンダム劇場での劇『名誉を受けること』のリハーサルで、ジェラルド・デュ・モーリアに、何とか「まっとうな幻想喜劇の精神」で演出させようと苦労していた。デュ・モーリアは、作者の口出しに辟易していたにちがいない。五月にポーリングの貸しコテージに落ち着いて、ミルンはやっと一息ついた。少なくとも、劇評はまあまあだった。「タイムズ」によれば、「この劇は、ミルン氏のもっとも軽妙なところがよく出ている。おもしろさは細部にあって、筋の流れにはあまりこだわらなくていい。」九月には、百五十回目の公演を迎えることになった。

しかし、いつも通り、ミルンにもっと大きな仕事をしてほしいと願う人々がいた。「イラストレーテッド・ロンドン・ニュース」誌の劇評家は、「仮装をぬいで、礼儀を忘れよ」と言った。英国人の階級や肩書好きを笑いの種にするのは結構だが、ミルン氏は「そのすばらしい才能をもっと真剣な風刺に使うべきで、上品ぶらず、もっと本気になってほしい。彼が本気で手腕を発揮する日が待たれる」

「ミルン氏の新しい喜劇」の劇評と同じページに、「労働党初代首相と令嬢、ウィンザー城で国王と王妃に招待される」の写真が載った。このころ、ミルンは「タイムズ」に投書する習慣が始まり、生涯ずっと続いた。二、三か月前の総選挙は行き詰まりに終わった。トーリー党が二五八議席、労働党が一九一議席、自由党が一五九議席だった。最終的な結果がまだ不明のときに、クリケット選手として有名なホーク卿（長年ヨークシャ・チームのキャプテンだった）が「タイムズ」に投書して、トーリー党と自由党が連携してラムジー・マクドナルドの労働党を締め出せと呼びかけた。ミルンはある興味深い前例に、ホーク卿の注意を向ける誘惑を抑えられなかった。

混乱した政治の先行きの不安から、ホーク卿はボールドウィン氏とアスキス氏に「スポーツマンの観点から」自暴自棄を呼びかけられた。同じ観点から、卿に訴えたい。思い起こしていただきたい。手短にいえば、オーストラリアは労働党に長らく支配されてきたが、大英帝国に何の損害も与えなかったばかりか、実際、労働党政府のもとで先のクリケット優勝決定戦に勝利した。そして、連立政権のもとで我々は負けたのである。それゆえ、卿にお願いしたい、新たな連立政権を組織する前に、一九二四〜二五年の見通しが、卿が考えておられるほど絶望的かどうか、よく考えていただきたい。

このややからかい気味の投書は「タイムズ」の索引では、「労働党内閣の可能性について」というまじめな項目に入っていて、その可能性が、周知の通り、現実となった。ラムジー・マクドナルドは（トーリー党を政権から締め出す決意を固めた）自由党の支援を受け、初の労働党政府を組織したのである。新政府に対しては、全体として過剰な反応が見られた。「パンチ」に載ったある時事漫画を見て、ミルンはにやりとしたにちがいない。ゴルファーが「今夜はくたくただ」と呻くと、妻が慰めようとして言った「大丈夫よ、もしかしたら労働党政府がゴルフを廃止してくれるから」

その年も押し迫って、ちょうど『クリストファー・ロビンのうた』が出版されたころ、ミルンはグロスターの主教の「タイムズ」への投書を見て憤慨した。それは主教がキュナード社の郵政公社汽船ベレンガリア号の船上で書いたもので、庭師を三人雇えなくなったと苦情を述べていた。だれも彼もが、相場以上の高給を要求するから、ひどい失業状態になるのは当たり前、というのだ。さらに主教は、下層階級のお金の無駄使いを慨嘆した。ミルンはこれに対して、極めて風刺的な口調で応じた。

高位の聖職者が我々と同じ普通の人間であると知るのは、爽快な気分である。グロスターの主教が述べられるように、もし所得税がより低くなり、尚且つ二人分の給料で三人の庭師を雇うことができれば（中略）主教自身の満足はいわずもがな、その満足の輝きがおそらく社会全体に広がるであろう、という主教の感情に共感するものである。我々もまた、時々このように感じてきたものだ。

しかしながら、この投書のある一点について、更なる教えを乞いたい。主教は、下層階級の人々によって「映画」や大型遊覧バスなどに浪費される富を、「経済的に見て労働力の無益な使い方」と書いておられる。我らの精神的指導者の一人の言葉として、これはいささか驚くべきである。我々は何のために存在すると考えられるのか——お互いのパンと靴の供給のためか、それとも魂の進化のためか？　主教の言われる、農業は労働力の「有益な」使い方で、おそらく、それによる生産物は「浪費」されない——我々が生き続ける助けになるから、というわけであろうか？　だが、なぜ我々は生き続けるのか？　どうやら、お互いのために靴をつくり、家を建てるため——有用な役に立つ仕事のためである。役に立つ仕事というのは、つまり、肉体のためになる仕事であり、無益な仕事、浪費されるお金は魂に捧げられるものである。主教の教えとしては、奇異ではないだろうか！　映画や大型遊覧バス、詩や絵画、リッチモンド・ヒルからの景観、大聖堂の静寂、コンサートや四月の一日、こうしたものは教育と同じように、国が富んでいるときは、賞賛すべきものであった。だが今や、庭師の賃金もこう高くなっては、こういうものに費やされる金は、浪費なのである。これが本当に、主教が我々に信じよと言われることなのか？「映画や大型遊覧バス」が「役に立つ」だけでなく、人生において唯一の役に立つものであると主教が理解されるときは、まったくないのか？　聖句にあったように記憶するが……

「人はパンのみにて生きるにあらず。」これは何年も前にミルンが作家、芸術家の人生を正当化するのに使ったのと同じ議論だった。だが、ミルンは、『ドーヴァー街道』や『名誉を受けること』などの劇（たしかに上質の娯楽で、楽しめるものであろうが）が、とくに魂を育むものではないと、ひそかに感じただろうか。ちょうどそのころ出版された『荒地』*を読んで、賞賛しただろうか。おそらくしなかっただろう。だが、ミルンは、その年にシビル・ソーンダイク主演の『聖女ジョーン』**のロンドン初演を見に行って、おそらくは羨望の痛みを感じただろう。彼がジョージ・バーナード・ショーを賞賛したのは確かである。「タイムズ」への投書でミルンは述べている。

> 演劇（あるいはわれわれの戯曲を拒否する興行主たちを何と呼ぶにせよ）の現状を思う存分罵るのはいいが、高慢な態度で手を切っておいて、それから同情を求めるようなことはするまい。聖女ジョーンが半クラウンの一般の人々の生活に入りこんだのは、そんなことをしたからではなかった。

その夏、ポーリングで（記録上おそらく最悪の夏だった。前年のウェールズよりもさらに雨が多かった）ミルンはもう一つ軽い喜劇『アリアドネ』を書いた。それについてケンへの手紙で、「事務弁護士についての劇だ」と書いている。事務弁護士については、ミルンは知識があった。長兄のバリーとまだときどき会っていたが、バリーは事務弁護士だった。J・M・バリーはいつも、知っていることだけ書くべきだと言っていた。しかし一九二五年の春の初演では、劇評は毀誉褒貶半ばし、ミルンは、二度と戯曲は書くものかとまた毒づいていた。

ポーリングで、ミルンは戯曲執筆と雨降りの合間に、写真を撮って、ケンに送った。キャプションは次の通りだった。

㈠なかなかつかまらないモンシロチョウを追いかける子ども。乳母曰く「ぜったいつかまらないわ。」母曰く「あっちにいるのは、たしかにパーキンソン・スミスよ」

㈡つかまえた蝶をしげしげと見ている子ども。*** 蝶の触角に注意。

＊詩人T・S・エリオットの代表作。現代の精神的荒廃のなかで、死と再生のテーマを、聖杯伝説を枠組みに、古典への言及を交えて追及するモダニズムの詩

＊＊ジョージ・バーナード・ショー作のジャンヌ・ダルクの裁判を描いた悲劇。初演は一九二三年ニューヨーク

＊＊＊口絵写真一ページ目を参照

ミルンはそのスナップ写真をアイリーン・ヴァンブラにも送って、蝶の触角と子どもの美しさについて自慢した。この写真は、クリストファー・ミルンの回想記のペンギン版の表紙で有名な写真だと思われるが、蝶の触角は見えない。ミルンはアイリーンに次のように書いている。

わたしはこれをギャリック・クラブに持って行って、みんなをうんざりさせているのですが、かつてない完璧な写真ということで、大方の意見が一致しています。わたしがカメラのエキスパートになっていると思われるかもしれませんが、告白しますと、こういうものは総じて運の問題なのです。

㈢父親の朝食のブランマッシュをつくっている子ども。

この写真がないので、ほんとうにこの子がミューズリの原型を混ぜているのかどうか分からないが、考えるだけで楽しい。

ポーリングにいたのは、モンシロチョウだけではなかった。アランはケンへの手紙で蝶について書いた。一八九二年、ケンが誕生日のプレゼントに『英国の蝶』の図鑑をもらった、あの黄金色に輝く遠い昔の夏のことを思い出していた。一九二四年のサセックス州には、アカタテハチョウとクジャクチョウがたくさんいたが、「ヒメアカタテハはあのころに絶滅したようで、シロキチョウも一匹見ただけだ」

ミルン夫妻にとって一九二四年夏の大きな出来事は、かなり調べた上で、長い間探していたカントリー・コテージを見つけたことだった。ミルンがそのコテージについてアイリーン・ヴァンブラに手紙を書いたとき、彼女はニュージーランドにいた（「あなたを羨ましいと思う国は世界中でニュージーランドぐらいです。」アランはのちにファンレターへの返事として、同じようなことを書いている。「他の国には最悪の昆虫や、人を蹴るカンガルーや、いやな動物がいっぱいいそうな気がします」）。「十月には所有（気持ちのいい言葉です）することになります」が、「我々が来る前は、廃屋に近い状態でした。」するべきことがたくさんあって、使えるのは一九二五年の春になりそうだった。ミルンはコテージと呼んだが、実際は古い農家だった――たぶん十六世紀に建てられたもので、もっと古い部分もありそうだった。その家はコッチフォード・ファームとして知られ、サセックス州のハートフィールドの近く、タンブリッジ・ウェルズとイースト・グリンステッドの間にあり、アッシュダウンの森に隣接していた。

これがやがて、クマのプーさんが「サンダーズの名の下に」居を定める森で、E・H・シェパードが実際の場所を描き、この森に足を踏み入れたことがない世界中の読者の想像に新しい風景を加えることになる。シェパードがコッチフォード・ファームの建物をどう見たかは、二冊目の詩集『クマのプーさんとぼく』のなかの「キンポウゲの日々」の挿絵の遠景として描かれている。前景はクリストファーと友だちのアン・ダーリントンで、この本はアンに献呈されている。
十月にアランはケンに家の写真を、改造の詳しい説明を添えて送った。台所の隣に召使い用の食堂を増築し、その上に、「ダフの寝室の隣にぼくの衣装部屋」があった。屋根裏部屋は召使いの寝室に改造し、「彼と我々のピンポン室のようなもの」を作ろうとしていた。メインの居間はすばらしい部屋だった。ミルンはこの部屋を「世界中でもっとも素敵な部屋」と呼んだ。真ん中に大きい暖炉があり、フランス窓が芝生 ― 当時は伸びすぎていた ― に向かって開き、芝生の先に小川があった。納屋をガレージに改造して、その上にフラットを造った。アランは翌週に家を見に父を連れて行ったが、職人が仕事中で、ほとんど近くで見られず、もどかしい思いをさせられた。ミルン夫妻はただ、種苗のカタログをじっくり見ながら、住み込みの庭師夫婦が金曜日の夕方に美味しい夕食を用意して、一家が週末を過ごしにくるのを待つところを夢見るばかりだった。

『クリストファー・ロビンのうた』は一九二四年十一月六日にロンドンで、十一月二十日にニューヨークで出版された。メシュエン社は九月十七日付で印刷会社、ノリッジのジャロルド社に、印刷を発注した。手漉きの紙による大判の特製版一一〇部と、普及版五一四〇部だった。十一月十八日にメシュエン社はシェパードが描いた九枚の子どもたちの絵（パーシー、ジョンとクリストファー・ロビンと名付けられた男の子と、エメラインという女の子）を印刷した見返しを発注した。これは第二刷で初めて使われ、第一刷に続いてすぐ印刷された。第一刷が発売即完売したからである。ミルンは当然印税を受け取ったが、シェパードは、「パンチ」からの画料に加えて、挿絵に対する五十ポンドの一括画料を受け入れたようだ。「翌日、メシュエン社はボーナスとして百ポンドの小切手をくれた」とシェパードは記憶していた。メシュエン社にはそれだけの余裕があった。出版後八週間も経たない年末までに、メシュエン社はすでに四万三八四三部を出版していた。そして、二週間遅れて出版したダットン社のジョン・マクレイは、クリスマスにミルンに電報を打ち、アメリカではすでに一万部を売り上げていたことを報告できた。「悪くないね」とミルンはコメントした。彼はすでに、この薄い子どもの本の驚くべき可能性に、自信をもっていた。

クリーム色の紙ジャケット（四人の男の子と、リトル・ボー・ピープとプーと思われるクマの絵が載っている）は、すでに著名な作家の目先の変わった作品であることを強調していた。

ここにお目にかけるのは、この人気の高い作家・劇作家のいつもの路線からの離陸である。彼は常におとなの読者と芝居好きを楽しませ喜ばせてきたが、この快活で陽気な本は子どもたちをも魅了するだろう。シェパード氏の絵は、ミルン氏の楽しくて心躍る詩にぴったりである。

ミルンは初めはこの本の献辞をシンプルに

自分のことを
ビリー・ムーン
という男の子に捧ぐ

としていたが、最終版で（おそらくダフネに勧められて）その子どもがミルン自身の息子であり、いくつかの詩の登場人物であることを明らかにしている。それは次のようになっている。

クリストファー・ロビン・ミルンへ
あるいは彼が好きな自分の名前
ビリー・ムーンへ
かれのおかげでできた
この本を
いまここに
つつしんでささげます

大勢のおとなが、自分の楽しみのためにこの本を買ったのは確かだが、新聞の書評はこぞって子どもの本として論評した。出版社が意図した通りだった。たいていの書評がかなりのスペースを割いていたが、「スター」紙は「おしゃべり新聞年鑑*」と「セント・モニカの少女たち」の間で二行しか触れていなかった。また、「モーニング・ポスト」紙は書評に「子ども部屋のためのチンジャラ歌」のタイトルをつけ、ずっとその調子だったので「まったくうんざりした」とミルンは語った。「サンデー・タイムズ」に掲載されたジョン・ドリンクウォーターの書評が、もっとも興味深いものの一つだった。彼は事前にミルンに、「何千部も」売れると言っていたが、それが「彼の本のことかわたしの本のことか」、ミルンは書評を読むまで確信がもてなかった。

　ドリンクウォーターは、「クリストファー・ロビンという幼い男の子のために」書かれた詩の「創意あふれるおもしろさ」と、子どものためのつまらない詩集から抜け出て「すばらしい詩集のなかに」紛れ込んだようなものとを、厳密に区別した。ドリンクウォーターは特に「つまさききらきら」を嫌って、「シェパード氏をしてすら、月並みな妖精のばかばかしいレベルに落とした」とけなした。「すいれん」や「はるの朝」や「山のほらあなにおじいさんたちがあつまって」（すべてだれも覚えていない詩である）などの詩を退けて、ドリンクウォーターはミルンを「新しい預言者」と

＊子どものための物語を載せた週刊紙。年鑑もあった

呼び、ルイス・キャロルと同じレベルで語られるべき非凡な才能の出現を告げた。

ミルン氏の熟達に、疑いの余地はないが、運のよいことに、いくつかの誤りを除けば、その熟達はルイス・キャロルと同じように、いつも健全な常識を基礎にしている。（中略）ミルン氏は、小さな仲間を良識ある人として扱っている。彼は、当たり前のように、いろんなことを作りたがるが、くだらない妖精ではなく、現実の生活に根差したものを作りたがる。氏とその仲間は極めて陽気で気ままに歩き回るが、彼らの注意を引くものは、バッキンガム宮殿の兵隊や、ストッキングをはかず、ソックスもはかない三匹のキツネや、庭師や、パンにぬるバターがほんのちょっとだけほしかった王さまなどである。（中略）とにかくおかしくて楽しい。だが、手厳しい批評家たちは、これが純文学への健全な貢献でもあることに気づくだろうか。

ミルンが、最も手厳しい批評家、ジェフリー・グリグソンの批評を読めるほど長生きしなかったのは、幸運だった。グリグソンはこの詩集を痛烈に批判したが、その一方で、とにかくバイロンとテニスン以来「これほどよく売れた詩はまずない」ことを理解していた。グリグソンは詩人ベッチマンがミルンに負うところが大きいことに気づくことになる。「Aレベル*の英語やケンブリッジ大学英文学科の優等卒業試験」で、例えば、「ミス・ジョーン・ハンター＝ダン**」への「ミルンの影響について論ぜよという問題が出ないのはなぜか。」しかし、グリグソンはミルンの詩は自己満足の詩だと考えた。他の人たちから我々を区別する我々のための詩 ― 庶民同様、肩書のある人々からも区別するという。悪い騎士サー・ブライアン・ボタニーは尊大な態度を改めて、われわれの一人、ただのミスター・B・ボタニーにならなければならない。グリグソンはさらに言う。詩のなかの子どもたちはロンドンの高級住宅地に住んでいて、もし男なら、

いい学校に行き、その後は、二つの大学（オックスフォード大学かケンブリッジ大学）のどちらかの、川に沿った（健全なる身体に凡庸なる精神が宿る）***、いいコレッジ****に進学する準備がされている。それは、裕福で、安全で、自信に満ちた、中産階級の中のやや上にある家庭の男女である。

　これらの詩は、そのような家庭の他の子どもたちのためのものなのか？　答えはイエスというよりは、ノーである。私の経験では、二〇年代以降のあらゆる世代の子どもたちは、これらの詩に胸が悪くなると感じ、とても魅力的にも感じた。実際、これらの詩は、一人の親によっ

*大学入学前段階の全国試験
**ベッチマンの詩「准大尉のラブソング」中の美しい女性
***健全なる身体に健全なる精神が宿る、を茶化したもの
****これら二つの大学には、それぞれ中世以来の創設の二十五〜三十五のコレッジがある

て他の親のために、親代わりの乳母のために ― 戦争を忘れ、社会（と文学）革命を無視し、子ども時代をとり戻したい親のために書かれた。詩集は『ぼくたち ― ぼくたち ― がとても小さかったころ』と題名が付いているが、まさにその目的を示している。すべての普通のベストセラー本の目的と同じように、作者の意識はそれほど明白ではなかった、と考えていいだろう。

この本のなかに、中級生活のママたち、父親たち、乳母たちなど、親の精神を歪めてしまう人物たちは、きっと、「現代版の純真さ」を見つけるだろう。フォントルロイ公子 ― 小公子の登場だ。（どこといって特徴のない挿絵からも明らかなように）フリルの襟とベルベットの衣装は脱いで現代の普通の服を着ている。結局、貴族の跡取りでこそないが、それでも「永遠の子ども」である。これらの詩には、「もじゃもじゃペーター*」やヒレア・ベロック**が描いたような意地悪で乱暴でぶっきらぼうな子どもはまったく出てこない。

これらのいい子たちは「だって」とか「もちょっとで」とか「なんもない」とか「かんぜんに」とか「とっても」など、舌たらずだが上品なアクセントで言っているが、かんしゃくを起こすことはないのだろうか。

どうしたんだろう、メアリー・ジェーンは、げんきで、いたいところもないんだろう?***

かんしゃくを起こす子どもがいたとしたら、それはデザートがまたライス・プディングだったからで、子どもの心理や、幼児の性の問題ではなく、また当時、清純な英国の世界に入ってきていたフロイトの理論も必要なかった。

『クリストファー・ロビンのうた』の純真さ ― これはもちろん、ロマン派の奏でた純真さの最後の調べと調和している。それが、二〇年代にはただの気まぐれに変わっていた。クリストファー・ロビンは、期待されすぎて手垢がついて、今やぼろぼろの栄光の切れ端を引きずっている。雲は灰色になってしまった。****「子ども」は、ウェストミンスター校とトリニティ・コレッジでの教育にも関わらず、ついにあまりにも「おとなの父」になりすぎてしまった。*****そし

*十九世紀半ばハインリッヒ・ホフマンによる絵本。乱暴や弱いものいじめをする子どもが報いを受ける教訓詩

**二十世紀前半に人気のあったフランス系イギリス人の作家、歴史家。反抗や嘘のために身を亡ぼす子どもを歌った教訓詩が有名

***「メアリー・ジェーン」

****ワーズワスの短詩「虹」や長詩「霊魂不滅の啓示」のなかで、雲は栄光に満ちている

て、「子ども」の興行主が幕間のダンスを許可すれば、それは予想通りの堕落した面々――ラッパズイセンや妖精の残党たち（もっと気まぐれで――そしてもっと不気味な――ピーターパンの考案者から受け継がれた連中だ）の登場となる。リンゴの葉のうえのつまさききらきらや、スイレンの葉の上でたわむれる湖のお姫さま（「すいれん」）、洞穴の中で華奢な足のための金のくつをつくる老人たち（「くつとくつした」）、ブルーベルの花、クロウタドリの黄色い嘴《くちばし》（「おうちじゃない」）……

社会の上層部にいて、本選びに親の同意がいる年齢の子どもをもつ人たちのために書かれたこれらの詩は、リズム、形式、簡潔さ、言葉遊びなどの特質を備えている――つまり、すぐれた特質である。さらにこう付け加えたら重苦しすぎるだろうか――これらの詩は、中流から上流階級の、知的・文化的には気後れしているものの、自分で稼いでいない望み通りのものを当然のように期待し、もう五十年もろくに事実を直視していない人たちのためのものであると。重苦しすぎるかもしれない。だが、本当のことであろう。

この二人の詩人批評家が書いた時期は、ちょうど五十年の開きがあるが、二人にはいくつかの共通点がある。彼らは同じ詩を嫌っていて、ミルンの詩の巧みさ、すぐれた技量を賞賛している。違いは主として、ドリンクウォーターが書いていた時代は、階級のあるのがごく当然のこととされ、

「気まぐれ」という言葉が軽蔑のニュアンス無く使われたことである。グリグソンは、そのような時代に生まれたものの、社会学的な理由から、ミルンの詩を楽しめなかった。彼が胸が悪くなると感じたのは、多くの人と同じように、詩そのものではなく、乳母や午後の散歩や、お茶の時間には手をきれいにするなどの、上品な社会のしきたり全体であった。「あのいまいましい乳母がいけないんですよ」とロアルド・ダール******は私に語った。ミルンを賞賛しながらも、彼の本が時代に合わなくなったと残念がっていた。だが、実際は、乳母（またはナース）は『クリストファー・ロビンのうた』にある四十五の詩のうちの五つに、そして第二の詩集、『クマのプーさんとぼく』のなかの四つに出てくるだけで――そして、もちろん、二冊の『プー』の本には、一度も出てこない。

コンプトン・マッケンジーも、一九三三年に書いた書評のなかで、ミルンの最初の詩集を、何よりも、社会的な資料と見なした。

『クリストファー・ロビンのうた』はこれまでのどの子どもの本よりも明確に、一つの時代の特徴を描き出している。遠く離れた後世が「現在」を容易に開ける鍵を、現代の小説や詩や戯

*****同上の詩「虹」の有名な一節、「子どもこそおとなの父」を踏まえている

******小説家。風刺やブラックユーモアの利いた短編の名手。『チョコレート工場の秘密』などの児童文学も有名

曲よりもこの子どもの詩集に見出すかもしれないと推測するのは、とっぴなことではない。

しかし、この時代の特徴をとらえた魅力的な挿絵（その多くは、意外にも、それほど時代遅れになっていない――レインコートを着ようとしている男の子を見るといい）*を無視して、詩だけを素直に読むと、主に印象に残るのは、まったく自然な子どもたちである。自己中心的で、想像力がとても豊かで、少し反抗的な、今の子どもたちと同じである。確かに、この本の出だしで見たように、これらの詩のなかで重要な役割を果たす子ども時代のミルン自身の記憶は、乳母や子ども部屋とはあまり関係がなく、おとなぬきの冒険や、自由や自立心の深まりと大いに関わっていた。詩のなかの子どもたちは、いつも束縛から逃れて自由になりたがっている。「してはいけません！」「こっちへきなさい」などの束縛は、社会的背景を問わず、常に子どもたちに押しつけられている。ミルンの子どもたちは「丘のうえでころがってあそぶ」（「子犬とぼく」）ことや、緑地でウサギを見ることが好きで、「気をつけるのよ」とか「手をにぎって」とかの退屈な命令を無視したがる。ブルーベルの花が咲く森へ行ったり、南アメリカに旅したり（「子どもべやのいす」）、東洋の海を航海したりしたいのだ。

　それは穏やかなだけの世界ではなく、現実の生活の危険や不安は間違いなくある。だが、小さな子どもに理解できる範囲に限られている。道路の線を踏むおばかさんをとって食おうと待ちかまえる熊がいる（「せんとしかく」）。ブラウニー**がカーテンのかげに隠れている（「こびと」）。ペットのネズミのことをいつも心配し（「まいご」）、お母さんがいなくなってしまう（「いうことをきかないおかぁさん」）——だいじな動物が逃げ出したり、戸口から出ていく人がもう戻らないかもしれないという恐怖は、子どもたちにはよくあることだ。ブルーノ・ベッテルハイム***は、詩を読んでもらう子どもは警告を楽しむことはできるが、自分が見捨てられてしまうという大きな不安を抑えなければならない、と考える。しかし、詩のなかの子どもは自身の利己主義に守られていて、状況を完全に把握している。人生は続くのだ（「だれかがまちのはずれまでいったら、どうしたらいいというのだ」『いうことをきかないおかあさん』より）。子どもは道路の線を踏むようなばかではない、熊につかまったりしない（「せんとしかく」）。楽しい危険のスリルはあるが、結局は安心感が増すのである。

子どもは、いつまでも繰り返されるおとなの質問にお行儀よく答え（内心はひそかにいらいらしているのだが）（「おぎょうぎよく」）、もしフランスの王様だったらおばさんのために髪にブラシをかけたりしないぞ、と思う（「なってみたいな、王さまに」）。もっと言えば、もしギリシャの王様だったら、マントルピースの上のものを払い落とすことだってやってやる。これは三歳の子どもの反抗の表現と

＊「しあわせ」
＊＊民間伝承で、夜中に農作業や家事を手伝ってくれる、茶色で毛深い小妖精。いたずらをしたり、不気味なところもある
＊＊＊ウィーン出身のアメリカの心理学者。『昔話の魔力』など

して、十分あり得ることと思われる。事実、これらの詩は（そしてこれがこんなに長く読まれ続けている理由であるが）、子ども自身が認め、年長者も気づいた、子どもの心の本当の表現なのである。子どもたちにも、階級にまつわる小道具に気をとられずその先にあるものを見通せるおとなにも、働きかける。ミルンが、富裕で自己満足している階層の出ではなく、自らの稼ぎで得ていないものを期待しなかったことを知るのも、理解に役立つ。グリグソンは、それを知らなかった。実際、ミルンは確固たる社会秩序と、読者の多くが優先するものに絶えず悩まされていた。そういう人たちはまさに、ミルンもグリグソンも嫌った人たちであったが、彼らはミルンの詩をきまじめに考えた。「とっても変なんだ」とミルンはケンに報告した。「黄色い顔をしたインド生まれのイギリスの大佐たちが、勇気がなく、誰かが撃ち殺されるべきだと考えられる連中なんだが、目に涙をうかべて、道路の線を避けて通って熊から逃れるのがどんなに大切であるかとぼくに言うんだ。彼らは長い両切り葉巻に火をつけてふかしながら、興味のありそうな人に、自分たちは半ズボンをはいてズボン吊りをつけているとわざわざ言うんだよ。」それから「人もあろうに、ピネロ*が昨日、ぼくの肩をたたいて、何というすばらしい本を世界に与えてくれたのだ、と言うんだよ。彼はぼくの劇を一度も読んだり見たりしたことはないだろう」

たしかにとっても変だった。メシュエン社で梱包部のストライキがあった。製作部のだれかがのちに思い出したことだが、オフィスには毎日、書店から何千部もの注文が殺到したので、彼と手の空いた全員が申し出て、それに対応しようと頑張った。アメリカでは、本屋が需要のすごさに驚嘆した。最初の予約は三八五部だった。書評家が特に賞賛したわけではなかったが、ダットン社のジョン・マクレイがいうように、「アメリカ国民が自分で決める」ときもあったのだ。『クマのプーさんとぼく』が出版された一九二七年までに、ダットン社は『クリストファー・ロビンのうた』を二十六万部売り上げていた。当初の需要の多さは、販売部長だったマクレイの息子の驚くほどの熱意に負うところが大きかった。彼はこの本の話をしてくれそうな人ならだれにでも、見本を送ったのだ。

感謝状がすごい勢いで殺到した ― 初めのうちは無料で送った見本に対するものだったが、三十八州の州知事、六人の閣僚、三人の最高裁判事、十一人の海軍少将、十二人の空軍少将、ヘンドリック・ヴァン・ルーンからフレッド・アステアに至るだれも彼もから感謝状が届いた。ニューヨーク市ニューアムステルダム劇場F・ジークフィールドの書簡箋に書かれた手紙はルピーノ・レイン**からで、次のような内容だった。

＊「おとなになる」

＊＊有名な舞台俳優。当時「ジークリード・フォォリーズ」というレビューにフレッド・アステア等と出演

今晩「フォリーズ」で、いつもより一つ多く宙返りをしなくてはなりません。階段を滑り下りるか、はねぶたからジャンプして飛び出すか……なぜか、ですと? ああ、A・A・ミルンの『クリストファー・ロビンのうた』を読んで楽しんだ、この溢れる喜びを表すためです。

クーリッジ大統領までが楽しんだ、と秘書が伝えてきた。

カーミットとセオドア・ルーズベルト（元大統領の息子たち）がインド・トルキスタンで虎撃ちに行く途中で、ロンドンのミルンを訪ねた。「風変りで楽しい兄弟だ」とミルンはケンに書いた。「自分たちの『クリストファー・ロビンのうた』にサインしてもらいたくて、うずうずしていた。カーミットはイギリス版の初版を持っていたのに、セオドアはアメリカ版の初版しかもっていなくて、ほとんど泣きそうだったよ。」二人は彼らの狩猟旅行について、ある新聞が詩を掲載したといって、とても得意そうだった（それにミルンが感心しなかったことに気がつかなかった）。

カーミット、セオドア・
ルーズベルト、ルーズベルト、
互いに言い合いましたとさ、
トルキスタンで

どんな猛獣に出会うとも
仕留めてやらずにおくものか。[*]

誰も彼もがミルンの詩を引用し、パロディをつくっていた。カンザスの大学のある教授夫人からの手紙には「ディナーにお客を招くと、必ず『わるい騎士ブライアン・ボタニー』か『ジェイムズ、ジェイムズ』（『いうことをきかないおかあさん』）か『テディ・ベア』が朗誦されます（教授たちの間でもダイエットしている人が大勢いることに、びっくりなさるでしょう）。」食卓の子どもたちはもう、バターをくださいと言わず、「王さまのパンにぬるバター」をくださいと言った（『王さまのあさごはん』）。何か大きいものは、いつも「イノーマウス」だった（『なまえをつけよう』）。そして何か、が見つからないと、「だれかぼくのネズミみなかった？」（「まいご」）という声が上がった。

テネシー州のナッシュビルに住むある女性は、ミルンの詩があらゆる年齢層に受けると証言する大勢の読者の典型であった。四歳の息子は、「ほとんどすべての詩のなかに自分を見つけた」が、十一歳の息子も「王さまのあさごはん」と「わるい騎士ブライアン・ボタニー」と「三びきの子どもぎつね」が大好きだった。最も奇妙な報告は、エドウィン・サミュエル閣下[**]からのもので、ジャ

＊「いうことをきかないおかあさん」の下手なパロディ

ファ***商工会議所のランチでミルンの詩を朗読したところ、「この多忙なアラブの商人たちは午後の仕事を休んで、「クリストファー・ロビンがとんでいく／ぴょこん、ぴょこん／ぴょこ、ぴょこ、ぴょん」を何度も何度も繰り返した。」だれもがぴょんぴょん、跳んでいた。ニューヨークの女性からの報告では、「私たちはみんな、跳ばなければなりませんでした。とうとう、疲れはて、身体が重くてどうしようもなくなると、それからは子どもたちだけが跳びました。」彼らは、クリストファー・ロビンのことを知りたがった。彼はほんとうにいつも跳んでいるの？

　厄介なスポットライトがクリストファー自身に当たりはじめていた。「おとなの読者も同じ年頃の子どもも、この愉快な詩ができるのを手伝ってくれたことに感謝する」と「サンデー・ヘラルド・ポスト」紙に記事を書いた人がいた。添えられた写真は、ミルンがカールした髪の子どもに本を見せてるのを、ちょっとさめた表情のダフネが眺めているところで、キャプションには「A・A・ミルンと夫人とお嬢ちゃん」とある。

　この詩集は、三月に、「ニューヨーク・ヘラルド・トリビューン」紙の社説で取り上げられた。その社説はコヴェントリー・パットモア****の「おもちゃ」を引用して、子どもについて書くときは、「哀感が落し穴の最も危険なところを突く」と述べた。「我々自身の感情が我々と子どもの間に立ちはだかる。子どもの快活でめちゃくちゃな論理と一体になるには、特別の才能が必要だ。（中略）ルイス・キャロルにはその才能があった。スティーブンソンにもあった。（中略）キプリング*****も『だからこうなる物語』を書いたときにはあった。イギリスの劇作家A・A・ミルン氏には、その才能の明白なしるしが見られる。」社説は続けて述べている。この本の面白さの分からない人は「スイギュウみたいなヤジュウウみたいなヤギュウで、ソックスが糖みつでベタベタになったらいい気味だ」(「どうぶつえんで」)。

ミルンは四月三日にE・V・ルーカス宛てに手紙を書いた。「アメリカでは二十三刷りだ！　もっとも、もちろん、それぞれは御社が刷ってきたほどの増刷ではないがね。」売上げは一年中ずっと伸びる一方で、一九二五年のクリスマスまでに驚くほどの高水準に達した。一九二五年十一月の「ニューヨーク・テレグラフ」紙はクリストファー・ロビンの写真を載せ、「だれも彼もがこの本の話をしている」という見出しを掲げた。翌年一月、「小売書店」誌は『クリストファー・ロビンのうた』の売上げ記録は「過去十年のどの本とも比較できないほどずば抜けている」と述べた。この本はスティーブンソンの『こどもの詩の園』と並び称され、ミルン自身は「ルイス・キャロルと同じぐらい、引用したくなり、それが他の人にも伝わり、それでいて個性的人物」ということで大方

＊＊自由党の政治家
＊＊＊イスラエル西部の港町
＊＊＊＊詩人。幸福な結婚を題材とした『家庭の天使』などが有名
＊＊＊＊＊インド生まれのイギリスの作家・詩人。『ジャングル・ブック』『キム』など

の意見が一致していた。
ミルンはこの驚くべき状況をじっくりと考えた。次第に高まる賞賛の声を聞くまでは、彼はドリンクウォーターの書評にやや苛立っていた。「詩人でもないのに、詩を書こうとするとは厚かましい奴だというような、からかい口調があった」からだ。しかし、今や自分は詩人と名乗れるのか。もし劇作家であるのがそんなに嫌なら、どんな作家になりたいというのか。やがてオーデン*が「バイロン卿への手紙」という詩の中で、ミルンについてやや曖昧な言及をすることになる。

ライト・ヴァースは、気の毒に、悲しい状態にある。
ミルンやそういった人たちを別にすると、
ライト・ヴァースは時代遅れと扱われている。
奇妙で不公正なことだ、と私には思える……

キングズリー・エイミス**は、編著書『ニュー・オックスフォード・ブック・オブ・ライト・ヴァース』の序文で、オーデンのミルンに対する「適切な言葉」を指摘し、ミルンのかつて崇拝したC・S・カルヴァリー***に関するエッセーのなかのライト・ヴァース論を高く評価して、長く引用した。そのある部分は、ミルンが自伝の中で、子どものために書くことについて述べていることとぴったり符合する。

［ライト・ヴァースは］一流の詩人が叙事詩を書く合間に息抜きのために書くものではない。二流の詩人が小さな女の子のアルバムに書いて喜ばせるというものでもない。クーパー＊＊＊＊がオースティン夫人を楽しませようとしている（容易なことだった）のでもなく、あるいは（詩人の）サウジーがロドアの滝の水音を得意そうに擬音で表現しているのでもない。（中略）ライト・ヴァースは詩人が遊びでつくったものではなく、ライト・ヴァース作家の作品で、（中略）著作の中でも最も難しく、最もきびしい技術を要するのである。（中略）

ときどき、ライト・ヴァースの選集がつくられるが、大方の編者にとっての問題は、たとえライト・ヴァースを理解していても、秘かに気恥ずかしく思っていることである。

＊詩人。T・S・エリオットの次世代の代表。「不安の時代」に政治的正義を追及しつつ、多彩な詩風を完成。アメリカに移住・帰化。

＊＊作家、詩人。風刺小説『ラッキー・ジム』など。（「タイムズ」紙により、戦後英国作家五十人の十三位に選ばれた）

＊＊＊ライト・ヴァース作家

＊＊＊＊詩人。代表作「ジョン・ギルピンの滑稽な話」『課題』は友人のオースティン夫人の提案で書かれた

同じことが多くの子どもの本の作者についてもいえる。その二つが組み合わされて、子どものためのライト・ヴァースになると、たとえ作者が銀行預金の残高に満足しても、複雑な感情が残るものである。

ミルンがメシュエン社の銀行預金残高に果たした極めて大きな貢献に報いるために、一九二五年の四月に、メシュエン社は彼のおとな向けの小さなライト・ヴァース小品集『ランチョンの幕間に』を出版した。厚紙の表紙で、一シリング六ペンスだった。それは年内に第二版を出すまでになったが、だれもが子どもの詩集の二番煎じとしか思わなかった。オーデンもエイミスも、ライト・ヴァースの選集をつくるとき、ミルンの詩で選定できるものをただの一つも見つけられなかった。しかし、奇妙なことに、グリグソンは『フェイバー・ノンセンス・ヴァース選集』を編集した時、ミルンの「頭がわるいクマによって書かれた詩」（『クマのプーさん』七章）を入れた。スティーブン・ポッター*は、一九五四年の英国のユーモアのセンスについての研究で、ミルンに対して同世代の人々が反感を抱いたのではないか、と述べている。一九二〇年代の初めは、ミルンは「とても楽しくておかし」く、そのおかしさが「つんのめって、甘ったるく、凝り過ぎ」だった。二十世紀後半は、あまり凝りすぎない、ブラック・ユーモアが好まれる。

ミルンはその後も喜劇は悲劇と同じように真剣に、そしてライト・ヴァースは純文学の詩と同じように真剣にとらえられるべきと主張し続ける。何といっても、「現代のライト・ヴァースは作者が難しい仕事をすべてやり、純文学の詩では、作者が難しいところをすべて読者に任せる。」だが、やがて、ミルンは次第に自分の評価が、子どもの本の作家としてだけであることを受け入れざるを得なくなる。『ランチョンの幕間に』のなかの、はるか昔、一九〇九年に書かれた詩の中で、ミルンは長兄バリーの息子である、甥のジョックに語りかけて考える。

われわれは、きみと同じ名前だが、
名声のために目立ちすぎない、ほどほどの財産の
昔ながらの駆け引きに（まあ、ほとんど）満足している。

ミルンは今や、大いなる名声と財産の両方を手にした。それらが彼を満足させたかどうかは、また別の話である。

ドリンクウォーターが、書評用献本を、サインしてくれと言って送ってきた。ミルンは口絵に詩の一つ、「しあわせ」のパロディを書き入れて楽しんだ。[**]

＊作家、ラジオのプロデューサー。ユーモアに関する著作で知られる

ジョンは
どんな俳優にでもやれる
長〜い
芝居をやっている、
ジョンは
メイフェアに
大きなアパートもっている……

「なまえをつけよう」のパロディも少しつけ足した。

いじわるジョンと呼ぶこともある
だって、芝居が続くんだもん、
いつまでも……
いつまでも

「つまさききらきら」についてひどいことを書いたから、一矢報いてやったのだった。

ドリンクウォーターの書評が出てから四日後、もう一冊の本が出版された。『十四の歌』というタイトルで、『クリストファー・ロビンのうた』から採った詩に、チェルシーでの隣人、ハロルド・フレーザー＝シムソンが作曲したものだった。詩が「パンチ」に掲載されていたとき、ミルンは詩に作曲したいという何人かの作曲家から打診を受けていた。その一つはあの雨の降り続いた休日にいっしょだったフレデリック・オースティンからで、ウィルフレッド・デイヴィスもやりたがった。だが、ミルンはフレーザー＝シムソンに決めた。当時、記録破りのミュージカル、『山の乙女』の作曲家として非常に有名だった（その一部が一九二〇年、ニューシアターで、『ピムさん通れば』の第一幕の前に演奏されていた）。理由の一つが、長兄バリーがフレーザー＝シムソンの白地に茶色のブチのスパニエル、ヘンリー・ウォギンズが大好きだった、ということらしい。彼らはよく犬の散歩で出会う仲だった。それが長い共同制作の始まりで、最終的に六十七の歌がつくられた。「ぴったりの音楽だ」とミルンはカーティス・ブラウンに書いたが、音楽のことはあまり知らなかった。

『十四の歌』の献辞にまつわる話は語るに値する。

＊＊ドリンクウォーターも「しあわせ」の主人公も、名前はジョン。メイフェアはロンドンの高級住宅地

この本が捧げられたのは（もちろん作曲家によってだが）

ラセレス女子爵
メアリ王女の
特別の許可を得て
ジョージ・ラセレス閣下ならびに
ジェラルダ・ラセレス閣下に
捧ぐ

これはメシュエン社の考えたこと（E・V・ルーカスは目下、王室と親密な間柄なのだ）だが、献辞に並べられるラセレス家の人々にも限度というものがある。そこでぼくが提案したのは――もしどうしてもラセレス家をいれなければならないのなら――次の通りだ。

……王女の許可を得て、
子ども部屋の専制君主に
捧ぐ

これでよかろうということになった。だが、どうしてメアリ王女を引っ張りこむのか、まったくわからんね。もっと人気がありそうな献辞は、次の通り。

「A氏」の
許可を得て
すべての国にいる
彼の庶子に捧ぐ

これはミルンのケンへの手紙に書かれていた。「A氏」は当時、常に人々の興味をそそり、とかく話題になった人物である。実はサー・ハリ・シング*で、ロビンソン夫人なる女性との金銭的な関わり合いや男女の関係が新聞紙上を賑わせていた。二、三日後、ミルンはまたケンに書いた。「やっかいなのは、もう『A氏』がだれであるか、言ってもしようがないということだ。だけど、ぼくは

＊一九二六年にカシュミール・ジャンムーの最後の藩王《マハラジャ》に即位

もちろん、何週間も前から知っていたんだ。（中略）人生とは、いったい何なのだ。（中略）ロビンソン夫人は映画に出るのを断って、代わりに新聞に自分の半生について書くそうだ。ぼくは伸び上がって、叫びたいよ。」歌の本は大成功で、ラセレス家への献辞と、二冊目の歌の本のエリザベス王女（現女王）への献辞は、ミルンが子どもたちにとって最高の詩人であるとの感じをますます強め、一方では、ある人々の間で感じられてきた彼に対する反感をますます強めることとなった（例えば、スティーブン・スペンダー*は、両親は彼を荒っぽい子どもたちから遠ざけようとしたようだが、のちにクリストファー・ロビンのことを「心底ぞっとする」と語ることになる）。たいていの人々はたぶん献辞を妥当だと思っただろう。そしてミルンはたいていの場合は、王室についての意見を胸に収めていた。しかし、ある時、彼は意見を述べざるを得なくなった。ある人の家にディナーに招かれたが、客の中にヴィクトリア女王の孫娘のマリー・ルイーズ王女がいた。彼女こそ、つい最近、メアリ王妃の「ドールズハウス」を計画した人だった。王女は人形の家の図書室に「おやすみのおいのり《ヴェスパーズ》」の革装のミニチュア本を寄贈したA・A・ミルンに興味を示された。「ディナーのあと王女と一時間ほど話をした。できるだけ『王女様』と言わないようにしたが、つい一、二度言ってしまい、あわててそれを飲み込んで、そしらぬ顔で話を続けた。」王女は無思慮にも、「下層階級の人たちがドールズハウスに反対した」のは残念だと言ったので、ミルンはごくりとつばを飲み込んでから、小声でつぶやいた。「私の友人も一人残らず、同じ五万ポンドもらうなら、ドールズハウスのために働くよりも賞金レースで手に入れたいと思うでしょう。」その場で対応するには、それが精いっぱいだった。王女はおそらく、もちろん紳士だと思い込んでいた話し相手が、自分と友人たちを「下層階級」と結びつけることを、信じられなかっただろう。ミルンはケンに手紙で報告している。「王女は何も言わなかったが、かすかな痛みが顔をかすめたように見えた。ちょうど第一ヴァイオリンが調子を外して弾いたというようにね。悲しいことだ」

ミルンはゴルフコースでも、はっきり物が言えた。相手方の一人が、例によってミルンは当然、良識派の保守党支持者だと思って、政府について不平を言っていた。「我々が必要なのはムッソリーニのような人間だ」と言ったその男は、ミルンの冷ややかな答えにややたじろいだ。「へえ、きみは殺人者が好きなのか。」ミルンはまた、「ネイション」に左翼のデイヴィッド・ロウ**の風刺漫画集を書評したときも、「特権に逆らう人々の側」に立ち位置を示した。その本には、レベッカ・ウェスト***がリンクスというペンネームで文章を書いていた。書評を書いた時点では、ミルンはリンクスがだれであるか知らず、男性だとばかり思っていた。

＊詩人、批評家。オーデン・グループの一人
＊＊ニュージーランド生まれでイギリスで活躍した政治風刺漫画家
＊＊＊小説家、批評家。ニュールンベルクの戦争裁判に関する著作で知られる

私はえこひいきをしているのかもしれない、というのは、リンクスの考え方が私の考え方に似ているからだ。（中略）ロウの場合、読者は後ろからどきどきしながらついて行く。次にやってくるシルクハットを被った男が犠牲者だとわかっているが、どのように風刺するかは分からない。ところが「リンクス」の場合、しばらくたつと自信をもって先に立ち、肩越しに振り返って言うのだ、「急げ、あそこに白いスパッツをつけた男がいる。まさにきみに誂《あつら》え向きだ。（中略）」ロウの鉛筆にとって、バークンヘッドとトマスは同じようにこっけいで、ベネットとベロックは同じようにうぬぼれを挫いてやる必要がある。しかし「リンクス」は羊を山羊から引き離す。たとえリンクスのペンが、たいていの場合、羊と山羊に私が心の中でずっとつけてきたラベルを貼りつけたとしても、少なくとも私が不平を言う理由はない。

ミルンは自分がリンクスであるとさえ思い始めた。この「ニュー・ステイツマン流派*」の作家と自分を深く重ね合わせていたのである。書評のなかで、彼はリンクスによる自分自身の劇についての記述には触れていない。それはまったく彼の好みに合うはずがなかったのだが、それだけに彼がこの本を賞賛しているのは、なおさら寛容で興味深く思える。レベッカ・ウェストはミルンの子どもの本を賞賛したあとで、続けて次のように述べている。

そして［ミルンが］おとな向けの作品と称しているものを見ても、彼は実は子ども部屋から出ていないのだ。内容がどんなに事実に即したことでも、彼の劇に奇妙な不気味さが感じられ、何とも言えず感動的なのは、わたしたちがこう感じるからだ。何となく年齢差を超えて、ここにはイギリスの子どもの姿がある。金髪にきれいにブラシをあて、澄んだ目をして、肌はバラ色、お行儀がよく、気立てがよくて、正直で、恐れを知らない。ただし、子ども部屋とは違って、どんなにいい子にしていても、つらい目に会うのではないか、という不安を除いて。そんな子どもが人生に向き合っている、という印象を受けるのだ。

そして、一方では、黄色い顔の大佐たちや流行のショートヘア、シングルカット**にしたパーティの女主人たちが、ミルンの手を握り、彼の本について思いのたけをしゃべろうと騒ぎ立てていた。だれもが、洗練された暮らしぶりなどの表面的な装いから、ミルンは満足しきった、独善的で裕福な体制側の一員であると、思い込んでいた。何年ものちに、グリグソンが誤解したように。

＊週刊誌。労働党左派を代弁する進歩的な記事が特徴
＊＊口絵写真三ページ下を参照。ダフネのヘアスタイルはシングルカット

4 プーの始まり

ミルンの子どもの詩集『クリストファー・ロビンのうた』は絶賛され、その名声と売上げの伸びはその後何年も続いたが、アラン・ミルンは、兄のケンのあまりにも対照的な、みじめな状況に何度も直面しなければならなかった。ケンはアランの助言に従って、サマセットで療養しながら、執筆の努力を続けていた。だが、ケンは弟の陰を歩いていることを強く意識していた。「パンチ」に自分の犬のピートについて書きながら、アランが何年も前に書いた別の犬、チャムについて書いた記事をいやでも思い出していた。アランは、ケンが書いた記事を読む前に、ケンを元気づけようとした。「もちろん、ピートについてのエッセーだ、ぼくのではないよ。」一九二四年十二月十日に

（そのときはアランの詩集の三刷の注文がすでに出ていたが）、アランはケンに書き送った。

兄さん、
ピートの記事、何百万回もおめでとう！　見事だよ。兄さんにこれほどのものが書けるとは思わなかったと言ったら、生意気だろうか？　本当に、けしからんほど自然だ。余裕がある。円熟している。つまり、あるべきものがすべてある。チャムの幽霊が敬礼しているよ。どうやら悲しげに、「そうだよ、これこそぼくのご主人がするべきことだったんだ」と言っているようだ。
モードにお祝いを伝えてほしい。兄さんのことを誇りに思っているだろうね。文体の点からいえば、これは「パンチ」の普通の記事よりもはるかに優れている。吸い取り紙をもう一セット買って、がんばってね。それから、「パンチから離れるな」といいたいね。たとえ左の靴についてであっても、こんな記事を書くなら、シーマンはノーとは言えないだろう。
とても幸せな
ＡＡＭ

ケンはやがて、アランの口利きで、メシュエン社の出版の可否をきめる出版顧問も務めることになった。メシュエン社ははじめのうちは、いい返事をしなかった。アランはケンを励まそうとして言った。「こういう仕事には候補者が大勢いるから、能力以外のことが重要になることもある。たとえば、近くに住んでいるとか。あるいは、もっと厳しい状況の人がいるのかもしれない。」ようやくケンが採用されることになり、アランはE・V・ルーカスからの理解ある報告を伝えることができた。「お兄さんに伝えてくれたまえ。我々は彼を貴重な同族だと見なしている。彼は決断が早くて、断固としているね」

一九二五年一月、ミルンはモードにデンマークの「肺結核の新治療」について手紙で知らせた。それは間違いなく「本物だよ。『ランセット』や『B・M・J』などの医学雑誌の折り紙付きだ。」ミルンはモードに、この治療法を試してみるように、少なくとも予備的なレポートとレントゲン写真をデンマークの医者に送って、八週間の治療コースが適用されるかどうかを決めてもらうように、ケンを説得することを熱心に勧めた。アランは、すべての費用を自分が出すだけでなく、冬の北海では必ず船酔いするだろうが、それも我慢して一緒に海を渡ることも申し出た。健康のことでケンを困らせたくない、「自分にできる限り、ケンが困るようにはしない」と決心していた。治療のチャンスがあれば必ず試してほしいと願っていること（言葉で十分言い表せないくらい強く願っていること）をモードに知ってほしかった。ケンが「放っておいてくれ――もう医者はたくさんだ」と感じるかもしれない、とアランはモードに言った。おそらく、それが正にケンが感じたことであっただろう。なせなら、彼はデンマークへはとうとう行かなかったからである。

一九二五年の初め、『クリストファー・ロビンのうた』の売上げが伸び続けていたころ、ミルンは自分をもてあましていた。小説の執筆を試み、一章を書いて、続きも自然に書けるだろうと期待したが、「そうならない小説もあるようだ」とミルンはスウィナートンに書いた。たくさん招待状が舞い込んだ。マリー・ルイーズ王女よりも面倒な人たちに会わなければならないこともあった。マイケル・アーレン*のことを嫌っていた。「彼は、我々の第八地獄**にいる」とミルンはケンにいった。「ギルバート・フランコー***の上か下か?」どちらとも決め難かった。

多くの手紙も書かなければならなかった。ダフネは、「シーリア・ブライス」の仮名でアランの秘書を務めることに、興味を失っているようだった。いつも他にしたいことがあるようだった。アラン自身はデスクの片付けがいつも苦手だった。三月にチャトー&ウィンダス社が『四つの戯曲』の出版の契約書を送ってきた。十二月に原稿が届いたとき、編集者のスウィナートンは、契約書の副本を送り返してくれるように頼まなければならなかった。それに対する返事はこうだった。「その片割れはここにある、悲しみで汚れ、月日が経って黄ばんでしまったが。」ミルンは手紙をもらうのが好きだった。あるファンに書いたことがあった。「あなたからのようなお手紙をいただくのは、作家冥利というものです。」だが、もちろん、返事が必要な場合は全くそうではなかった。

ミルンをもっとも感動させたファンレターは、おそらくラドヤード・キプリングからのものだった。ミルンは返事にこう書いた。「かつてテニスンにおっしゃったことをご記憶でしたら、お手紙を読んで、私が申し上げたいことがお分かりでしょう。詩を気に入っていただき、誇りに思います。」キプリングがテニスンに言ったことは、こうだった。「一兵卒が将軍から褒められたら、あえて礼を述べたりはしません、あとでより果敢に戦うのみです。」キプリング以外の人に対して、ミルンがこのような類推を繰り返すことはなかっただろう。

ミルンはある程度はスポーツを見ていた。トゥウィッケナムでのラグビーや大学対抗ボートレースなど。そして、ゴルフは頻繁にやっていた。ハンディキャップは「今は公式には9。家庭内の平和のためにはいいことだ。」アランのハンディキャップが一桁である限り、「ダフは上流社会では口にできなかった」のだから。ダフネの感情は、アランにとって大切であった ― 大、小関わらず、すべてについて。ダフネは強力だった。同じ手紙のなかで、ミルンは自分と四歳のビリーについて、「われわれ男性は少数派なんだ」とジョークを言っている。ダフとアランは週刊文芸誌「ジョン・オー・ロンドン」に掲載された、古くからあるイギリスのスポーツ、鷹狩りが廃れていることを嘆

*アルメニア出身の作家・劇作家。一九二〇年代に成功者として注目された
**ダンテ『神曲』の「地獄篇」で、第八の地獄では欺瞞や詐欺を犯した罪人たちが罰を受けている
***詩人。ユーモラスな詩や第一次大戦の体験に基づいた戦争詩など

いたP・G・ウッドハウスの詩を読んで、笑い合った。今やゴルフ全盛なのである。

ゴルフをすれば世界はきみとともにある。

鷹狩りをすればきみはひとりだ。

アラン・ミルンはケン（穏やかなゲームならまだできた）に、アディントン*を84で回った、しかも最終ラウンドでは8を出して、そこでボールを失った、と自慢した。ウォルトン・ヒースのコースでは、満足の85で回ったが、

そのコースは狭いフェアウェイの両側にヘザーが三十センチも生えているし、いつも風が吹いていて、ロンドンでも最も難しいコースだ。最近はすごくゴルフをやっていて――週二、三回はやっていて、そろそろまた仕事に専念せねばならない。でも何をしたらよいのか分からないんだ。いろんな人の頭の中で、「推理小説」という声がいつも聞こえるそうだが、ぼくはそうではない。ダフ、カーティス・ブラウン、メシュエン、ダットン（アメリカのぼくの出版社）、ハースト（連載著作権を欲しがっている）、A氏（たぶん）、それから市長もみんなそう言う。

ケンはサマセットの自宅で、リタ・リカルドという女優が「三びきの子どもぎつね」、「ネムリネズミとおいしゃさん」、「なまえをつけよう」を読むのを聞いた。アランがプレゼントした「ワイアレス装置」で2LOを聞いたのだった。それからアランからの長い手紙を読んだ。アランは、ビリーが数を数える練習をしているところだと報告していた。ビリーが「一 ― 二 ― 三」と数えるのを聞いて、父親がいくつまで行けるの、と聞くと、ビリーはびっくりして言った。「おしまいまでだよ。」この答は、ミルンの中に潜在している数学者に訴えるものがあった。ビリーは、読むことと書くことも習っていた。

ビリーは昨日、だれかのために、彼の本にサインをした。まったく自分ひとりで ― と言っても、次は何という字を書くか、教えてもらう必要があったけどね。(中略) その愚かなおばさんは、ビリーの「しるし」がもらえればいい、と書いてきた ― X印だ ― ふん、我々ムーン一族は、四歳三か月にして、そんなものより一段上なんだ!

ミルンはレイディ・デズバラへの手紙で、ビリーがこの詩集をどう思っているかについて書いてい

＊ロンドンにある有名なゴルフコース

る。この女性には二、三度会っていて、ファンレターをもらっていた。

現在（四歳三か月）、クリストファー・ロビンは文学の人というよりは、行動の人で、この本から、もっと勉強好きな人たちが感じる魅力を、感じていないのではないかと思います。（中略）でも、ときどき本のなかの詩を口ずさんだりします。それに、この子がこの詩集を「ぼくの本」というのを聞くだけで、私は十分幸せです。

「今ビリーはメカノ熱にかかっている（ぼくも許される限りそうなんだ）」とミルンはケンに書いている。ビリーは鉛筆と絵具での絵描きにも熱中していた。一九二五年二月に彼は傑作を描き、「聖《セント》ジョージとドラゴン」*だよ、と父親に言った。ミルンは手紙に書いた。「それは印象派の絵だ。ダフとぼくは人にも見せ、二人だけでも見ながら、細かい部分をとりあげて、これは何だろうなどと話し合うのを楽しんでいた。その間、ビリーはテーブルの向う側でランチを食べ終え、食後のお祈りをしていた。それはこうだった。『神さま、おいしいランチをありがとうございました――それから、この人たちにドラゴンのことをわからせてあげてください。』その気持ち、よくわかるよ」

ミルンはまだ、詩集に対する世間の反応に息子を巻き込むことを、警戒していなかった。シェパードの『クリストファー・ロビンのうた』の原画展の内覧会にビリーも連れていくかどうかで話し合ったが、たぶん、ビリーが楽しまないかもしれないからだった。この時点では、ミルンの息子はクリストファー・ロビンという言葉をほとんど耳にしていないし、シェパードの挿絵に出てくる男の子たちは、たしかに彼ではない。一つには、彼らの髪の毛はずっと短い。もっとも、帽子のせいで、いつも髪が見えているわけではないが。この詩集が彼の本というのは、献辞からきている。彼のために書かれたのだ。もちろん、本の中にも彼はいる。「ぴょこん」、「バッキンガムきゅうでん」、「おやすみのおいのり《ヴェスパーズ》。」そして「つまさきの間のすな」の男の子は自分で、他の詩のなかにもいる、と彼は感じていた。でも、ビリーは『ピーター・パン』の中のトゥートゥルのように、話の中に出てくることに夢中になってはいない。彼にとっては、とても自然なことだった。ダフネが言ったように、他の子どもたちが家族の写真アルバムの中に自分の写真を見つけたときと同じようなもので、特別のことではなかった。この頃のビリーに関してミルンが語ったことに、クリストファー・ミルンの記憶にある内気な少年を思わせるものは一つもない。クリストファー・ミルンが内気になり、生来の自信がむしばまれたのは、その後の年月に受けた注目のせいだと考えざるを得ない。クリストファー・ロビンが『クリストファー・ロビンのうた』の中では脇役を演じていたな

＊ゲオルギオスは古代ローマの殉教者、キリスト教の聖人の一人。ドラゴン退治の伝説で有名。イングランドの守護聖人、聖《セント》ジョージ

ら、次の本では主役のスターになるのだった。

ビリーが聖ジョージとドラゴンに夢中だったことから、その夏の五歳の誕生日プレゼントが決まった。ピカピカ光る甲冑のセットだった。クリストファー・ミルンが、五十年近くも経ってから書いた回想記『クマのプーさんと魔法の森』の中での話が、ミルンが当時ケンに書き送った手紙のなかの話とぴったり一致しているのは、極めて興味深いことである。クリストファーはこの手紙を見ていないのである。彼は本当にこの話をはっきり記憶していたのだろうか、それとも、もっとありそうなことだが、父親が何度も話して聞かせたのだろうか。


兄さんも知っての通り、彼は仮装するのが好きだ。特に聖ジョージとドラゴンがね。先週、ぼくはあの子にキャッチの仕方を教えようとしたが、あまりうまくなかった。ぼくは言った。「キャッチを覚えなきゃだめだよ、でないと、クリケットはまったくうまくなれない。いいかい、おまえは九つか十になったら、クリケットの他は、何も考えなくなるんだよ。」すると、彼は目を大きく見開いて言った。「クリケットの他は、何も考えないの？　鎧のことも？」彼の目の前には退屈な人生の展望が開けているようだった。

キャッチ（捕球）の練習は、サセックス州の別荘、コッチフォードでも続いた。ミルン一家は、イースターと夏の休暇の他に、週末はたいていここで過ごすようになっていた。乳母《ナニー》ももちろん、一家といっしょだった。乳母はクリケットになると、野手として守備をするのに役に立った。しかし、ミルンが手紙の中でめったに乳母に言及しないことは注目すべきである。乳母はミルンと息子の間に入ってきた――このことは疑いの余地はない――そして、ミルンは嫉妬していた。クリストファー・ミルンはのちに、嫉妬は父につきまとった罪だと述べている。「生まれつき嫉妬深かった――私もそうだったが――競争相手と張り合うのが何より嫌だった。」そして、ミルンが息子から得たいと願った愛の本当のライバルは――ダフネではなく――乳母だった。

ミルンは古い家で住むことに慣れる過程で、低い梁に頭をぶつけてはうれしがった。彼の書斎は狭く、やや暗くて、窓から前庭を見渡すとキッチン棟が見えた。ダフネは、家の他の箇所すべてに十分気を配り、自分の望み通りに整えていった。しかし、彼女が本領を発揮したのは、庭づくりだった。ダフネは常々したいことがあって、それが庭づくりだった。専任の庭師がついていたが、それは彼女自身の庭だった。田舎の生活におけるダフネのイメージは、ロンドンで帽子や美容院やゆったりしたランチョンなどに明け暮れるダフネとは、まったく別人だった。田舎の「美しさや静けさや孤独に母は反応した」とクリストファーは述べている。「母はそういうものを庭に見つけ、さらにその先に広がる田園に見出した。孤独。彼女は一人でいるときが一番幸せだった。」一方、息子にとってミルンは「ロンドン人、心の底からロンドンを愛しているロンドン人だった。父にとって田舎は、住むところではなく、出かけて行くところだった。休暇に行くところだった。何かをする――自転車に乗り、丘に登り、鳥の巣を探し、ゴルフをする――ために行くところだった。犬と同じように、ただ座り、目的もなく歩くだけでは、田舎にいられない人だった。」クリストファーは回想記でこのように述べるが、ミルンは小説の中で、田舎の生活のいいところは、何もしないでいられることだ、と書いたことがある。なぜなら、それは「すべてをすることだからだ。考え、見て、聞いて、感じて、生きることだ。」しかし、ミルンは、犬のように、ボールを追いかけているときほど幸せなことはなかった。一緒に遊ぶだれかが必要だった。しかし、ダフネはあらゆるゲームが嫌いだった。

というわけで、小さいクリストファー・ロビン――まだビリーと呼ばれていた――は、父の協力者として、クリケットのスロウ（投球）やキャッチの訓練を受けた。ダフネは、植物や球根の植え付けや、庭づくりの計画に熱中していた。初めての「ピクニック週末」は楽しかったが、マロード通りの家に帰ると、留守の間に泥棒が入っていて、台無しになった。アランはケンに次のように報告した。

幸いなことに、連中は宝石だけが目的で、銀のスプーンやフォークには目もくれなかった。もっと幸いだったのは、奴等はダフの宝石箱を探して家中の引き出しを全部開けたが、肝心の箱（奴等は茶入れだと思ったらしいが）は、それをずっと見ていて、連中をあざ笑っていたことだ。連中が持って行ったのは、つぎの物だけだ。

銀の箱二つ
サイロ・パールのネックレス（本物と思ったらいいんだが）
ヒスイとダイヤのブローチ
イヤリング
ぼくの金の腕時計
ぼくのアルバート型の時計鎖（一九一四年以来ずっと使っていない）
ダフのキャミ・ニッカー二枚とシュミーズ二枚（ぼくが二人の鈍感な警官にキャミ・ニッカーを説明しているところを聞いてほしかったね）

値段にして約七十ポンド。もちろん、保険はかけてある。お客さんたちは礼儀正しく玄関から入ろうとして、金てこでこじ開けた。家の中は、何も傷つけられていなかった。幸いなことに、この家では、引き出しも戸棚もデスクも、鍵をかけたことがないからだ。だが、請求書や手紙や衣類などは部屋中にまき散らされていた。ホームズ（またはギリンガム）なら、間違いなく、秘密の遺言書か名誉に関わる写真を探していた、と言ったことだろう。

ギリンガムは、ミルンの推理小説『赤い館の秘密』に登場する、アマチュア探偵である。

刑事や保険会社の人たち、執拗な探偵その他いろいろに質問されて、犯罪の現場を十二回も再現してやったよ。損害が賠償されることは、間違いない。

秋に家を手に入れて以来、チェルシーからサンドイッチと魔法瓶をもって、日帰りで行ってはダフネが植えた球根は、翌年の五月には咲き出していた——何百ものダーウィン・チューリップだった。ミルンの著作活動におけるダフネの役割が感嘆して褒めることだったのと同じように、ダフネの庭に関するミルンの役割は感嘆して褒めることだった。ミルンはダフネと庭師が栽培しているものをすばらしいと褒めたが、つむじ曲がりで、自然に根づいてひとりでに咲く花——ハナビシソウ、ハルシャギク、シダルシア、オーブリエチアなど——のほうをもっと楽しんだ。「皮肉な人は、私がこういう花を好むのは、労せずして得た、予期しないボーナスを嬉しがっているだけだと言うかもしれない。これは、まったく私を誤解している。これは（中略）求めず、働かずして手に入れた恵みは、どこか不思議なもので、私自身の怠惰の産物である、という気持ちから生じるのである。」ミルンはたまに雑草を抜いて、上手に抜けた長い根を自慢し、自然の奇蹟に驚嘆した。「ナスタチウムの種で生命にこんなに関心を持てるのは、世の中で最も楽観的なことである」

庭はダフネの王国であって、ミルンは自分を下働きの庭師以上のものと考えたことはなかった。一九二九年に短篇集『秘密』の扉に「ダッフォディル・ミルンに」と記し、「下働きの庭師より敬意をこめて」と書き添えた。しかしそれ以前、一九二六年の夏にすでに、「ぼくはすっかり庭に夢中になっていて、前よりは庭について少しは分かってきた」と書いている。ミルンの領域は芝生を植えることで、水の心配も許されていた。水は喜びであると同時に、常に心配の種だった。水の習性は全く予測がつかない。庭の奥に、みぞのようなものがあったが、夏には干上がることが多かった。のちになってミルンは泉を見つけて、池をつくったが、それは絶えず問題を引き起こすこととなった。おそらく鉄泉か土のなかの鉄分、あるいは石油のせいだと思われた。ミルンは晩年、ロイヤル・ダッチ・ペトロリアムのサー*・ヘンリー・ディターディング**によるこの地域の最初の発掘調査に際して心配することになった。

みぞの向こう側に牧草地があり、その先に川があった。メドウェイ川の支流だった。ミルン夫妻は本当は小川ほどのものを川と呼んでいた。本当はみぞにすぎない流れと区別するために、そう呼

＊オランダの石油会社。一九〇七年にイギリスの運輸会社シェルと提携して、ロイヤル・ダッチ・シェルとなった

＊＊ロイヤル・ダッチ・ペトロリアムの最初の重役の一人で、のちに三十六年にわたってロイヤル・ダッチ・シェルの会長

んでいた。川の中ほどは深く、両岸にハンノキが生えていた。「ちょうどいい川幅だった。飛び越えるには広すぎるが、親切な木が向こう岸の親切な木のほうへ枝を伸ばしているところでは、勢いをつけて向こう岸の枝に飛びつくことができる。ちょうどいい深さだった。水をかいて渡るには深すぎるが、渡れるぐらい浅いところもたくさんあるし、泳げるぐらい深いところもあった。」それはもちろん川で、ミルンだけがそれを小川と呼んだ。これがやがて、ルーが「ぼくのおよぐの見てごらん！」とキーキー声で叫んで、北極《ノース・ポール》という棒《ポール》で助けられた川*である。上流の、コッチフォードの南西に少し歩いたところに、橋があった。これが、「プー棒投げ」と呼ばれることになるゲームの場面**で、橋の向こうは森だった。

「どちらが先だったか、決めるのは難しい」とクリストファーはのちに回想記に書いている。彼らはお話が書かれる前から「プー棒投げ」のゲームをしていたのか、それともあとだったのか？ 棒か枝を川に投げ込んで、橋の反対側で、どの棒が先に出てくるかを見て、どれが勝ったのかを決めるという、ごく自然なゲームなので、特にだれかが発明したわけではなかった。たぶん、このゲームをする人は世界中にたくさんいただろう。だが、やがて、もっと大勢の人々がこのゲームをするようになるのである。

　そして、この間ずっと、テディベア、クマのプーさん自身は何をしていたのだろうか。プーはたしかに、家族と一緒にマロード通りの家からコッチフォードまで往復それぞれ一時間十五分、運転手バーンサイドの運転する新しい車に乗って行き来していた（ミルン自身も運転したが、たいていは、運転してもらう方を好んだ。ミルンの運転は「ひどく遅く、ひどく下手だった」と姪の一人が言ったし、ミルン自身ものちに「サセックスで車をスタートさせられない唯一の人間」と述べている）。そしてこのころ――正確に何《い》時《つ》かをきめるのは難しい――クマは、まことに個性的な名前を得ることになった。すでに声は決まっていた――一九二八年、ビリーがムーンになったとき、ミルンは「プーのくぐもった声はムーンが考えた」とケンに書き送っている。十年ぐらい経ってから、ミルンは動物たちの声を考えたのはダフネだと言った。おそらく、二人が少しずつ考えたのであろう。ミルンは「ムーンと母親が動物たちに命を与えた」とも言っていた。ダフネによれば、少年とおもちゃのクマは「いつまでもおしゃべりをしていました。」「クリストファーはときどきクマの荒々しいうなり声を出したりして、すっかりクマになりきっているようでした。」さらに、クリストファーは、自分の声で言ってはふさわしくないことは、荒々しいプー声で言っていたようだ。

　最初の本では、テディベアはごく小さな役割しかなかった。「テディ・ベア」という詩のなかの主役を別にすれば、挿絵のなかに二度、ちょっと現れるだけである。たしかに、まだ本来の地位を

＊『クマのプーさん』八章「クリストファー・ロビンがてんけん隊をひきいて、北極《ノースポール》へいくお話」
＊＊『プー横丁にたった家』六章「プーがあたらしい遊戯《ゆうぎ》を発明《はつめい》して、イーヨーが仲間《なかま》にはいるお話」

得ていない。見た目はグレアム・シェパードのクマによっているとしても、気質や住居については、テディベア（正式にいえばエドワード・ベア氏）は間違いなくミルン家のクマである。

すこしは運動しようとして、
ソファーからおっこちてみる。
だけどそこによじのぼるには、
どうも元気がないみたい。

この足台つきのソファーは、マロード通りの家の最上階にあるビリー・ムーンの子ども部屋にあって、ぬいぐるみたちは夜になると、そこで寝るのだった。クマは一番のお気に入りで、ビリーが手放さない友だちだった。イーヨーもすでにいた（一九二一年のクリスマス・プレゼントだった）。首のたれたロバで、そのために陰気な性格だった（まもなく、コッチフォードの庭の向こうのアザミの生えた野原に、ジェシカという本物のロバが来ることになるが、ジェシカが死んだあと、そこに林が植えられた）。コブタもいた。チェルシーの隣人からのプレゼントだった。

「ウィニー・ザ・プー」という名前の由来には、多くの説がある。あまりに多くの説があるので、ミルンがそこから、キプリングの『だからこうなる物語』のような話をつくらなかったのは不思議である。「ウィニー」の部分がウィニー（カナダの地名ウィニペッグに由来する）と呼ばれたメスの黒クマの名前からとられたことに疑問の余地はない。ウィニーはその頃、ロンドン動物園で最も人気のある動物の一頭だった（ロンドン動物園には、二匹のクマのつながりを記念する子熊の彫刻がある）。本物のクマは、プリンセス・パットというカナダの連隊のマスコットとして大西洋を渡り、一九一四年に連隊がフランスに向かったとき、マッピン・テラス*に王立動物学協会の保護のもとに残ることになった。ウィニーは一九三四年に死ぬまで、ずっとそこにいた。

クリストファー・ミルンが一度以上このクマに会ったのは確かである。そのときクリストファーがどのような反応を示したかについても、いろいろな説がある。イーニッド・ブライトンの報告によれば、クリストファーの父親は、「クマはクリストファー・ロビンを抱きしめ、彼らは転げまわったり、耳を引っ張ったり、いろいろなことをして、愉快に過ごした」と言ったという。これはちょっと危険に思われる。E・V・ルーカスは動物学協会の会員で、動物園の飼育係を何人も知っていた。彼を通して、一般の人々には普通は開かれない扉や門を開けてもらうことができた。有名な俳優ヘンリー・アーヴィングの孫、ローレンス・アーヴィングはウィニーを訪ねたときのことを語っている――これは一九八一年に「タイムズ」に投書されたので広く知られるところとなった。

＊ロンドン動物園の最大の区画で、クマなどを自然に近い環境で飼育する

それによると、アーヴィングはギャリック・クラブの二人の友人、A・A・ミルンとジョン・ヘイスティングス・ターナーの子どもたちを娘のパメラの五歳の誕生日に招待して、動物園に一緒に行った。アーヴィング夫人によれば、パメラは匂いに敏感で、よく慣れたクマに会ったとたん、「わあ、プー！」と声を上げた。ダフネの話では、クリストファーも同じように「わあ、プー！」と言ったが、不愉快ではなく、喜びの表現だった。人に慣れているとはいっても大きな動物に会って、当然ながらはじめは不安そうだったが、すぐにクマが気に入った（「女の子たちは平気でした。ビリーはちょっとためらい、一歩か二歩後ずさりして、それからこわさを克服したのです」）。しかし、動物園行きの日付はアーヴィングが娘の五歳の誕生日とはっきり言っているので、動物園でクマのウィニーに「プー！」と言ったことと、クリストファー・ロビンのテディベアの命名を関連づけることは不可能になる。パメラは一九二六年三月二十二日に五歳になった。プーの本が出版される七か月前であったが、最初のプーのお話が活字になってから三か月後であった。

アーヴィングが新聞に投書したのは五十五年も経ってからなので、誕生日の年を間違えた可能性は十分ある。しかし、動物園行きがパメラが四歳の一九二五年三月ということはあり得ない。というのは、その出来事は、アーヴィング、ミルン、ヘイスティングス・ターナーの三人が関わったレビューの「ヴォードヴィル・ヴァニティーズ」とも深く結びついているからである。このレビューで、アーヴィングは「王さまのあさごはん」のミュージカル版のセットをデザインしていた。作曲はフレイザー＝シムソンだった。このレビューが物議をかもしていた。プロデューサーは侍従長が実物大の牝牛の淡い肌色の乳房に反対するにちがいない、と感じたからである。ミルンとアーヴィングは乳房――「プロットの中心となるバターの出どころ」――を支持していた。「ヴォードヴィル・ヴァニティーズ」は一九二六年の年末に始まった。『クマのプーさん』が出版されたあとだった。動物園のウィニーに会いにいったのが、アーヴィングがいうように、「レビューのロング・ランの最中だった」としたら、それは一九二七年三月、パメラの六歳の誕生日祝いだったにちがいない。

このことについてくどくどと論じ過ぎるように思われるかもしれないが、それはアーヴィングの話が繰り返し語られているからである。「クマのプーさんはどうしてそんな名前なの？」というのは、よく耳にする質問である。本当にへんな名前なのだ。クリストファー・ミルンは「ぼくがつけた名前だ」と言っているが、彼はほとんどいつも「プー」だけを使っている。そしてたいてい、「プー」の部分が問題を起こしているのだ。残念なことに、子どもたちが図書館の本棚からこの本を取り出したがらないのは、「ばかげたタイトルのせい」だと聞いている。ある児童精神療法士は、最初に「プー」と呼ばれていたのが白鳥だったことに驚いたという。白鳥といえば、その純白の美しさから、幼児ことばで糞便の連想とは、反対の極にある。この連想は「h」のないつづりでの、臭いもの、不快なものに対する間投詞からきたと思われるが、（言語学者のエリック・パートリッジ*によれば）一九三〇年代までは一般的でなかった。クマのプーさんと何らかの関りがあるかどうかは、まったくわからない。プーについては、臭いとか不快なことは一切ない。

実際こうなると、説明のほとんどを、A・A・ミルンに任せるのが一番よさそうである。彼は、アランデルに住むプーと名付けた白鳥にさよならを言ったとき、「わたしたちは名前をもってきた。白鳥はもうその名前がいらないと思ったからだ」と言っている。そして、エドワード・ベアが「ぼくだけのすてきな名前がほしいといったとき、クリストファー・ロビンがすぐに、考えこんだりせず、ウィニー・ザ・プーだよといいました。それでそうなったのです。」ミルンは、動物園のウィニーがプーの名前をもらったのか、それともプーがウィニーの名前をもらったのか思い出せない、と言っているが、大きなカナダのクマが、クリストファーが生まれるずっと前から、ウィニーという名前だったことはみんなが知っている。そこで残るのは、クマがオスかメスかという込み入った問題**と、名前の真ん中の「ザ」の謎だ。またミルンを引用しよう。


かれの名前を初めて聞いたとき、わたしは、きみがいおうとしたことを、いいました。

「だけど、かれは男の子だと思ったけど？」

「ぼくも思った」とクリストファー・ロビンはいいました。

「じゃあ、ウィニーって、呼べないよ」

「呼ばないよ」

「だって、いまいったじゃないか」

「ウィニー・ザ・プーだよ。『ザ』って、どういう意味か、わからない？」

「ああ、そうだ、いまわかったよ。」わたしは急いでいいました。読者の皆さんにもわかったことを希望します。説明はもうこれだけですから。


あと一つだけ思い出す必要があるのは、プーの腕がすっかりつっぱっていたことだ。「ずっと風船のひもにぶら下がっていたので、腕がすっかりつっぱって、一週間以上も上がったまま下ろせなかった。それで、ハエが飛んできて鼻の先にとまると、プーと吹きとばさなくてはならなかったんだ。それで、プーと呼ばれたんだと思う。たしかではないけどね。」まあ、あり得ることだ。

　オスのクマがウィニーという名前ではいけないかに関連して、プーが第二次大戦中にチャーチルのニックネーム＊＊＊に貢献したか、また英国が孤立しているときに、首相のずんぐりした頼もしいイメージをさらに効果的にしたかどうか、考えてみる価値はある。

＊ニュージーランド生まれの言語学者。語源、俗語、慣用法の研究で有名
＊＊「ウィニー」は女の名前
＊＊＊ファーストネームのウィンストンからウィニーと呼ばれた

一九二五年の春には、クマのプーさんはまだぬいぐるみのクマで、まだ本になっていなかった。物語にさえなっていなかった。しかし、詩集の大成功のあとは、だれもが推理小説のことは忘れて、また子どもの本を書くようにミルンをせきたて始めた。『クリストファー・ロビンのうた』はすでに「アリス以来の最もすぐれた子どもの本」として確かな名声を得ていた。実際、その稀有な地位は、出版されるや直ちに認められていた。「これはすべての子どもたちが大好きになる本である。母親たちと乳母たちが笑い、涙を流す本である。これこそ ― 新しい古典である！」

大富豪で書籍蒐集家のカール・フォルツハイマーは、一九二五年にはすでにミルンの手書き原稿、タイプ原稿とシェパードの鉛筆描きのスケッチを収集していた。シェパードのスケッチはのちに、彼の死後、一九八六年にロンドンのサザビーで十二万ポンド（約三千万円）の値がつくことになる。ミルンはこの時点では、成功は長続きしないかもしれないと考えて、チャンスのあるうちに利益を得ておこうと思った。のちに原稿を手放したことを深く後悔し、以後は気をつけるようになった。

ミルンは常々、財務管理には手落ちがないと自慢していたが、一九二五年にもう一つの失敗をしている。アメリカの出版社、フィラデルフィアのデイヴィッド・マッケイ社から、H・ウィルビーク・ル・メア*という画家の絵につける物語を書いてほしいという依頼があった。ミルンは三月二十九日付で、カーティス・ブラウンに次のように書き送っている。「今のところ、まだマッケイ社の絵と格闘している。本らしきものにまとまりかけ次第、もちろんそちらに連絡する。」すでに出来上がっている一連の絵に、言葉を添えるだけだったので、彼は愚かにも印税なしの一括払いに応じてしまった。雑誌「ブックマン」は「ミルン氏の詩が好きな人は、氏の物語も気に入るだろう。（中略）出所《でどころ》は同じである」とした。だが、後世の読者は（そしてミルン自身も）、よいものとそうでないものとを区別した。ある最近の批評家は、『子どもたちのギャラリー』を、「二匹の蝶の間に割りこんでいる青白いナメクジのようだ」と評した。しかし、その本は、ミルンの名前のおかげでよく売れた。その年の十一月に、ミルンは友人に書いている。「お願いだから、あの本は買わないでくれたまえ。あれは、あるアメリカの出版社に ― まったくどうかしていた ― ぽいと二百ポンドで売ってしまったんだ。一冊三ドル五十セントで、すでに五万部も売れている。十パーセントの印税があったと仮定したら、ぼくが何千ポンドも棒に振ったことがわかるだろう。」ケンにはこう書いている。「マッケイは図々しくも、また一緒に本を出すのを楽しみにしていると書いてきた ― シェパードの挿絵つきの詩集はどうか、と気軽なご提案だ ― それなら『印税を払ってもよい』そうだ。サンフランシスコへ行ってガムでも噛んでいろ、と言ってやった」

＊オランダ出身の挿絵画家。楕円、半円などのフレームにパステルカラーで、子どもの日常生活を描いた。ナーサリーライムの絵本など作品多数

ミルンは実際、また詩を書いていた。一九二五年四月にカーティス・ブラウンに次のように書いている。「そう、『クリストファー・ロビンのうた』のような詩を十二編ぐらいなら、来年、シリーズで発表するために書いてもいいと思う。もしそちらでハースト社*と交渉ができるならばね。」「ハーパーズ」**誌は「十二編の詩に対して百ポンド」を申し出たが、ミルンは一編につき十五ギニー***を主張し、受け入れられた。実はミルンはその年のイースターに、「スター」紙に詩を一つ書いて、二十ギニーもらっていた。「だからアメリカはイギリスよりずっと払いがいいと思うよ。」彼はケンに書き送った。

キャセルズ社は十二編の詩の英国内での権利に、二百ギニー支払うと言っている。
条件は、すべての詩が平均して三十行になることだ。
「王さまはたずねた……
王妃さまと……」
この調子で書いていくことの利点が見えるだろう。

ミルンはカーティス・ブラウンに、次の子どもの本ということになれば、ずっと二十五パーセントの印税を主張するよう勧めていた。それがどんなものになるか、彼にはまだ確信がなかった。確かなのは、またシェパードと組んで仕事をしたいと思っていたことで、実際、一九二五年早々に、彼はシェパードに手紙を書き、『ユーラリア国騒動記』の新版の挿絵を描くことに関心があるかをたずねている。その本は戦時中に初版が出たとき、ほとんど注目されなかった。

親愛なるシェパード、

『ユーラリア国騒動記』というわたしの本を読んだことがありますか? ないでしょうね。だが、許してあげますよ、他のだれも読んだことがないのだから。一九一七年に出版されて――ホダー&ストートン社――生まれてすぐに絶版になった。しかし、『クリストファー・ロビンのうた』が出るまでは、わたしはずっとそれがわたしのいちばんよい本だと思っていた。

さて、我々の共同制作の成功に刺激されて、同社がきみの挿絵をつけて、新版を出したがっている。これは長いお伽話で、わたしの唯一無二の共作者を求めている。やってくれますか? 初版の挿絵はH・M・ブロック****で、全ページ挿絵四枚はよくなかったが、章題の小さい

*アメリカの新聞・雑誌の世界最大の出版社ハースト・コミュニケーションズ社
**アメリカの月刊誌。ハースト社の傘下にある
***古い通貨単位で、一ギニー＝一・〇五ポンド。一編十五ギニーで十二編は百八十九ポンド
****挿絵画家、風景画家

挿絵二十枚は悪くなかった。きみがやってくれたら、次のクリスマスにはすごくよく売れるかもしれない。ホダー&ストートン社が手紙を書くと言っている。メシュエン社は彼らから版権を買い取って、出版したがっている（もちろん、きみの挿絵で）が、H&S社が承諾しなかった。

わたしとしては、詩集のときのように挿絵をあちこちに散らすようにしてもらいたい――だが、出版社の考えはわからない。とにかく、これはわたしがずっと気にしていた本で、ずっと評価される機会がなかったと思っている。というわけで、きみにぜひ挿絵をつけてもらいたいと切望していることがわかってもらえるだろう。この本は、王さまやお姫さまやドラゴンやその他不思議な動物がいっぱい出てくる――そして、大声できみを呼んでいる。だから、来てくれたまえ。

しかしシェパードはどうやら忙しすぎたようだ。だれも彼もが彼に仕事を頼みたがっていた。ミルンは以前に書いた子ども劇の『作りごと』のギフト版をチャトー&ウィンダス社から（子どもの作家としての新しい名声を利用して）出すにあたって、シェパードに挿絵を描いて欲しかったが、シェパードはそれも引き受けなかった。一九二五年にホダー&ストートン社が『ユーラリア国騒動記』の別の版を、チャールズ・ロビンソンの楽しい挿絵付きで出版した。彼はヒース・ロビンソンの兄で、バーネット作『秘密の花園』の挿絵が最も有名である。若いころ、スティーブンソンの『子どもの詩の園』の初版の装幀を手がけていたので、今回ミルンと関連づけて考える人がいるのはごく自然に思える。しかし、実は、ロビンソンの挿絵による『ユーラリア国騒動記』はアメリカで三年前にすでに出ていた。ミルンはそれがたいへん気に入っていたので、大いに努力したが、注目する人はほとんどいなかった。

その後二年間、何年もの間で初めて、ロンドンでもニューヨークでも、ミルンの劇が上演されなかった。しかし、彼のどの劇よりも、そして子どもの詩集よりも、はるかに大きな影響のある本――当時はあり得ないことに思えたが――が間もなく現れようとしていた。クリストファーの寝る前のお話は、主としてお伽話のようなもの――ドラゴンと騎士、巨人やお姫さまといったものだった。ミルンは、たいていの親たちと同じように、寝る前のお話があまり興奮させるものではよくないことは分っていた。実際、お話が退屈であればあるほど、子どもは早く眠るものである。名もなき騎士やどことといって特徴のないお姫さまがいつものようなことをして――「まったく軽蔑すべきごたまぜ」とミルンは呼んだ。しかし、時には、ちょっと違うお話があった。それは子どものおもちゃのクマと風船とミツバチのお話だった。そしてクマは、先に見たように、最近とてもかわった名前――ウィニー・ザ・プー――をもらったところだった。腕がつっぱって使えないので、鼻先にとまったハエを、口でプーッと吹きとばさなければならないクマには、とてもいい名前だった。

ミルンは一九二五年の年末は、『クリストファー・ロビンのうた』が引き続きベストセラーで、増刷を重ねていたので、大いに世間の注目を浴びていた。「ブックマン」誌のクリスマス号には大きな付録がついていた。それは八ページにわたって、ミルンの生活と家族と仕事について詳しく語り、多くの賛辞とたくさんの写真であふれていた。それは次のようにしめくくられていた。「ミルン氏の初期の小品を振り返り、長年書き続けられる劇をつぶさに見ると、最も初期から最近のものまで、氏の作品は、すべてに特色を与える人柄の魅力によって結びつけられ、互いに関連づけられていると感じるだろう。（中略）氏が書いたもの、おとなのためであれ、子どものためであれ、すべてに見られる顕著な特徴は、愚か者のなかには生き残れない、すべての人生の喜びであり、若さの精神である。」ミルンがおもちゃのペンギンをあいまいな表情の三歳の男の子に与えていて、そばにテディベアが立っている写真がある。さらに、マーカス・アダムスが撮影した、落ち着いた五歳の子どもの写真があり、キャプションに「クリストファー・ロビン・ミルン。『クリストファー・ロビンのうた』は彼に献呈されている」とある。シェパードの「ボーピープとボイブルー」の挿絵には、「クリストファー・ロビンの子ども部屋にかかっている原画より」のキャプションがついている――そして、E・O・オッペが撮影した、非常に印象的な「ミルン夫人」の横顔の写真がある。

ミルンは、ダフネがオッペの写真スタジオに行った日に、ケンに手紙を書いた。彼女は以前、彼と一緒にそのスタジオに一、二度行ったことがあった。帰ってきて、ダフネが言った。

D　彼があんなにフランス人っぽいってこと、知らなかったわ。前はあんなじゃなかったのに。

私　まあね、もちろん「e《イー》」の発音にアクセントがあるからね。

D　そうね――ええ、今朝はそれがとても強かったわ。

ダフネは実際、このようにちやほやされるのを非常に楽しんでいた。アランは女優のアイリーン・ヴァンブラに書いた手紙の最後に書いていた。「わたしたちは非常に元気で幸せで、お互いにそしてその他もろもろのことに満足しています！」アランはケンに書き送った。

新しい新聞（「お母さんたち」のための）が来月出るんだが、「栄養がいい人々の子ども部屋」とか何とかいうタイトルの特集があって、第一号の案内役をビリーが務めることになっている。ビリーと子ども部屋は隅々まで写真を撮られ、ダフがインタビューを受けて、厳しさと優しさを組み合わせることがいかに大切かという話をした。ぼくは何も言わなかった。それから――やれやれ、分かるだろ。タイトルを思い出せるとよかったんだが。

ミルンは名声から逃れられなかった――本当は逃れたくはなかった。その月は四日間、陪審員を務めさせられたときでさえ、そうだった（その件については、「法律なんて、きれえだよ」が彼の唯一のコメントだった)。その前日、ミルンは『子どもたちのギャラリー』のイギリス限定版五百部にサインをした。サインをすることで百ギニー受け取ることを喜んだ。お金が欲しかったからではなく、アメリカの出版社からの一括払いを受け入れてしまった愚かさに苛立っていたからだった。任務が終わった翌日は、『王さまのあさごはん』の特別版百冊にサインをしなければならなかった。そして、陪審員たちが評決を検討するために別室に引き上げたとき、同席していた女性の陪審員がエッセー集『それが問題というわけではない』を取り出し――「新・廉価版」が出たばかりだった――サインをしてほしいと頼んできた。

二、三日後、クリストファー――まだビリーだった――とダフネが演劇の問題に巻き込まれた。ミルンは十二月十一日にケンに書いている。

> ビリーは火曜日のマチネで無辜聖嬰児《むこせいえいじ》*になる(二十人の他の子どもたちとグラディス・クーパーといっしょだ)。聖嬰児たちの親が衣装を決める委員会のような会で、誰かがダークグレーの綿ネルか何かを提案したとき、ダフが部屋のいちばん後ろから大きな声で、「まあ、そんなの、だめです!」と言った。するとすぐに、舞台監督だか衣装係だかに選ばれた。その結果、電話のベルが十分毎に鳴って、貴族か何かの気をもんでいる母親が、ミルン夫人に、うちの可愛い子にはブルーを着させてやってと懇願することになった。二人の母親がもうここまでやってきて、

「ミルン奥様がお会いくださるならいつでも」とへり下ってぼくに言う ― そしてダフの足元に身を投げ出すのだ。父親まで ― なんと、近衛歩兵第一連隊の大佐だ ― 応接間で、ダフが命令を出す間、つまらん役を引き受ける始末だ。親というものは、子どものこととなると、何という俗物になるのだ！

マチネの準備が進行している間、ミルンは「イヴニング・ニュース」のクリスマス号に載せる子どものお話を考えようと苦心していた。無辜聖嬰児のことで夢中のダフネは、ミルンに、そんなのやさしいでしょ、「寝る前のお話のどれか一つ」書いときやいいのよ、と断言した。ミルンは、やさしくなんかない、それに、寝る前のお話 ― 「ドラゴンや巨人や魔法の指輪」なんかのこと ― は、ほんとうのお話ではない、と断言した。
「どれか一つでもいいのはなかったの？」ダフネは訴えた。それでミルンは思い出した。そういえば「話らしい話といえるのが一つだけあったな、ビリーのクマについての話だった。」ミルンは腰を下ろして、書き始めた。

＊ヘロデ王の命令で虐殺されたベツレヘムの罪なき幼子たち。その子らを記念する日は十二月二十八日

これは大きなクマです。クリストファー・ロビンのうしろから、バタン、バタンと頭のうしろをぶつけながら、階段をおりてきています。クマは、これしかおりる方法を知らないのですが、ときには、べつのおりかたもあるんじゃないかな、と思うこともあります。バタン、バタンとするのをちょっとやめて、かんがえることができればなのですが。それから、やっぱりべつの方法なんてないよね、と思います。とにかく、クマはいちばん下までおりてきました。さあ、ご紹介しましょう、ウィニー・ザ・プー、クマのプーさんです。

ミルンがウィニー・ザ・プーという言葉を書いたのは、これが最初だった（プーのPの字は、手書き原稿では名前を示す大文字ではなく、たしかに小文字で書かれている）。ミルンは一気に書き続けて、クリストファー・ロビンがこう聞くところまできた。「それで、お話はおしまい？」

「お話は、これでおしまいだ」

クリストファー・ロビンはふかいためいきをつくと、クマの足をもちあげて、ウィニー・ザ・プーを引きずりながら、ドアのほうにいきました。そして、ドアのところでふりかえると、「ぼくがおふろにはいるの、見にくる？」とききました。

「いいよ」とわたしは言いました。

「ぼくがプーをうったとき、プー、いたくなんかなかったよね？」

「ぜんぜんだよ」

クリストファー・ロビンはうなずいて、出ていきました。そしてすぐ、クマのプーさんが、クリストファー・ロビンのあとから、バタン、バタン、バタンと階段を上がっていくのがきこえました。


確かにそれは、始まりがあって、真ん中があって、終わりがある、ちゃんとしたお話だった。本になったときは、クリストファーが「それで、お話はおしまい？」と聞いたあとで、ミルンはこう続けている。「このお話はこれでおしまいさ。でも、他のもあるんだよ。」一九二五年の十二月にはまだ何もなかったが、最初のお話は「第一章になった。その他の話は、当然のように、続いて書けた」

これの説明として、ミルンは「出版することを考えないで」何かを書いたことはない、と言っている。なんといっても、プロの作家だった。また、自分は怠けものなので、「だれかに、何かに背中を押してもらう」必要がある、とも言っている。もしミルンが、出版するに値するお話をつくるものは何かについて、鋭い洞察力をもっていなかったら、『クリストファー・ロビンのうた』に続く子どもの本は、ある男の子のテディベアのまったくオリジナルな冒険の物語ではなく、また騎士や「ドラゴンや巨人や魔法の指輪」についての本になっていたかもしれないと、容易に想像することができる（ミルンの名声をもってすれば、「イヴニング・ニュース」は何でも出版したであろう）。

一九二五年十二月二十四日（木）、「イヴニング・ニュース」のトップニュースの見出しは、第一面いっぱいに、でかでかと**A・A・ミルンの子どものお話**とあり、その下に、やや小さい活字で、**クリストファー・ロビン**の文字が躍っていた。そして──

今夕、第七面に掲載

明晩、ラジオ放送

子どものための新しいお話「クマのプーさん」、
クリストファー・ロビンとテディベアの冒険、
A・A・ミルン氏による「イヴニング・ニュース」のための
特別寄稿は、今夕、第七面に掲載しています。さらに、
クリスマスの特別ラジオ・プログラムの一部として、
明夕七時四十五分より、全局で
ドナルド・カルソープ氏の朗読が放送されます

この見出しは、**大嵐　ダービシャーを通過（全英の2／3がホワイト・クリスマスに）**、コバム卿邸

の火事、天津の白人に危機の見出しより上にあり、はるかに大きい活字で示されていた。第七面には、またもや全段抜き大見出しがあり、タイトルのみが大きい活字で示されていた。

クマのプーさん

挿絵はシェパードによるものではなかった。おそらく多忙だったのだろう。彼はミルンの詩「ビンカー」の女の子を主人公にしたものに、なかなか素晴らしい挿絵をつけていた。それは、同月の「ペアーズ年刊誌[*]」に掲載された。「イヴニング・ニュース」に載ったお話の挿絵はJ・H・ダウドによるものだった。クマのプーさんは、まだ完全には彼らしく見えないが、読者の前にお目見えした。こうして、「文学に現れた最も有名で最も愛されているクマ」への一歩を踏み出したのである。

＊石鹸のペアーズ社がクリスマスごとに出版した、読み物、口絵、挿絵満載の年刊誌

5 クマのプーさん

一九二六年一月に、ミルンはケンに手紙を書いた。「しなければならないこと」の長いリストをつけていた。それは以下の通りだった。

(1) 詩集（今のところ十五編ほどできている）を一九二七年か一九二八年に出版する。ただし、挿絵をつけて、アメリカで連載（いやな言葉だ）するため、かなり早く書き上げなくてはならない（著者注：これは『クマのプーさんとぼく』のことであろう）。

(2) クマのプーさんの本 — ダフとビリーの特別リクエストによる — 二章できている。一

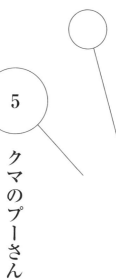

つは「イヴニング・ニュース」に、もう一つは二月に出る「イヴ*」に掲載される。

(3) 短編集、いつか出したいと思っている。使えるのが六編ぐらいあるが、もう少し書き足したい ― 実は今、一つ書きかけている ― もちろん、おとなのためのものだ（著者注：『秘密その他』のことと思われるが、これは四編しかはいっておらず、一九二九年に限定版が出ただけだった）。

(4) プレイフェアは、ぼくがハマースミスのリリック劇場で今度のクリスマスにパントマイムをやると思っているようだが、ぼくはやるつもりはない。

(5) サキ**の作品集の序文を書いているところだ（著者注：『クローヴィス年代記』一九二九年出版）。

(6) 『四つの戯曲』のゲラの校正。

実際に仕事の量が多いわけでもなく、厳しいスケジュールでもなかった。少なくとも、ミルンのような早書きの作家にとっては、大したことはなかった。『クマのプーさん』の手書き原稿からは、ミルンがほとんど書き直しをしなかったことはわからない。彼はまず鉛筆で下書きをし、それを破棄してから、インクで最終原稿を書くのを習慣にしていたからである。しかし、彼が速く、すらすら書き、物語がどんどん進んだことは間違いない。初めから子ども部屋にいたイーヨーとコブタ、そしてもちろんプーのぬいぐるみは、本の中心的な存在である。ミルンはフクロとウサギを考え出し、それから、新しい登場人物を一人か二人さがしに、ダフネといっしょにわざわざハロッズの玩具売り場に行った。カンガとルーが最も期待できそうな候補で、実際に七番目のお話は彼らが森に現れたことから始まった。三月までに、『クマのプーさん』はほぼ書き上がっていた。『秘密』のなかの短編には、リストの日付のあとに書かれたものはない。『四つの戯曲』のゲラはすぐに送り返され、チャトー&ウィンダス社から四月十五日に出版された。『サキ』の序文や次の子どもの詩集は急ぐことではなかった。プレイフェアのためにパントマイムを書くのは、やはり気が進まなかった。

というわけで、ミルンが『クマのプーさん』について、挿絵、デザイン、レイアウト、製作から財務のことまですべてに関わる時間があったのも、不思議ではなかった。「ミルンの指示はとても詳細だった。キッパーが他のどの作家から受けた指示よりはるかに詳細だった」とロール・ノックス***は述べた。「キッパー」は、シェパードのあだ名だが、ミルンは一度も使わなかった。ミルンとシェパードは、まだまったく親しくなっていなかった。「ミルンと会うたびに、いつも始めからやり直さなければならなかった。彼は自分のなかへ引きこもりがち――しょっちゅう、しかも長い間――だったと思う」とシェパードはずっと後に語ったが、ミルンの手紙を見ると、この頃のミルン

＊写真や挿絵が豊富な婦人雑誌
＊＊H・H・マンローのペンネーム。ユーモラスで不気味な短編で知られる
＊＊＊『E・H・シェパードの業績』の編著者

は内に引きこもってはいない。シェパードに会うことをしばしば求めている。

シェパードはいつもモデルを基に描いた――「モデルなしで描くことは、考えたこともなかった。」ミルンはこのことを知っていて、一九二六年の三月に、シェパードにぜひともマロード通りの家にきてぬいぐるみたちに会ってほしいと思った。「木曜日にこちらへきて、せめてプーとコブタのスケッチをしてもらいたいのだが。」ただし、ミルンはコブタは小さく描いてほしいと注文をつけた。「六番目の話を読めばお分かりいただけることだが。」――それは、コブタが小さすぎて、ドアのノッカーに手が届かない場面である。「ロイヤル・マガジン」誌に掲載された最初のスケッチでは、コブタはピョンピョン跳び上がって、足が宙に浮いている。本の挿絵では、シェパードはコブタの手が届くように植木鉢を描き足した。実は、七番目の話はちょっと物騒な物語で、コブタが小さいことがさらに重要になる。カンガとルーが森にやってきたが、他の動物たちは歓迎せず、ルーをさらって、コブタがルーの代わりにカンガのお腹の袋に飛び込むことになる。「とっても小さい動物には、いさましくなるって、むずかしいんだよ」とコブタが言うと、「これからはじまる冒険で、なぜおまえさんが役に立つかというと、おまえさんがとっても小さい動物だからだよ」とウサギが返す。

初めから、ぬいぐるみたちの見かけが性格を表していた。ミルン自身が、イーヨーはゆううつな気質で、コブタはキーキー声なのは見ればすぐわかる、と言っていた。（四つのお話を「どういう話だかわかりやすいだろうから」とまとめて送るときに）ミルンは次のように書いている。「プーについては、ビリーのテディベアを見ていただきたい。とてもいい表情をしているのでね。」しかし、シェパードはすでに何年も、息子のグレアムのりっぱなクマ、グラウラーをモデルにしてテディベアを描いてきたので、いまさら変える気はなかった。グラウラーは『クリストファー・ロビンのうた』にすでに登場している。「テディ・ベア」の主人公としてだけでなく、詩集の最後の絵「おやすみのおいのり《ヴェスパーズ》」の挿絵で、ベッドにいるところを描いて、クリストファー・ロビンのテディベアであることをはっきり示している。

シェパードは、（ミルンの死後、そして自分の息子も死んだあと）グレアムをクリストファー・ロビンのモデルとして使ったとさえ言っている。「クリストファー・ロビンの脚は細すぎた。それでわたしは、丈夫な身体をしている息子のグレアムをモデルにして描くことにした。それ以外の点では、わたしは正確さにこだわった。クリストファー・ロビンとプーとコブタとそれ以外の動物たちの挿絵はすべて、まさにミルンが思い描いた場所で描かれた——たいていはアッシュダウンの森だった。」高齢になったシェパードがこう主張するのも、無理はなかった。しかし、『クマのプーさん』が書かれたころ、グレアムは十八歳だった。そして何より、クリストファー・ミルンの回想記のなかで並べてある「チョウの写真」とシェパードのスケッチ（口絵写真一ページ参照）を見れば、誰でもシェパードの主張を信じるのは難しいと思うだろう。写真のクリストファーの脚は、絵に描かれたのと同じように丈夫そうに見えるし、クリストファー自身、次のように語っている。「動物たちを描いたときは、たしかにシェパードは想像力を使ったが、私を描くときは写生していた。私はほんとうにあんなだった。」衣服や髪型も、まったくあんなだった ― 母親の考えにしたがって、ナニーがスモックやショートパンツを作り、髪を（ごくたまに）切っていた。

ミルンのアメリカの出版社、ダットン社のジョン・マクレイは、おそらく一九二六年の三月、作家と画家が共同作業をしているとき、その部屋にいたと主張している。

クマのプーさんをつくり出すプロセスで、私はミルンとシェパードが会って仕事をする場に居合わせた ― ミルンはソファーにかけて話を読んでいて、クリストファー・ロビンは床にすわって動物たち ― 今や『クマのプーさん』のキャラクターとして有名になっている ― と遊び、そのそばで、E・H・シェパードが床にすわってスケッチをしていた。それが本の挿絵になった。（中略）作家と画家の両者にとってこの四冊の本の発想の源となったクリストファー・ロビンは、このドラマのなかで自分が果たしている役割に、まったく気づいていなかった。

これは少し出来過ぎではないかと思われるが、私たちが知っていること（シェパードは鉛筆でミルンが「生きているモデル」と呼ぶ動物たちをスケッチした）と一致しているし、この出来事からわずか九年後に書かれている。

ミルン自身は、このアメリカの出版社の社主について、やや辛辣な見方をしている。「彼はひげを生やした老人で、わたしのことをいつも『サー』と呼ぶんだ。それも、アメリカ風の『イェス、サー』ではなく、ボーイスカウトのような『イェッサー』だ。まったく疲れるよ。いつも深々とおじぎをして、わたしがいかに人々の心に真っすぐに訴えるか、とくり返すんだ。」実際、『クリストファー・ロビンのうた』のような本はそれまでなかったのだ。「彼の銀行の役員の心にも真っすぐに訴えているだろうよ」とミルンはケンに書いている。

一九二六年の春、シェパードは期限に間に合うように仕事を急がなければならなかった。「ロイヤル・マガジン」誌が六編のお話を採用し、ミルンによれば「何か月も前に」印刷に回さなければならず、当然ながら、十月に本が出版される前にすべての話をぜひとも掲載したがっていたからだ。ある段階で、カーティス・ブラウン社の雑誌部門のミス・パーンがミルンに「このSOSをシェパード氏に伝えていただけませんか」と書いたが、三日後にはシェパードに「ミルン氏は『クマのプーさん』の挿絵について、今後は貴下と直接、連絡をするよう依頼されました」と書いている。四月にはシェパードがラッパロ*に行ったので、「ロイヤル・マガジン」側は時間の調整について心配しはじめていたが、「お仕事を始められたと伺い、安堵いたしました」とミス・パーンはシェパードに書き送った。

ミルンは挿絵の内容について深く関わっただけでなく、金銭のことでも仲介的な役割を果たしていたようだ。「[雑誌社は]お話一つにつき十二ポンド十シリング支払うと言っている」(つまり、大きい絵一枚と小さい絵四から六枚につき)。「これではきみが満足しないと思ったので、CB**に画料をもっと上げてくれと言ってある。だけど、これはいってみれば本以外の収入だし、アメリカからはもっと大きな額が期待できる。問題は、時間が迫っていることだ」

ダットン社では、最初に書かれた二つのお話―ミツバチとウサギ―をできるだけ早く印刷して、セールスマンたちが書店回りに持参できるようにしたがっていた。メシュエン社のフレデリック・ミュラーはこの二つのお話(すでに「イヴニング・ニュース」と「イヴ」に掲載されていた)の「ゲラ刷りを始める」ことに同意し(中略)「我々三人(つまり、ミュラー、ミルン、シェパード)が会って、割付や体裁を相談するのがいいと思う」と言ってきた。ロイヤル・マガジン側では、(本では四番目だが)彼らにとっては最初の、この段階では「クマのプーさんがしっぽを見つけるお話」と呼ばれていたお話のページ割をしていた。雑誌では、お話はわずか四ページ半に詰めこまれていた。シェパードは、ミルンが六枚か七枚で十分だと提案していたにもかかわらず、イーヨーの奇妙な格好の九枚を含めて、全部で十三枚の絵を用意していた。本では「イーヨーがしっぽをなくし、プーが見つけるお話」は、十二ページを占めている。三月二十四日に、ダフネは(A・A・ミルン代DMとして)シェ

―少なくともシェパードに関する限り、「シーリアス・ブライス」という架空の名前は使われなくなっていた)シェ

パードに「ロイヤル誌が十五ギニー***に値上げした」と伝えることができた。

ミルンは、シェパードが今度は自分の印税の一部を受け取るべきだと考えていた。本に対する彼の永続的な貢献を認めてのことだった。この時代の挿絵画家にとって、これは極めて異例だった。合意した比率は、ミルン自身が提案したものと思われる。契約は本質的にミルンと出版社との間の問題であり、ミルンとシェパードの間には副次的な協定が結ばれた。

一九二六年三月十五日に署名された『クマのプーさん』の契約は、「出版社は前述の作品をE・H・シェパードによる挿絵つきで出版することに合意する。挿絵は出版社に負担をかけることなく、著者によって提供されるものとする」とある。『クリストファー・ロビンのうた』の契約（一九二四年四月十日）は、出版社は詩集に「出版社の費用でしかるべき挿絵を付する」ことに合意していた。続いて出た二冊の子どもの本は、『プー』の例に従うことになった。そして、シェパードの絵に基づいてぬいぐるみや壁紙などのグッズ製作の権利がイギリスとアメリカで認められたときも、「著者との合意により」となっていた。登場人物たち、現実に存在するものをシェパードが見て描いたクリストファー・ロビンもぬいぐるみたちも、またミルンが考え出したものからシェパードが想像

＊北イタリアのジェノヴァ県にある港町。気候温暖なリゾート地

＊＊カーティス・ブラウン社

＊＊＊十五ポンド十五シリング

して描いたフクロとウサギも、いかなる意味においても、シェパードにはまったく所有権はなかったのである。ミルンはシェパードに次のような手紙を書いている。

ブラウン社がダットン社ならびにメシュエン社と『クマのプーさん』に関する契約を交わした。それにより、君はMから二百ポンド、Dから百ポンド（エージェントの手数料差引き）を受け取ることになる。——つまり、仮に一冊も売れなくても、とにかく二百七十ポンド受け取ることになる。『クリストファー・ロビンのうた』よりいいし、絵の数は少ないわけだし。印税に関してはダットンとメシュエンは20％と25％（つまり君には4％と5％）支払うはずだったが、それでは広告の費用が出ないと抗議してきた。それで、Dは五千部まで15％、その先は20％、Mは一万部までは20％、一万五千部までは22・5％、その先は25％支払うことになった。もしこの作品が我々が希望し期待するような成功を収めることになれば、イギリスで五万部、アメリカで十万部の売上げはかたいだろう——実際、そうなればどんなことでもできるし、長く売れ続けるだろう。

少し経ってから、おそらくは前渡し金が増額になったあとで、ミルンはケンに書いた。

シェパードとぼくは合同協定を結んで、80対20の割合で分けることになっている。じつは彼はWWWVY*の挿絵全部を二百ポンドで引き受けたが、この本では我々は前渡し金としてイギリスから千ポンド、アメリカからも千ポンド受けとることになっているので、彼はさっそく四百ポンドを手にする。そして、もちろん、そのうち、もっとたくさん受け取ることになる。だけど、ぼくに80、彼に20の分配の話をダフにしたら、「シェパードさんにはその話でいいと思えるでしょうけど、奥さんに納得してもらうには、よほどきちんと説明をしなければならないでしょうよ」と言われたよ。

シェパード夫人とダフは、シェパード一家がコッチフォードに来た時に会っていた。シェパードが本の実際の舞台、「いろいろなことが起こったあれこれの場所」をスケッチしたり、歩きまわったりできるように、一日かけて訪問したときのことだった。ミルンはマロード通りの家では、寡黙で堅苦しく見えたかもしれないが、その春のサセックスではそうではなかった。「彼は別の人間でした」とシェパードは何年も経ってから思い出している。「敷地を観察したり、いろいろな場所をわたしに説明したりする彼は、まったく違っていましたね。」実のところ、ミルンはアッシュダウン

＊『クリストファー・ロビンのうた』

の森を知ることになってまだ一年しか経っていなかったが、すでにそこがたいへん気に入っていて、お話のなかには風景の描写はほとんど出てこないものの、お話そのものは現実の場所と現実の空の下にしっかりと根ざしている。

もう一人のすぐれた作家、バーバラ・ウィラード*はこの森のはずれに住んでいて、自分の本のなかでこの場所を使っているが、プーの本は「ハムステッド・ヒースを舞台にして書いてもよかった」と私に言ったが、物語はそれよりずっと田舎らしい感じがするし、挿絵は九十年以上も前にミルンがシェパードに示したサセックスの雰囲気が今でもはっきりと分かるように描かれている。一九八七年十月のハリケーンが森にひどい被害を与え、ミルンが家からの道に沿った原っぱに植えた林を荒廃させてしまったが、ギルズラップは今でも「森のいちばん奥の高いところにある魔法にかかった場所」として、すぐに分かる。倒れた松のあとに新しい松が育ち、下草がかなり生えそろい、「静かで滑らかな緑の草がしきつめた草地」とまではいかないものの、プーのように気楽に座ることができる。

ミルンとシェパードは、森というよりはヒースの荒れ地のような、広々とした野原を横切り、金色の枯草をまたぎ、枯れて倒れた（まだ新芽の見えない）ワラビと、からみあったハリエニシダとヒースの間を抜けて、ギルズラップまで歩いた。二人は、クリストファー・ロビンとプーが見たように、「全世界が広がって空にとどいている」のを見た。今は、ちょっと引っこんだ「暖かくてお日さまのあたるところ」に、もしそんな天気なら、よく目をこらして見ると、この二人の男、作家と画家の記念碑を見つけることができる。

あの春の日、彼らは丘を下り谷あいの川までおりていって、ポージングフォード・ウッドの樹々の下に、黄色いサクラソウの茂み、一面の白いアネモネ（樹々に吹き寄せられた雪のよう）、ブルーベルがここかしこに咲く一画、マリーゴールドの蕾がちらほらと金色を見せ始めたばかりの湿地などを見た。二人が木の橋を渡り、小道を通って家に帰りつくと、ちょうどお茶の時間だった。シェパードの娘のメアリは、兄のグレアム（間もなくオックスフォードに入学することになっていた）が川で遊んでやったのでクリストファー・ロビンがとても喜んだことを覚えていた。「川に浮かぶ古い丸太が軍艦や、ワニになった。」メアリはクリストファー・ロビンが「ゲームをして遊んでくれる自分より年上の人」を知らないような反応を示したと思った。たしかに、一人っ子の彼は、父といっしょに「犬のゲーム」と呼ぶゲーム ― ボールを追いかけて走ったり、ボールを打ったり、取ったり ― をして、長い時間を過ごしたが、もっときたなくて、形にならないゲームもあった。川から泥や浮き泡や雑草をすくったり、なくしたゴルフボールを探したり、ボールの代りに小へビやイモリを釣り上げたりした。彼には自分と同じ年代の遊び友だちも大勢いた。泊まりがけで訪ねてくる

＊小説家。子どもの歴史小説で知られる。『鉄の百合』でガーディアン賞を受賞

（よく訪ねてきた）アン・ダーリントンがいたし、庭師の娘のブレンダ・タスカーはクリストファーといっしょに大シダの葉で小屋をつくったり、クリケットをしたり、ロバのジェシカに乗ったりしたことを覚えていた。それから一キロも離れていないところに住んでいたハナは、木のぼりが上手だった。ルーが行方不明になってとうとう見つからなくなったのは、小道の向こうのりんご畑――木のぼりにとてもいい木がたくさんあった――だった。ナニーのオリーヴ・ブロックウェルは、ルーを探してとうとう見つからなかったときの心の痛みを、生涯忘れなかった。

物語の表現力と魅力の一部は、ぬいぐるみの動物たちと森を組み合わせたことにある。ミルンがなにか何気ないことを書く。例えば、プーは「ある日、とくいそうに鼻歌《はなうた》をうたいながら森のなかを歩いていました。」すると、シェパードはしゃれたぬいぐるみのテディベアが本物のアッシュダウンの森のなかを、本物のでこぼこの草地を歩いているところを描く。背景には本物の樹々が見える。あるいはまた、ミルンが「ある晴れた冬の日、コブタが家の前の雪をブラシで掃いています」と書くと、それに対して、シェパードは小さなコブタが、小さなホウキでブナの大木の幹の前を掃いていて、小さな通り道をつくっているところを描く。木がプーの本のなかでは重要な位置を占めている。ラビットは、穴のなかに住んでいて、その穴は、荒れた森の真中にあるアナグマの家と何か関係がある（ミルンの森にはオコジョやイタチはいないし、こん棒やピストルもない）が、その他のキャラクターは、クリストファー・ロビン自身も含めてほとんどみんな、木のなかに住んでいる。

それは、コッチフォードの庭にある一本の木から始まった——古いクルミの木だった（ずっと前になくなってしまったが）。「その木は中が空洞になっていて、幹に大きな割れ目があり、出入《ではい》りできるようになっていた。」それは、五歳の子どもにとっては、完璧な木の家だった。「男の子とテディベアには十分な広さだった。」木くずでふかふかした床にすわり、ずっと上を見上げると、「木の葉と空、緑と青の天井」が見えた。クリストファー・ロビンが呼べば、ナニーには聞こえたとしても、そこにはある種の自立の気分があり、彼は日ごとに冒険を求めるようになっていく。クリストファーは回想記で語っている。「お話のなかで、どうしてあんなに多くの時間が木の中や木の上で過ごされるのか不思議に思う人がいるとしたら、その答えは、実際の生活で、その通りだった、ということなのです。」一九二七年、クリストファーの七歳の誕生日のすぐあとで、ミルンは書いている。「今のところ、彼は木のぼりに夢中だ。なかなか上手だし、先日は最後の二メートル半を頭から逆さまに下りたが、それくらい、勇敢にやっている。」プーのお話の背後にいるのは、こういう少年で、金髪の小さな頭をたれてお祈りをしていた昔の子どもではない。

プーの本のなかでも、クリストファー・ロビンが気になって、十分に楽しめないと言う評論家がいる。「クリストファー・ロビンほど我慢ならない子どもがいただろうか？」と批評家のクリス・パウリングは書いた。本が出版されてから六十年を記念するときのことだ。詩集に反発したジェフリー・グリグソンのように、彼もまた社会学と階級意識にとらわれているようだ。

彼の何から何まで――あの奇妙なボブカットの頭のてっぺんからちっぽけな靴の先まで（そしてその間にあるスモックとショートパンツも同じように苛立たしい）――が自己満足を発散している。いいとも、彼を文字通りに受けとってはいけないというわけだ。このヴィクトリア朝風の美しい子どもの二十世紀版には、深い皮肉がこめられているのかもしれない。しかしながら、クリストファー・ロビンの場合は、外見で判断しないのは浅薄な人だけだという、オスカー・ワイルドの賢明な忠告に耳を傾けなければならない。ミルンの散文［熟練の極致の文体］にE・H・シェパードのすばらしい線画が効果的に加わって描かれたクリストファー・ロビンは、外見通りの人間に違いない。そして彼の外見が、子どもとはあまり長く生きていない人間にすぎないと信じるものにとって、どうしようもないほど鼻持ちならないのである。

パウリングは実のところ、この「我慢のならない」完璧すぎる子どもにもかかわらず、プーの話は読まれ、愛され続ける、という事実を認めることになるのである。

プーの本の永続性は、心理的な深みや鋭い社会的な意見や道徳的な地位とは、一切関係ない。こんなものはまったく問題ではない。重要なのは、徹頭徹尾、これらの本がストーリーテリングとして成功していることである。そしてこれは偉業である。流行の変化にも左右されない。

クリストファー・ロビンが好きかどうかにも関係なく生き続ける。ミルンの簡潔な文体にもかかわらず、子どもだけに語っているのではなさそうな、あの妙な口調さえも、大きな妨げにはならない。プーが創る世界は、完全にユニークで、まったく自立している。そう、それは我々の世界によく似ている（中略）だが、なんといっても、独自の世界なのである。

「プーが創る世界」という表現は、最初は書きまちがいのように見える。彼が言おうとしたのは、「ミルンが創る世界」か「プーの世界」ではないだろうか？　実は、その表現こそ、クリストファー・ロビンがなぜあのように描かれているか――あまりにも完璧で、欠点がなく、木から落ちることもない――の手がかりとなる。それは、彼がプーとその他の動物たちとの関わりにおいて描かれているからである。プーとコブタは子どもたちで、少年はおとなの役を演じる。お話を聞いている、あるいは読んでいる子どもは、おとなの強さと力をもつクリストファー・ロビンを自分と重ね合わせる。子どもはどんなに両親を愛していても、ときにはおとなの強さと力に対して、怒りを感じることがある。クリストファー・ロビンはいつもすばらしいことを思いつくし、何をしても完璧にやってのける。彼は少年英雄である。「プーが創る世界」において、危機に際して力のつく本を読んでくれ、助けにきてくれる。また、さらわれたルーがひどい目にあわないように（実際には何が起こったとしても）気をつけてくれるし、こわいものの牙から動物たちを守ってくれるのは、クリストファー・ロビンだった（「もしクリストファー・ロビンがくるなら、なにがあってもぼくはかまわない」）。クリストファー・ロビンは、イーヨーのしっぽが川につかったときは、かわかしてくれる（その前にはしっぽを釘で打ちつけてくれた）し、その他、親がするような、なぐさめになること、役に立つことを、ぜんぶしてくれるのだ。おもちゃたちにとって、少年は勇敢で、神のようである。ちょうど、小さい子どもたちにとって、愛する親がそうであるように。クリストファー・ロビンを立派すぎて本当とは思えないと非難するのは、見当違いも甚だしい。

たまに、おとなもそうであるように、クリストファー・ロビンも弱点やもろさを見せることがある。そして、これがかえって彼を魅力的にするのだ。彼は北極《ノース・ポール》がどんなものだか忘れている（「前は知っていたんだけど……」）。子どものようなのはプーである。自己中心的で、いつもお腹を空かせていて、自慢するかと思うと卑下したり、ときどき勇敢で利己的でないこともあり、物事をよく理解しないまま受け入れたりする。子どもたちが理解しにくい説明を受け入れなくてはならないことがよくあるように。お話を聞いているか、読んでいる子どもは、プーのなかに自分を見つけ、同時に、クリストファー・ロビンのなかに、なりたい自分、なりそうな自分を見つける。そして、本のウィットとやさしさに気づいて、楽しむのである。

しかし、一九六三年にフレデリック・クルーズ*による学生用の作品解釈手引書のパロディ『プー・パープレックス』が出版されたあとは、ごく初歩的な評論を書こうとしても、冗談を言っているようにしか見えなくなってしまった。「『クマのプーさん』におけるヒロイズムのヒエラルキー」や「失われたプーを求めて」**（悲観的世界観、疎外などなど）を読んだあとは、手にもったペンが凍りつく。もしかして、プーの本は、あんなにハチミツを求めることで、性的衝動の普遍性か自由市場の残忍性を検討するものである、というのであろうか？　もしかして、ヘファランプ（ゾゾ）探しの大探検は、実は植民地政策の実例なのではないか？　イーヨーはどう見ても、一九二〇年代の幻滅を感じた戦後世代の代弁者か、アウトサイダーの原型である。ベネディクト・ナイチンゲール***が書評に書いたように、「『プー・パープレックス』については、少し恐ろしいところがある。」架空の文学批評家たちの馬鹿げた専門用語の下に、実は何かしらの意味が隠されているのでは、と気になりだしてしまう。

アリソン・ルーリー****が指摘したように、クルーズは「プー物語へのあらゆる批評的発言を十年間

＊アメリカのエッセイスト、評論家。長年カリフォルニア大学で教鞭をとる。ヘンリー・ジェイムズ、ナサニエル・ホーソン、E・M・フォースターやフロイトなどの研究に加え、『プー・パープレックス』で注目される。続編『ポストモダン・プー』もある

＊＊プルーストの『失われた時を求めて』のもじり

＊＊＊「タイムズ」の劇評を経てジャーナリスト、批評家

＊＊＊＊アメリカの小説家。『外交問題』でピュリツァー賞受賞。コーネル大学で児童文学を教え、著作も多数

は抑え込んで」しまった。ルーリーは一九七二年には、アメリカ現代言語協会（MLAA）の有力メンバーである「スメドレー・フォース」の提案の一つを追っているだけのように感じていた。スメドレー・フォースは、『クマのプーさん』とA・A・ミルンと「クリストファー・ロビン」および「プー」、「コブタ」、「カンガ」などの虚構の人物描写の背後に隠れていそうな歴史的な著名人との間の伝記的関係が少ないことに気が付いたのだ。ルーリーはプーのコブタとの関係はミルンの兄のケンとミルン自身の関係によく似ていると言う。また、フクロは父のJ・V・ミルンを思わせると言い、母のマライアのイメージをカンガではなく、ウサギに見ている。彼女は、他の多くの人がしているように、我々はみんな、トラーやイーヨーやカンガのような人を知っていると指摘している。ハンフリー・カーペンターも言っている。「そういえば、これらの動物たちは、我々のなかにいるのではないだろうか？」そして、プーの本を読んだ子どもは、人間の性格に対する洞察力をおとなになっても持ち続けることができる、と述べている。ミルンは人間の行動のわずかな部分を描いたにすぎなかったが、「それを子どもが完全に理解できるように描いた。プーの本は、最も幼い子ども以外のすべての子どもたちに完全に理解されるのである。」それでいて、声に出して読んでやる大人も退屈しない。これは驚くべき偉業というべきである。

リチャード・アダムズ[*]は、イーヨーは「あまりにもなじみ深いノイローゼ患者のイギリス文学における最初のポートレート」である――もっとも、ディケンズ作の『デイヴィッド・コパーフィールド』のミセス・ガミッジ ― 自己憐憫に溺れて、元気になれない、あの「ひとりぼっちの、わびしいおばあさん」 ― に多少は影響を受けているかもしれない、と述べている。ミセス・ガミッジは「苦労したから、こんなにひねくれてしまったのさ」といい、イーヨーも苦労したせいでひねくれものになった。しかしミルンは、自己憐憫をずっとおかしく、愛すべきものにしている。イーヨーは幸せなときもあって ― たとえば、なくしたしっぽが元にもどったときや、誕生日のお祝いにもらった破れた風船を便利なつぼに入れるときなど ― そのおかげで極端に誇張した戯画《カリカチュア》にならずにすんでいる。アダムズは『ウォーターシップ・ダウンのうさぎたち』（プーの本に匹敵する ― 少なくとも当初は ― 数少ないベストセラー）を書くときに、主人公として、対照的な、しかし繋がる部分もある数人の登場人物をはっきりと書き分けることが何より重要であることを、プーの本から学んだと言っている。ただしアダムズは、彼のうさぎたちが、プーや他の動物たちと肩を並べるなどとは言っていない。

プーの本が長い間魅力を持ち続けているのはなぜか。いろいろな異なる理由が考えられている。その一つは、プーの話は「だれもが途方に暮れる」話だから、というものである。つまり、我々は

＊作家。処女作『ウォーターシップ・ダウンのうさぎたち』（一九七二）はカーネギー賞とガーディアン賞をダブル受賞し、世界的なベストセラーになった

みんな頭のわるいクマで、プーと同じように、人生をなんとか切り抜けようとしている。「あれがこれか、これがあれか、知ってる人はほとんどいない。」そして、プーが勇敢で賢いクマになれるのだから、我々だって、チャンスさえあれば、同じように勇敢で賢くなれると感じる。批評家のジョン・ロウ・タウンゼンド*は「お話はとてもいい」と感じつつも、「これまで書かれたもののどれと比べても、隠された意味などまったくない」と述べるが、それを受けて、もう一人の批評家、ピーター・ハント**は、これらの話は「やはり複雑な人によって書かれた複雑な作品であり、その根底には興味深い意味がひそんでいて、子ども、おとな、お話と本の関係について、多くを語ってくれる」と述べ、次のように続けている。「洗練された作品で、筆致も間合いも、語り口も、すべてあいまって、喜劇的な効果をかもし出している」

　前述のアリソン・ルーリーが挙げる理由は、ミルンが「サセックスの田舎の数エーカーの土地に、歴史と伝説の『黄金時代』と子ども時代の失われた楽園の両方の特性をもつ世界を創り出したからである。この二つの時代は、心理学者たちによれば、無意識のなかでは、しばしば同一のものである。」お話のなかの小さな冒険は、すべて子どもたちに最も興味があることに関連している ― 友だち、食べ物、誕生日、木の上の家と探検、ジョークと歌である。また、子どもたちがそうであるように、わいてきたり、なえたりする勇気にも関連している。経済上の必要や競争はない。危険といえば、すべて自然のもたらすもの ― ミツバチ、ゾゾ（おそらく）、悪天候など ― で、ほめたたえられるものは、仲間との暮らし、協力の精神と親切さである。それがいちばんはっきり見られるのは、『クマのプーさん』のなかで、クリストファー・ロビンとプーが、完全に水に囲まれてしまったコブタを助けにいくお話である。

ハンフリー・カーペンターは、ミルンのユーモアは数学者のそれである、と指摘している。「プーの本のなかのユーモラスな状況は、一つずつ、あるアイディアを論理的に追求して、ついに馬鹿々々しくなるところから生まれる。」ミルンはことば遊びを楽しんだ。カーペンターは、ミルンが「数学者が数字を扱うときのように、突き離したようにことばを扱う」と言っているが、実のところ、森には感情がいっぱいある。もしクリストファー・ロビンが神のようだとしたら、彼は愛の神である。フェミニストの批評家、キャロル・スティンジャーは、プー物語が心に訴えるのは、「家父長社会において伝統的に地位の低いもの、子育てや感情を尊重するからだ」と見る。これらの話は、性徴前、識字前の世界を示しているが、それは現実の世界よりも優しく、魅力的である。ロージャー・セイルやマージャリー・フィッシャーのように、プーの物語を子どものときほど、あるいは今日の大学生たちが楽しんでいるほどは楽しめないという批評家でさえ、プー物語を楽しん

＊児童文学の作家、批評家
＊＊カーディフ大学で、イギリスで初めて正式の科目として児童文学を教える

だ。過ぎ去った子ども時代のことを思うと、心を動かされるのである。

プーの本が出る三か月前の七月に、もう原稿を手に入れたがる人がいた。ミルンはE・V・ルーカス宛ての手紙で書いている。「いま値段をつけるとしたら、三百五十ポンドと言おう。もしこの本が完全な失敗だったら、二シリング九ペンスに値下がりするだろう。だが、逆に、五百ポンドに値上がりするかもしれない（中略）わたしなら、だれの原稿でも三百五十ポンドは出さない（中略）だが、詩集のときのまちがいをまた犯したくない。」彼は実際に、『クマのプーさん』とその続編の原稿を売ることはなく、遺言で、妻の死後、母校ケンブリッジ大学のトリニティ・コレッジに寄贈を申し出るように管財人に指示した。そういうわけで、二冊の本の原稿は現在そこに所蔵されている。*『クマのプーさん』はダフネに、ほとんど気恥しいほど開けっぴろげな献辞を添えて献呈された。息子がのちに「父のハートは生涯、ボタンをかけたままだった」と書いた人にしては、不思議なことだった。

彼女へ

手をたずさえていきます

クリストファー・ロビンとわたし
この本をあなたの膝におくために
びっくりしたといって
気に入ったといって
これが欲しかったのといって
これはあなたの本だから
あなたを愛しているから

ここではアラン・ミルンは心のうちを率直に示しているようである。少年の母親が子どもの詩集からも物語からも完全に締め出されていることを考えると、これは必要な意思表示だっただろう。ナニーは最初の本『クリストファー・ロビンのうた』に何度も出てくるし、ミルン自身も出てくる―シェパードは「つまさきの間のすな」という詩の挿絵に、じっさいにミルン（帽子をかぶってパイプをくわえている）を描いている。ダフネへの言及は「神さま、ママをおまもりください」の一行**と、出かけていくジェイムズ・ジェイムズ・モリソン・モリソンの母親との***（好ましくない）連想だ

＊口絵写真六ページ参照

けである。ずっとのちに、ロナルド・ブライデン****は「スペクテイター」*****誌に書いたミルンの詩集についての記事で、母親の不在が「飲酒か、麻薬か、狂気か、不貞のいずれを示しているにせよ、子どもは明らかに何らかの感情的な喪失感によって、孤独なファンタジーの生活に追いやられ、想像上の遊び相手をつくりだしている」と論じている。ビンカー、ハツカネズミ、コガネムシ、雨垂れ（「窓のところでまっている」）さえも ― ぬいぐるみのおもちゃを別にすれば。母親はたしかに母親失格である。さて、プー物語では、少年と父親との会話が本の枠組みをなしており、ここでも母親の入る余地はまったくないのである。

ミルンはのちに、アーネスト・シェパードに贈った本に次のような献辞を書き込んだ。

わたしが死んだら
シェパードに墓のデザインを頼みたい
そして（もしスペースがあれば）
二つの絵を墓石に彫ってもらいたい
コブタ（一一一ページ）と
プーとコブタが歩いていくところ（一五七）
聖ピーターはわたしの作品だと思って

天国に迎え入れてくれるだろう

コブタは「タンポポの綿毛をうれしそうに吹きながら、それは今年かな、来年かな、いつか、かな、ないのかな、と考えて」いるところである。「それ」が何であるかはわからない。プーとコブタは（プーはだいじな鉛筆ケース――クリストファー・ロビンの本物のケースとそっくりな――を抱きしめて）物思いにふけりながら、夕方の金色の光のなかを、家に向かって歩いているところで、この本の最後の絵である。このことは、アラン・ミルンが、プーの本に対するアーネスト・シェパードの貢献をどれほど高く評価していたかを示す、感動的な証明になっている。

一九二六年の春、「イヴニング・ニュース」は、三年半前に創立されたBBC（英国放送協会）の作家に対する態度について嘆くミルンの記事を掲載した。ミルンはケンに自分の戯曲『象牙の扉』を送ったときに添えた手紙に書いている。

＊＊「おやすみのおいのり《ヴェスパーズ》」
＊＊＊「いうことをきかないおかあさん」
＊＊＊＊演劇評論家。ロンドンを拠点にカナダのトロントでも活躍
＊＊＊＊＊保守系の週刊誌。政治、文化、時事問題を主に扱う

「イヴニング・ニュース」も送ろう。きみがこれを読まないし、ロンドンの近くに住んでいないのが残念だ。ここでは、こういう記事が出たりすると、街中にぼくの名前を刷ったポスターが貼りめぐらされる、それもでかでかと、ほとんど等身大だ。考え直すと、やはりきみは幸せだ。（中略）記事のタイトルは「ある作家による作家とBBC論」として、原稿料は十ギニーと言ったら、先方は即座に「十五ギニー出しましょう、サインしてくださるなら」と言った。躊躇したかって？　まったくしなかったよ。

この記事の大部分をここに引く意味があるように思われる。というのも、九十年以上たった今、BBCの価値観と報酬は改善したようだが、作家に対する世間一般の感じ方はあまり変わっていないように見えるからだ。たとえばつい最近、オックスフォードでフィリップ・プルマン*が文芸フェスティバルの主催者に、適正な報酬を出さずに作家の参加を期待しないように要請したばかりだ。

二、三日前、「イヴニング・ニュース」紙上に、BBCの文芸番組は音楽番組に比べてレベルがずっと低いという苦情が寄せられた。なぜそうなのか、作家の視点から、いくつかその理由を考えてみたい。

作家は、社会一般の人々から本気で考えられたことがない。そういう人たちの考えはこうだ。

「歌手は歌い、画家は絵を描き、彫刻家は彫刻をつくる。だが、ちきしょう、作家はただ書くだけじゃないか、そんなこと我々みんな、毎日やっていることだ。我々とトマス・ハーディとの違いは、ハーディは他には何もしないが、我々はちゃんとした仕事をもった忙しい人間だということだ。」それに、書くことはいうなれば趣味で、少なくとも世界中で余暇にすることなのだから、作家ではない人から見れば、プロの作家も単に趣味に従事していると見なすことが自然になっているのである。（中略）

さて、BBCは、作家に対するこうした見下すような態度を、最大限に利用する。BBCにとっては、すべての作家は同じである。作家に対しては、どういう作家であれ、「一定の謝礼」があり、それは広告主たちが「ほんの名目上」と呼ぶ金額である。しかもBBCは、独自の巧妙なたくらみで、うまくゆけば、このばかばかしい金額さえ払わずに済ませるのである。BBCは作家にこういう。「もし謝礼をお払いすれば、番組のなかで、お名前も作品名も、出版社も、何も言えないことになっています。しかし、もし謝礼なしでやらせていただけるなら、本を買いそうな何千万という聴取者に、ご本がどこで買えるかを放送いたします。もしお気に

＊小説家・児童文学作家。イエスの生涯の小説化でベストセラー、「ライラの冒険」シリーズでウィットブレッド文学賞の大賞を児童文学作品で初めて受賞など。「タイムズ」の「戦後以来最も偉大な作家五十人」に指名され、BBCの「英国文化に最も影響を与えた人」投票の十一番目に選ばれた

召さなければ、おやめになってもいいんですよ。作家は他にいくらでもいますから。それに、いざとなれば、我々が自分で書くことだって難なくできるんです（中略）」

しかしBBCは広告という考えにとらわれ過ぎている。宣伝という概念は、BBCができるまで、だれも聞いたことがなかったかもしれない。何といっても、BBCが作家に向かって、「謝礼は払いませんよ、あなたの本が売れるのをお手伝いしているのですから」と言うなら、出版社も作家に向かって、こう言ってもいいはずだ。「印税は払いませんよ、BBCがあなたを取り上げるのをお手伝いしているのですから。どうしてBBCが、BBCだけが、払わなくていいんですか？」

BBCの文芸番組のレベルが低い理由は、会社が作家を引き付けるための努力を怠っていること、作家との間に理解も共感もまったくないことがあげられる、と私は思う。私自身の経験から、一、二の例をあげてみよう。

(1)私が書いたある戯曲の一幕を朗読するのに、謝礼は二ギニーとのことであった。聴取者にとって、これが魅力的な提案かどうかは、私には言えないが、作家にとってそれが魅力的な提案であると、だれが考えるだろうか？ 準備と実際の朗読のために、作家がどれほどのことをしなくてはならないかを考慮して、この提案が受け入れられるものかどうか、考えてほしいものだ。

(2)ある特別な「ガラ・ナイト」で、「子どもの時間」に私の作品を何か朗読することを頼まれた。出演料は五ギニーといわれ、「子どもの時間」は安くあげなくてはならないので、と弁解がましい説明があった。(まるで、BBCが安くあげるのを私が助ける理由があるかのように!)私は自作の朗読はしたくない、と答えた。編集者やマネージャー、出版社の人なら、当然、「十ギニーでいかがですか?」とか「いくらならやっていただけますか?」とか、そういったことを聞いてきただろう。電話の向こうで、いかにもBBCらしい声が、悲痛なアクセントで言った。「小さな子どもたちのためでも、断られるのですか?」

(3)ピンからキリまでのあらゆる劇作家がそうであろうと思うが、BBCのためにオリジナルの一幕物の戯曲を書いてほしいと頼まれた。私は次のように言った。他のことはさておき、BBCには舞台劇から得られる報酬に匹敵するだけの謝礼は出せないだろう。特別に聴取者だけのために書いた戯曲からは付随的な興行権は望めないので、それなりの謝礼が必要になってくるのだが。すると、先方の得意そうな返答はこうだった。いえいえ、そんなことはありません、BBCとしては、五十ポンドでも喜んでお払いするつもりです……(!)

(4)最後に、アメリカからきた手紙を紹介しよう。放送には国境はないからだ。だが、この場合、違いがある。ABC(アメリカ放送協会)にとって、作家は、とにかく一個人である。私のエージェント宛ての手紙で、ABCは私について、熱烈なファンのような口調で述べた。B

ＢＣがいかなる作家についても感じないようなことだった。あなたがお書きになった劇を放送させてはいただけないでしょうか――すてきな、すばらしい作品です。説得して同意をいただくには、どうすればよいのでしょう？　涙、祈り、エラ・ウィーラー・ウィルコックス*からの引用、大統領からの紹介状などは、みんな役に立たないのでしょうか？「次にどのような手段をとればいいのですか？　どうすればよいのでしょうか？」それは心からの叫びであった。

そして、突如として、彼にインスピレーションがひらめいた。あれかな？　そんなばかな！　だが――まさかということもある。試してみる価値はあるだろう。というわけで、彼は試してみる。

「印税の問題ですか？　もしミルン氏が乗り気でないのはそれが理由なら、そう言ってくだされぱいいのです」

そう、その通りだ。えーっ、これは驚いた！　作家がお金をほしがるとは！　まるで、ふつうの労働者のように！　一体全体、お金なんて、あの人はどうするんだろう？

ミルンは引っ張りだこだった。ある映画プロデューサーが電話で、執筆中の作家ということで撮影にきてほしいと言ってきた。「妻に行ってくるよとキスをして、図書室に入る――物思いにふける

——子どもが入ってきて、ぺちゃくちゃおしゃべりをするので中断される——膝に子どもをのせて、頭をなでる——急にインスピレーションがわく——子どもを投げ出し、ペンをつかむ——書く——フェードアウト」ミルンが、大したアイデアではないと思うと言うと、プロデューサーはほとんどBBCのように、教育上の効果を持ち出した。小さな子どものため、とまでは言わないが、下層階級の人々には、たしかに効果がある、というのだ。それからプロデューサーは、最も説得力のありそうな論点も持ち出した。「実際、ミルンさん、断言しますがね、私はどちらかといえば——ほとんど信用なさらないかもしれませんが、本当です——私はどちらかといえば、伯爵などよりも、本当に偉大な芸術的天才を撮影したいんですよ。」彼はこの件に決着をつけるつもりで、すでにギルバート・フランコー**を撮影したと言った。そこでミルンは電話を切った。

ミルンはまた、ペアーズ石鹸の使者の甘い誘惑も退けた。ペアーズ石鹸は何年も前にサー・ジョン・ミレー***がロイヤル・アカデミー展に出品した「シャボン玉****」という作品を買い、そのなかに石鹸を描き込んで、世界で最も広く知られた広告を作り出して、大成功を収めていた。彼らは、ミル

*アメリカの作家、詩人
**第四章一五八ページを参照
***ラファエル前派の画家。代表作「オフィーリア」
****シャボン玉を見上げる少年を描く

ンが「ペアーズ年刊誌」の前年のクリスマス号に寄稿したのを受けて、今度はペアーズ石鹼に合わせた物語を書いてほしいと言ってきた。「年刊誌」への著名な寄稿者たちとともに（E・V・ルーカスとヒース・ロビンソンもいた）ミルンをリッツ・ホテルの個室でのディナーに招待していた。これでミルンも機嫌をよくして、彼らが本当に望んでいるもの ― 石鹼の泡についての子どものお話 ― を書いてくれるのでは？「年刊誌」の編集長のクララ・ホーキンズは、マラード通りの家を訪れたときのことを書いている。彼女はこの家を実際よりもずっと古く、歴史があると思ったようだ。

A・A・ミルンはチェルシーに住んでいる。私は前もって約束した上でここを訪問した。チェルシーの家々は古くて、上品な佇まいを見せている。赤レンガ造りで窓枠を白く塗ったジョージ王朝様式*の堅苦しさは、赤、青、黄色のカラフルなドアで和らげられている ― 現代の所有者の気の利いた思いつきなのだろう。ミルン氏宅のドアは、鮮やかな青色だった。家の前に小さな階段があって、私はそこでちょっと立ちどまり、一息ついた。ベルを押すと、メイドが出てきて、私を通し、オレンジ色のカーテンのかかったグレーの小部屋に通した。厳しい感じの、寒い部屋だった。約束していてよかった、と思った。この小さな部屋は、本にサインをしてもらいたがる人や、気の小さい文学少女が励ましを求めてくるのを拒むような雰囲気があった。
やっとメイドが戻ってきて、狭い廊下を通って、突き当たりの部屋に案内し、ドアを開けると同時に、「ミス・ホーキンズです」と言った。部屋のなかには、いい香りのパイプたばこの煙が青っぽいもやとなって広がり、その煙のなかに、細身の、感じのよい若い男性がいた。彼は、荒野を長い間歩いてきたばかりで少し疲れているかのように、もの憂げに立ち上がった。これが私の第一印象だった――ツイードの服、犬、ハリエニシダ、そしてパイプ。実際に、彼が特にこうであった、と言うのではない。ただ、私と握手するために彼が立ち上がったとき、それが思い浮かんだのである。「少したってから彼がたずねた。」「家に興味があるのですか?」

私は「私にお話をなさってからずっと、こんなすてきな家をお持ちで羨ましいと思っていました」と答えた。

彼は喜んだようで、こう言った。「本当に、なかなかいい家でしょう? ご覧になりたいですか? 家内とわたしの趣味のようなものです」

私は彼について階段をのぼった。二階へ通じるゆるやかな螺旋階段がすてきだった。彼がドアを開けると、金色の光がさっと流れ出た。私たちは応接間に入った。それは完璧な小さな部屋で、ジョージ王朝風のパネルやコーニス**があり、ウィリアム・ケント***風の暖炉があった。そ

＊一七一四〜一八三〇年の建築・美術の様式。古代ギリシャ・ローマの古典様式を取り入れ、左右対称、破風、円柱、柱廊などを多用し、公共建築に大きな影響を与えた。(このあたりの家は、実際は、第一次大戦の少し前に建てられた。一章参照)

れは全体が鮮やかに輝く黄色に塗られていて、盛り上がった装飾部分は金色でアクセントをつけてあった。壁には、それぞれのパネルの中央に絵がかかっていた。赤、黄色、オレンジ色の大きな塊が抽象的に描かれたもので、驚くほど効果的だった。灰色で地味なロンドンの真ん中にあって、この部屋は燃えさかる太陽のようだった。ミルンは私の方を見た。わたしはうなずいた。

「お気に召しましたか？」と彼は言った。「さあ、家内の部屋を見てください」

狭い廊下を私たちは進んだ。そしてドアを通ると、金色の光が再び私たちの上に流れた。ただ、今度は金色のなかにバラ色がとろけていた。イタリア製の大きな四柱式ベッドと、派手な色に塗ったイタリア製の椅子があった。現代風と古い優雅さとの奇妙な組合せで、とてもよくマッチしていた。

「家内はこういったものが好きなのですよ」と彼は言った。私たちは書斎にもどった。

「あなたはアメリカ人ですね」と彼は言った。「もちろんそうに違いない。そうでなければ、私の家にそんなに興味を持たれるはずがありませんからね。」そこで、彼は突然、私のほうを向いた。

「わたしに石鹼の泡について書いてほしいとおっしゃるのですね、広告としての泡について」

「子どもたちのために、ですわ、ミルンさん。」私は懇願するように言った。

しかし、ミルンを説得することはできなかった ― 「幼い子どもたちのためでも」ミルンは動かなかった。印税のことは、話題にすることもできず、ミス・ホーキンズは「ペアーズ年刊誌」にもう一度寄稿するという約束で満足しなければならなかった。彼女は「紅潮して」帰った。「彼がとても素敵だったからである。私が頼んだことをまったく引き受けてくれなかったことは、完全に忘れていた」

ミルンは子どもの下着メーカーのウルジーからも依頼を受けた。「どんなお話かは、もちろん、まったくミルン氏にお任せします。唯一の条件は、お話のなかに、子どもたちがウールの下着を着ることは、暖かくて賢明だという、いうなれば父親らしい意見が含まれていることだけです。」だが、ミルンは、石鹼と同様に、下着の宣伝をする気にはならなかった。

クリストファー・ロビンはミス・ホーキンズの訪問の間に、ちらりと姿を見せた ― 親指をしゃぶりながら、階段にすわっていた。ミス・ホーキンズは彼を自分が見たいと思っていた三歳の子どもとして見たが、実際は彼はもう小学生だった。チェルシーのタイト通りにあるミス・ウォルター

＊＊壁の上部と天井を区切る帯状の装飾

＊＊＊ジョージ王朝様式を代表する建築家・室内装飾家で、また英国式庭園の祖と言われる

の学校に通いはじめていた。アン・ダーリントンと、最近親しくなった別の隣人のデニス・マッケイル*の娘たちといっしょに通っていた。マッケイルはバーン＝ジョーンズ**の孫であり、アンジェラ・サーキル（小説家）の弟で、母親の従兄弟のなかにスタンレー・ボールドウィン***とラドヤード・キプリングがいた。ミルンは『グリーナリー・ストリート』を読んでから、マッケイルに手紙を書いていた。彼らは戦争前に、J・M・バリーのクリケット・チームで会っていた。そしてミルンは、マッケイルをその「独特の憂鬱の発作」や「独特の種類の悪夢」、ときどき「ちらりと見せる快活な様子」などを含めて、明らかに興味ある人物だと思っていて、チェルシーに住むもう一つの家族のぜいたくな生活を文筆で支援しようとした。彼らは大勢の共通の友人がいた ― バリー（マッケイルはのちにバリーの最初の伝記を書く）だけでなく、P・G・ウッドハウス、イアン・ヘイ****やダーリントン一家などだった。新しい友情は、最初の昼食会が悲惨だったにも関わらず、長く続いた。マッケイルによると、昼食会はこんなだった。

> それはほとんど完全な失敗といっていいぐらいだった。わたしはどうしようもないぐらい内気だったが、われわれを招待してくれたミルンもまた内気だった。しかも、ミルン家で当時使っていた食堂用のテーブルは、非常に細長いものだったので、四人が座ると、向かい合った二人は近すぎ、もう二人は離れすぎになった。わたしとしてはすべてこのテーブルのせいにしたい

ところだが、わたしは鈍感で、口べただったので、アランは〔中略〕招待状を投函したことを後悔したに違いなかった。

のちに彼らは何度も食事を共にすることになり、最初の気まずい食事のことを笑い合った〔一九二七年の十一月に特に記憶すべき夜があった。タクシーが道路の向かい側の壁を突き抜けるという事故があったが、だれにも聞こえなかった。みんなバリーの話を聞くのに夢中だったからである。「バリーがディナーにくるときはいつも、彼がパーティーをすばらしい高みに持ち上げるのか、それとも沈黙と陰うつな気分に突き落とすのか、その時になってみなければわからない心配があった」〕。ミルン夫妻とマッケイル夫妻は一緒に劇場に行った〔「出かけたときはいつも、最後は彼らの明るい青色の車で、うちの前で下してもらっていた」〕。夏にはそれぞれの田舎の家を訪問し合い、クリスマスには子どもたちのパーティに招待し合った。メアリーはクリストファー・ロビンよりも二歳上で、アンはクリストファー・ロビンとアン・ダーリントンより二歳下だった。ミルン家の子どもパーティはいつも劇場に行って、そのあと、何かすてきな食事がついた。

＊小説家。代表作『グリーナリー・ストリート』
＊＊ラファエル前派の画家、デザイナー。人物、特に優美な女人像で有名
＊＊＊保守党の政治家。三度にわたり首相
＊＊＊＊本名ジョン・ヘイ・ビースのペンネーム。小説家、劇作家。『ピップ』他

ミルンとウッドハウスは共同でマッケイルをギャリック・クラブの会員に推薦した。ウッドハウスはその後ほとんどすぐに退会したが（「わたしはクラブが大嫌いだ（中略）とくにギャリックは他のどれよりも嫌いだった」）、マッケイルはよくミルンの車に同乗して、ギャリック・クラブで昼食をとった。

ミルンは一九二六年六月の手紙でケンに、タイト通りにある学校について書いている。

ビリーは学校が大好きだ。もっともぼくには彼が何をやっているのか、よくわからないがね。ときどき、へんてこな工作の作品を持って帰るよ。塗料を塗った陶器や何やかやで、ダフネが始末しなきゃならない。キャッチのやり方も教えている（なかなかいい学校だ）。昨日、ビリーはボールを地面にバウンドさせて、右手でキャッチするのを二十回続けてうまくやったので、喜んだパパから一ペニーもらった。左手でキャッチするのも十回やったことがあると言っているが、ぼくは見ていない。

少年は将来のことも少し考えていた。ある日の午後、ダフネとナニーが二人とも外出したとき、父と息子は二人だけで少し真面目な話をした。「両親と子どもたちが、ミルン親子ほどよく理解し合うことがあるでしょうか？」あるインタビュアがミルンにたずねた。ミルンは答えた。「わたしたち親子は普通より努力していると思いますし、もちろん、そうするのが当たり前です。（中略）しかし、子どもと親の間には、一種のはにかみがあるものですよ。」二人だけの日の午後、ミルンは息子に、十歳ぐらいになったら寄宿学校に行くんだよ、と言った。少年は、少し物思わしそうに言った。「そのあとで、パパのところに帰ってくるの?」二人は、ビリーが将来、何をするかについても話し合ったが、彼がいろいろな提案を退けたあとで、象狩りを思いついた。「食べられないならばね」といったあとでちょっと考えて付け加えた。「それとも、踏みつぶされないなら」(「彼が象に踏みつぶされるなんて、考えるだけで我慢できない」とミルンはケンに書いた)。クリストファーはおとなになったとき、一番ほしかったのは、象——本物の生きている象だとはだれにも言わなかった——と言った。コッチフォードにいたのは(一九二七年、七歳のときに数えたところによると)「チャボ二羽、ウサギ二匹、子ねこ何匹か、カタツムリ六匹、毛虫たくさんといやな甲虫いろいろ」だった。

ミルンは二人の散歩についても報告している。息子がいつまでものろのろと歩いているので、いらいらし始めていた。

わたし さあ、おいで、ムーン。

ムーン ちょっと何か見てるんだよ、ブルー(ブルーというのは、クリストファーがふだん父を呼ぶときの呼び名で、他の大勢の人もミルンをそう呼んだ)。

わたし (ややいらいらして)さあ、おいでってば!

ムーン　（駆けよりながら、とてもていねいに）はい、パパ。はい、パパ。はい、パパ！
これで、父親らしい厳しさを保つことは完全に不可能になる。

ミルンは、ユーモアのセンスのある人はよい父親になることは不可能だ、と言ったことがある。「必要とされる権威や分別を装うことが、とても馬鹿々々しく見える。」「それはおなじみの、義務と愛情のせめぎ合いで、罰を与えるのは、やはり難しい。（中略）『またやったら、罰だぞ（中略）』という脅し文句を何度も耳にするが、もし本当にまたやったら、その子の勇気に感心しないでいられるだろうか、その子はこんなに小さく、われわれはこんなに大きいというのに」

クリストファーはおとなになってから、このことについて興味深いことを言っている。彼の父は「自分の父親の教師としての才能を受け継いだ」が、自分自身は教師になることは到底できなかった。「父は強い興味を周りに発散することはできたが、秩序やしつけを課することはできなかった。」彼の「人間関係は、相手が年上であろうが、年下であろうが、優秀であろうがなかろうが、いつも同等の人間同士であった。」クリストファーは、この頃、ランチのテーブルで、一口食べる毎に手にしたナイフとフォークを上向きにしていたとき、父にやんわりとたしなめられたことを覚えている。「ナイフとフォークをそんな風にもってはいけないよ」と父は言った。「どうしていけないの？」少年はびっくりして言った。

「そうだね……」父はそれらしい理由を考えだそうとした。行儀が悪いとされているから。だめだからだめ？　つまり……

「そうだね。」父はわたしのフォークが指している方を見上げながら言った。「もしか、だれかがいきなり天井から落ちてきたとしたら。そしたらきみのフォークの上に落ちるかもしれないだろ、そしたらとても痛いよね」

その年の十月、プーの本の出版の直前に、若い頃のイーニッド・ブライトンが雑誌「教師の世界」のためにミルンにインタビューしにきたとき、彼らは当然ながら教師や学校について話した。ミルンは「貧しい地域の学校で、ひどく大きなクラスに苦労している」教師たちのことを、同情的に話した。そしてクリストファー・ロビンの、問題を解く優れた能力を誇示したいという誘惑に勝てなかった。ほぼ四十年前に、父親が自分に課したのとまったく同じ類の問題だった。「この子は問題が好きなんですよ（中略）原っぱに牝牛が五百頭います。一分に二頭の割合で、門から出ていきます。二時間半経ったとき、何頭が残っていますか？」ミス・ブライトンは六歳のクリストファーがこの問題をすぐに解いたかどうかを明かしていないが、「クリストファー・ロビンはこういう問題にはまったく苦労しない」と言っている。二年後、よく似た問題が『プー横丁にたった家』の「ご解消*」に出てくることになる。

数学少年はその日は、自分がドラゴンなのか騎士なのか、わからないようだった。彼はイーニッド・ブライトンを荒々しい目つきでにらんで、はげしく息を吹いた。脚に紙を巻きつけていたので、彼女がなぜとたずねると、「ドラゴンに噛まれないようにです」

彼は大きなテディベアを抱えていて、これがプーだと教えてくれた。彼は小さな茶色の上っぱりを着て、小麦色の髪の毛を逆立てて立ち、何かむさぼり食うものはないか探しながら、部屋を見回した。彼の輝く目が父の万年筆に注がれるや、彼はそれを取り上げて引っ張り、たくさんの部品にばらした。

これは破壊行為のように聞こえるが、万年筆はじっさい楽にいくつもの部品に分けられるし、クリストファーは、くにゃくにゃしたゴムのチューブをインクをこぼさずに手ぎわよく別のところにおいて、それをもとに戻すことができただろう。クリストファーはこのころはもう手先がとても器用だったので、父が書いた詩、『クマのプーさんとぼく』のなかの「エンジニア」で、彼らしい少年にこう言わせていることに憤慨するだろう。

とってもいいブレーキだけど
まだうまくいったことがない。

「もし汽車を持っていたら（ぼくは持っていなかった）それにぼくがつけたいブレーキ ― ブレーキみたいな簡単なもの ― はうまくいったにきまっている」

この頃はインタビューがたくさんあった。マロード通りの家はさまざまに描写された（「空色とサクラ草の黄色のラプソディー」― カーペットは「この世のものならぬ青色」で、壁は黄色）。書物がずらりとならんだミルンの書斎は「すっきりした居心地のよい部屋」で、「小さな都会風の庭」に面している。クリストファーはチェルシーのあたりに漂うフューシャとゼラニュームの花の匂いを記憶していた。ミルンに対する、有名であることをどう思うかについてのたくさんの質問（「そうですねえ、もしわたしが有名であるなら、ええ、気に入っていますよ」）、彼のスマートな容姿（「整った、ほっそりした顔立ち、日焼けして健康そうな」）、彼の笑い、謙虚さとつつましさ、彼自身の魅力、素敵な奥さんとさらに素敵な子ども、こういうものに対する無数の賛辞……

＊「まえがき」で、ご紹介の反対は？ ということになり、フクロが「ご紹介《しょうかい》」の反対は「ご解消《かいしょう》」ですよ、という。そして、一分に二頭の割合で、牛が木戸から出てくるとして、牧場に三百頭いたら…と続く

クリストファーは当時は子どもで聞かれなかったが、ずっと後に、回想している。「私はまた、クリストファー・ロビンであり有名であることを、けっこううれしく思っていた。わくわくし、偉くなったような気分になることが（中略）よくあった。」彼が自分の演じていた役柄から脱け出し、プーの本に対してはげしい憤りを感じ、また、まるで父が子どもの自分の小さな肩に乗って現在の地位に上りつめたように見えることに憤りを感じるようになるのは、ずっとのちのことだった。

その冬、祖父は彼についてこう語った。「アランの息子（六歳半）のクリストファー・ロビンは自分のことをビリー・ムーンと呼んでいるが、まったく甘やかされていない。彼は学校が『前よりずっとやさしい』と不平を言っているが、アランは彼が十分学んでいると思っているようだ。彼は家でチェスとホイスト*を習って、埋め合わせをしているよ！」従兄のトニーは十二歳になったばかりだったが、祖父にウェストミンスター校の奨学金をきっともらうと言い、「お父さんや叔父さんやお兄さんに負けないよ」と言った。トニーの兄、ティムが一九二五年にウェストミンスター校の最高の奨学金を得たとき、ミルンはケンに書き送っている。「ビリーも同じように頭がよければいいのだが、たぶん無理だろう。」そして、すぐあとに付け加えている。「あの子は何かまったく新しい、独自の好きな道を見つけるのではないかと思っている。アーチェリーとかスペイン語とか。だが、あの子を今のように愛しているかぎり、それが何でもかまわない」

ビリー・ムーン、別名クリストファー・ロビンは、難しいことがいろいろあったが、これまでのところ、がんばっているようだった。『クマのプーさん』が彼をさらに目立つ存在にする前から、彼はすでに有名になっていたが、それがストレスになっている様子はほとんどなかった。アメリカの「町と田舎」という雑誌が一九二六年五月にミルンについての記事を掲載し、ミルンの「愛すべきノンセンス」をべたぼめし、ミルンのファンを意味する「ミルンノマニアックス」という新語をつくったが、彼の写真の下に次のようなキャプションを載せた。

A・A・ミルン。英国の劇作家。気まぐれな表現の神授権によって子どもの桂冠詩人と呼ばれる。氏の戯曲はニューヨーク公演で成功をおさめた。そして氏はクリストファー・ロビンの父親である。

ミルンはこのように有名になることから息子を守る必要を感じていなかったようである。ダフネは積極的に新聞雑誌からの取材を奨励した。クリストファー・ロビンはおとなになってから、「扉は非常に用心深く守られていたと思う」と述べているが、その形跡はない。ミルンはのちに、クリストファー・ロビンについての話題は、本物の子ども、ビリー・ムーンとは関係ないと思われたと

＊トランプ遊びの一種

言っている。しかし、写真は、もちろん、彼が何という名前で呼ばれていようと、子ども本人の写真である。ミルンはいつも二人一緒の写真を撮ることを許可していた。ハワード・コスターによる有名な写真があり、現在はナショナル・ポートレート・ギャラリーに収蔵されている。クリストファー・ミルンはその写真について、父は決してそのように自分を抱いたことはなかった、と言っている。その他にも、程度こそ違え、不自然なポーズの写真が多数ある。そして、クリストファーだけの写真もたくさんある。ミルンは、クリストファー・ロビンがプレップ・スクール*に行ってもうまく切り抜けると、少なくともうわべは、完全に自信をもっていたようだ。

　昔は学校というものは叩いたり、殴ったりの世界で、男の子は、もし有名になっていたりしたら、つらい思いをしたかもしれなかった。しかし、今日では状況は大きく変わっている。（中略）わたしは心配していない。繊細な、あるいは寂しがり屋の男の子はひどい目にあったものだが、そのような時代は終わった。ありがたいことだ！

どうして彼はそれほど確信をもてたのだろうか？
　その春、ニューヨークでは、ミルトン・バルチ社がミルンとシェパードの詩集**のなかなか気のきいたパロディー本を出版して、評判になり、波紋を起こしていた。それは『ぼくたちが少し大きくなったころ』というタイトルで、カクテルをあおり、チャールストンを踊り、車を高速で乗りまわす、「モダンな」若者たちの世代に焦点をあてたものだった。名誉棄損で告訴するという話もあったが、実際にはその本（すぐに第二版が出た）の効果は、原本に対していいことばかりだった。ミルンの詩は明らかにフェアファックス・ダウニー***のそれよりも技巧にすぐれていた。それでもその本は、社会学的な興味とその時代独特の魅力があって、今や収集家がほしがる逸品となっている。

ジェイムズ・ジェイムズ・
モリソンのお母さん、
髪を短く切っちゃった。
晩ごはんにも
間に合わない、
ゴルフばっかりしてるから。
ジムがいうには、

*パブリック・スクール進学準備期間の私立学校
**原題『ぼくたちがとても小さかったころ』
***アメリカの軍人作家

だれかが言ったんだって、
それがモダンな考え方だって、
年なんか気にしないのが流行《はや》りなんだって。
やれやれ、息子に何ができる？＊

一九二六年にミルンはケンへの手紙で、クリストファーについてと、イギリスとアメリカでプー物語が毎月、定期刊行され出してから沸き起こった関心だけでなく、政治やクリケットやゴルフ、さらには召使いに関する問題などについて書き送っている。ゼネストの年であったが、ミルンがそれについてどう思ったかを示すものは何も残っていない。「政治」はあるときは政治家の人柄に関連していた。ミルンは海軍大臣のブリッジマン卿＊＊を冷笑したようだが、ケンは彼を諭した。それに対する返事のなかで、ミルンはロイヤル・アカデミーに出品する画家、ジョン・コリア＊＊＊について触れている。コリアはイートン校の卒業生で、彼の描く肖像画は「生真面目な真実性を表現して、どこかフランク・ホル＊＊＊＊を連想させる」と評されたが、今や彼の名前すら思い出す人はいない。ミルンのこの一節はかなり長いが、引用する価値があると思われる。ミルンの体制についての態度と、愚かな人間に我慢ならない――いつも顕著な特徴だった――ことをはっきり示しているからである。さらに、この文章は、ミルンがアートの前衛《アバンギャルド》派に対して、一部の人が思っているよりも型にはまらない見方をしていることを暗示している。

ブリッジマンについて。

仮に（たとえば）ロジャー・フライ*****がより進んだヨーロッパ大陸の画家について話していて、結論として次のように言ったとしよう。「いっぽう、イギリスではコリアぐらいの輝く才能があれば十分である。」―そして、仮に兄さんが言うとしよう。「なぜコリアをあざ笑う？ 彼が芸術的才能をもっているかどうかは、彼自身の問題だ。彼の才能は偉大ではないかもしれないが、彼の仕事には十分だし、その仕事はきちんと、りっぱになされているのだ。」―そうしたら、フライはどんな答えをすることができるだろうか？ たとえば、こんな風だろうか。「わたしはコリアをとくに『あざ笑って』いるわけではない。あるいは、もしそうしているとすれば、それは彼が自分とはちがうものであるふりをしているから、言いかえれば、彼が偉大

*「いうことをきかないおかあさん」のパロディー
**保守党の政治家。閣僚経験豊富
***ラファエル前派の画家で、当時の著名な肖像画家の一人
****画家、肖像画家
*****美術評論家

な画家を気取っているからである。私が本当に『あざ笑っている』のは、コリアなどよりすぐれたものを目指さず、コリア程度の画家がわんさといる代議制の王立美術院（ロイヤル・アカデミー）で満足し、賞や報酬をコリアの類《たぐい》、コリアの類だけに与えてよしとしている、その程度の芸術的鑑識力なのだ」

ブリッジマンは（その容貌と、彼を知る人たちから聞いたところによると）、まったく退屈で、想像力に欠けた、おろおろした平凡な小男で、イギリス中どこにでも何千人といるような奴だ。もし、そんな男が海軍大臣の職務を果たすのに十分な能力があると言うのなら、兄さんの言う通りだろう。しかし、つぎのような疑問を抱くことは許されるだろう。㈠そのような男が年俸五千ポンドもらい、その上、どういう理由だか明らかではないが、大臣に与えるのが習慣になっている名誉や名声を受けるべきであろうか？㈡もし政治というものが、赤ら顔をしたブリッジマンのような男が「よし、よし」と言いながら何かに署名するようなことでしかないのならば、我々はこのような政治のやり方で満足するべきなのか？

だからあざ笑いもすると言うのだ。本当のことを言うと、戦争以来、ぼくは政治にはまったくうんざりで、まったく関心がなくなった。おそらくこのイースターにアッシュダウン・フォレストでジョインソン＝ヒックスの後ろでプレーしたことが、政治家に対するぼくの軽蔑の念をいっそう強めたのだろう。まったく、どうしようもない凡庸さが目につくのだ。

ジョインソン＝ヒックスはゼネストのときの保守党の内務大臣だった。

ミルンはＭＣＣ*のオーストラリア・チームとの試合を見にいって、最初のテスト・マッチ**に出場するイングランドのチームが、ほとんどケンに予言した通りの顔ぶれになったので、満足だった（「ラーウッドでなくアレンになったことだけが違っていた。」彼はラーウッドが入ることを願っていて、「まだ入るチャンスはあるかもしれない」と言っている）。八月には、シリーズの最後の試合でホッブズとサトクリフのすばらしい協力のおかげで、アッシュ杯（優勝トロフィー）が十四年ぶりにイングランド・チームへ戻ってくることになったので、ミルンとケンは大喜びだった。スポーツ委員会の「選択者の勝利だった」と新聞は書き立てた。ミルンはまるで自分もその一人であるかのように感じた。

八月の末に家族がロンドンに帰ると、新しく雇った料理人（ちょっと前に、「今までいたペンが辞めた」とミルンはケンに伝えていた）が、ジャーミン通りの若い男を呼び入れていたことが分かった。

＊マーリボン・クリケット・クラブ
＊＊クリケットの国際試合。イングランドと英連邦諸国との五日間にわたる対抗試合。夏はイギリスで、冬は英連邦諸国で行われる

彼らは、A・A・ミルン夫妻から無断借用したマロード通り十三番地で幸せに暮らしていた。まるで、ハネムーンとでもいうように。我々は月曜日の朝、朝食に下りてきて、料理人（前日の午後、にこやかに我々を迎えたばかりの男）が、夜の間に消え失せていたことが分かるまで、そのことをまったく知らなかった。そのあと、われわれは聞きたかったことすべて、いやそれ以上のことを聞いた。週に一度来る、通いの女中がダフに、我々の家は「悪徳の宿」になっていた、と言った。実際、いろいろ聞いたところでは、ダフとわたしは家をそのような状態にしていたかどで逮捕されたかもしれなかったのだ。

彼らは急いでコッチフォードに戻った。クリストファーは九月の半ば過ぎまで学校に戻らなかった。はじめはちょっとした問題があったが、そのあと信頼できる夫婦を住み込みで雇うことになり、家族はコッチフォードで落ち着いて暮らせるようになった。ハンサムな庭師のジョージ・タスカー（だれかが、かれはスペインの船長のようだと言った）は、一生彼らに仕え、ダフネの尊大な態度も、見たところは快く、我慢した。ダフネは地元の園芸品評会で賞を受けるととても喜び、訪問客にタスカーを「庭師頭」として紹介した（たしかに彼の甥が手伝っていた）。タスカー夫婦は車道の行き止まりにあるコテージに住んでいたが、タスカーの娘のブレンダの記憶では、奥様がそこへ訪ねてきたのは、庭師が死んだ直後だけだった。奥様は支えとして友人についてきてもらった。ブレンダは奥様が「とても内気な人なのか、それとも、周りの人のことにまったく気づかない、お高くとまった人なのか」わからなかった。たしかにダフネは何年も前に、タスカーのおかみさんに二番目の子どものピーターが間もなく生まれるというので、コッチフォードに新しい料理人を見つけなければならなくなって、いらいらしたことがあった。

『クマのプーさん』は一九二六年十月十四日にロンドンで、二十一日にニューヨークで出版された。残念なミスプリントが一つあった。七章の最後で、ミルンはなぜか、カンガについて「彼女の」の代わりに「彼の」としたまま残してしまった。ミルンはこの章を書き始めたとき、おもしろいことに、このカンガルーをお腹に袋があるのにオスだと思ったのだ（ミルンはもともと「彼の子どもを彼のポケットに入れて持ち歩く動物……」と書いていた。原稿では、「彼の」ははっきり線を引いて消してあるのだが、章の最後の「彼の」だけ見逃され、初版に残ってしまったのだった）。それから、同じ七章で、コブタの頭音転換《スプーナリズム》*、「はっきり話す」を「なっきり話す」と言わせているのを**、出すぎた校閲者が訂正してしまった。こちらは気が付いて直すまでに何年もかかった。しかし、全体としては、ミルンは大い

*二つ以上の頭音を、誤って転換すること　speak plainly を spleak painly という。口絵写真六ページ参照。下から3〜4行目がこの場面。普通に書いたあとで消して spleak painly と書き直しているところから、その場でスプーナリズムを思いついたことがわかる

**そのおかしさを、カンガは、「おかしなルーちゃん」と受け流す

に喜んだ。活字と挿絵のバランスは、物語が最初に掲載された新聞や雑誌のごちゃごちゃしたレイアウトにくらべて、はるかに満足のいくものだった。

物語の発行当初の評判と、本の出版直後の注文のすごさから、ミルンは『クリストファー・ロビンのうた』と同じような成功が繰り返されることを予感していた。しかし、書評家たちはほとんどそれが信じられなかった。「ニューヨーク・ヘラルド・トリビューン」紙は次のように書いた。「読むほどにミルン氏はまたすごいことをやった、という確信がますます強まっていく。一人で座って読んでいて、声を上げて笑ってしまうような本は、そうたくさんはない。これはそういう本である。ここにあるのは、最もよいノンセンスの伝統である。（中略）真面目にノンセンスを考えていて、子どもたちとその他の賢明な人々が愛してやまないのである」

「ヴォーグ」誌はこう述べた。「『クリストファー・ロビンのうた』ほどすばらしくはないが、すてきな魅力があって、声に出して読むと、とても楽しい。」セントルイスのある新聞も、新しい本は最初に出た詩集ほど気が利いているとは思えない、と述べている。しかし、大多数の書評家は激賞した。「一冊の本にこんなにおかしさがつまっていたことはほとんどなかった。」「ミルン氏はまたもや、稀に見る大成功を収めた。彼は再び子どものための完璧な本を書いた。」「これは『クリストファー・ロビンのうた』よりもすぐれている。これは、大したものだ、という意味である。」と「サタデイ・レヴュー」紙は書いた。そして一週間後にメイ・ランバートン・ベッカー*は同紙に書いた。「本もののクリストファー・ロビンが老人になっても、子どもたちは彼が待っていてくれることに気づくであろう。これは今シーズンに出た子どもの本の中で、長く読み続けられていくに違いない作品である」

そして、最初の本と同じように、この本は子どもの本であるだけでなく、おとなの本でもあった。ミルンの本はいつも、前を見ている子どもには未来を開き（人生という不可解なジグソーパズルの分かりにくいピースを埋めてくれる）、後ろを振り向くおとなには過ぎ去った過去を示すという、双方向に働く力がある。私が持っている『クマのプーさん』の初版本は、私の父が母にプレゼントしたものだ。二人に子どもができるずっと前のことだった。「おとなのほうが先にミルンを好きになったのですよ」とダットン社のエリオット・グレアムが私に言った。思い切った表現だった。「インテリはだれでもこの二冊の本を暗記していました。子どもたちが本を目にするのは、少なくとも一歳半ぐらいになってからでした。」同じ年の早い時期に、「チャーチマン（聖職者）」誌はおとながこれらの詩を心に深く刻んでいるのは喜ぶべきことであると述べた。「この本は、ニューヨークの子どものいないアパートや、プルマン寝台客車の喫煙室や、医者の事務室などに置かれていた――天真らんま

＊アメリカのジャーナリスト、文芸評論家。アンソロジー編集、読書ガイドブックなどで、英米の児童文学の普及に尽くす

んなベストセラーだった。ミルン氏の成功は、アメリカ人がまだ完全に商業主義に染まっておらず、完全に洗練され過ぎてもいないことを示しているように思われる」

『クリストファー・ロビンのうた』と『クマのプーさん』の驚異的な成功は、何千というアメリカ人の健全な精神衛生への賛辞と見られたのだ。『クマのプーさん』は、年末までに、アメリカだけで百五十万部売れた。三週間後に、ミルンは、「ところで、アメリカでは、『クリストファー・ロビンのうた』の少なくとも二倍は今度の本が気に入られているようだ」と述べる。そのように見えたのは確かだが、詩集の売上げはその後、何年も、『プー』物語より少し上回っていた。英国でも状況は同じだった。ここでもやはり、書評は同じように熱狂的な賞賛だった。「七十歳以下のすべての子どもたちを十分喜ばせる本がもう一冊」と「ネイション」誌は書いたが、奇妙な言い方である。(なぜ七十歳以上の人をすべて除外するのだろうか?)この本は「暗記を要求する利点はない」にもかかわらず、同じくらい大勢の、堅固で揺るぎないファンを獲得するだろうと思われる。」ミルンはすぐに、クリストファー・ロビンは、「『クマのプーさん』を完全に暗記している」と報告している。そして彼のような人は他にもたくさんいただろう。

メシュエン社は確信があったと見えて、『プー』の英国での初版の部数は『クリストファー・ロビンのうた』の七倍だった。発行日に書店に並んだのは、暗緑色の布装丁の三万二千部だった。三千部は赤、青、または緑の革装丁で、その他、特に本の収集家向けの限定版もあった。翌年に出た詩集『クマのプーさんとぼく』の初版部数は五万部で、次の年に出た『プー横丁にたった家』は七万五千部だった。極く短期間のうちに、ミルンの四冊の子どもの本は、多くの言語に翻訳され、世界での販売部数は百万単位になった。

6 章の終わり

『クマのプーさん』が出版されて間もなく、ミルン一家はコッチフォードで週末を過ごしたが、土曜日の夜はコブタが経験したような洪水になった。[*] コッチフォード・ファームは谷の斜面に建てられているので、すっかり水に囲まれたわけではないが、水はテラスの端の壁まできて、「そこからは月光のもと、見渡すかぎり一面の水だった。残念ながら、ビリーは寝ていて、とてもつまらなかった。」ミルンはケンへの手紙で、自分の本から引用したい誘惑――「洪水のようにワクワクす

＊9章　コブタが、すっかり、水にかこまれるお話

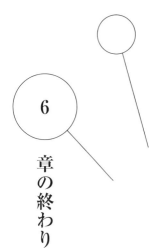

るできごとも、だれかといっしょでなければつまらないものです。」――を抑えた。しかし、ダフネがそばにいて、二人でいっしょに水面を眺めた。ダフネがビリーほどワクワクしなかったとしても、それは想定内のことだった。

ミルンは続けた。

ムーンがプーは「いい本だと思うよ」というので、ぼくは大いに元気づけられている。彼は今のところとてもごきげんだ――ダフもそうだし――ぼくもそうだ――それに、歯医者にいってきたところなので、あと九か月ぐらいはいかなくていいし、とてもいい気分だよ。

この次に何をしたらよいのかわからない、と悩む必要はなかった。次の詩集『クマのプーさんとぼく』の詩の半分はもう書いてあったし、『クマのプーさん』の終わりは、意図的に続編が書きやすいようにしてあった。

「それから、どうなったの？」クリストファー・ロビンはききました。（中略）

「わからない」

「じゃあ、かんがえて、いつかぼくとプーにおはなししてね」

「もしとってもききたいならね」

「プーがききたいんだよ」とクリストファー・ロビンはいいました。

はたして、「イヴニング・ニュース」のクリスマス版は、前年と同じように、新しいプーのお話を掲載した。ミルンは満足する理由は十分にあったが、この幸運が続くとはほとんど信じられなかった。財務面の処理が難しいと感じるようになっていた。ミルンはケンへの手紙に書いている。「すぐに貯金しなければならない気がするが、どれぐらいすればよいのかわからない。作家は、すぐに落伍して、忘れられてしまう。このところエドウィン・ピュー*を援助していたが、彼はとても困っていて、この一年半で採用された記事は一本だけだった。」自分に安心感がなくなっても、他人に対する寛大さは決してそこなわれなかった。

この時期のミルンの並みはずれた名声を示す証拠の一つは、アシニアム・クラブに「第二条の規定により」入会するよう勧められたことである。入会希望者は普通、ウェイティング・リストに記入して、いつかは入れることを望みながら待つ。入会の勧誘はかなり名誉なことであり、めったにないことで断るものではなかった。規定第二条というのは、選ばれる会員が「科学、文学もしくは

＊小説家。労働者階級を代表する「コックニー派」と呼ばれた

芸術において、または公益事業において卓越した人物」であり、「新会員の選出に当たっては、委員のうち少なくとも九人の出席を要し、出席した委員全員の満場一致でなければならない」と定めている。ミルンはこのことにかなり満足した。クラブで最初に昼食をとったとき、会員たちは思ったよりも人間的だと思った。「シカゴ・デイリー・トリビューン」紙は、ミルンが会員に選ばれたことを報じて、アシニアム・クラブを「この世で最高の、最も伝説的な場所の一つ」と呼んだ。

一九二八年三月九日にミルンはスウィナートンへの手紙でこう書いた。「なぜかとても詩的な気分だ。アシニアムに入会した結果かもしれない。だが、スティッコーにチャット（話す）――つまり、チャトーにスティックする（ついていく）必要がある、と思う。*」スウィナートンは十八年もチャトー社の出版顧問を務めたあと、同社を辞めて、ミルンに戯曲の出版を移すように説得しようとしていた。だがミルンは説得されなかった。チャトー社のハロルド・レイモンドは、スウィナートンのように愉しい編集者でないとしても、熱心で良心的のようだった。子どもの本にくらべれば、利益も売上げも少なかったが、少なくとも、彼の戯曲は魅力的な装丁で出版されていた。それがいちばん大切なことだった。

収入になるものの一つは手書きの原稿だったが、ミルンは原稿を売ることにはまったく乗り気でなかった。カール・プフォルツハイマー**が戯曲『象牙の扉』の原稿を求めて交渉してきたとき、ダフネが対応した。

夫は『象牙の扉』の原稿を見つけ、千ドルではどうだろうと申しております。この原稿にこの金額の、あるいは他の特定の金額の価値がある、と思っているわけではありませんが、もしどなたかにとって相当な価値がないのなら、むしろ手元に置きたいと申しております。部分的には心情的な理由から、それがとくに気に入りの戯曲だからですが、そして部分的には原稿はあとになって価値が上がることがあるからです。もしこの原稿にそれだけの金額を払いたくないとお考えでしたら、もちろん主人は理解いたしますとも ― 実際、自分が貴方のお立場にいたら、払わないと申しております。

しかし、プフォルツハイマーは諦めなかった。彼の妻のために「特別の序文」を求め、それが届けられると、千ドルを支払った。

ミルンは非常に有名になっていたが、それでもまだ、彼の名前を聞いたことがない人もいた。あ

＊スプーナリズム。五章二四七ページ参照
＊＊アメリカの銀行家。アメリカ証券取引所の設立者。稀覯本の蒐集家として知られる

る夜、電話が鳴り、ダフネは電話の向こうの知らない人に、ミルンは出かけておりますと告げた。

他人　（突然の電話を詫びてから）ミルンさんにお聞きしたかったのは、ウェイブリッジにお住まいの親戚がおありかどうか、ということなんですが。

ダフ　ないと思いますよ。聞いたことがありません。

他　そうですか！（弁解するように笑いながら）実は、いまウェイブリッジで宝探しのゲームをしているのですが、ヒントの一つがA・A・ミルンに関係があるというんで、電話帳でウェイブリッジの住所を調べたら、チェルシーに住んでおられることがわかったので、それで、もしかしたら親戚のどなたかが――

ダ　でも、彼の本について何か書いてあるんでしょう？

他　彼の何ですって？

ダ　本ですよ！

他　すみませんが――

ダ　本です！

他　（当惑して）えーっ！

ダ　彼が有名な作家だということはご存知だったんでしょ？――

他　何ですって?

ダ　作家ですっ!

他　えーっ!……えー、あのー、つまり、そういうのは私、あんまりよく知らないんで。ありがとうございます。突然、お邪魔して、すみませんでしたね。失礼します（退場して、宝探しを再開 ― だが、うまくいったとは思えない）。

ミルン家の電話番号が電話帳から外されていなかったことは明らかで、同情を買おうとして苦労話や泣き言を並べる赤の他人からの電話もあったであろう。また、山のような賛辞や、原稿や出演やサインの依頼状に交じって、寄付や施しを求める手紙もあったことだろう。この頃からミルンは、クリストファー・ミルンによれば、あることについては何もしない癖がつきはじめた ― それは、フクロが賢明にも言ったように、時には一番いいことだった。しかし、ミルンは慈善事業に寛大に寄付をすることもよくあった。窮乏した作家のための王立文芸基金《ロイヤル・リタラリー・ファンド》と作家年金協会基金《ソサエティ・オヴ・オーサーズ・ペンション・ファンド》には、多額の寄付をした。高い理想や福祉のためにしばしば文章を寄せた。ある意味では、それはやましさを償うお金だった。彼はよく、お金を寄付することはたやすく、われわれよりも恵まれない人々のために何かをするのは難しいと言う。少なくとも、慈善団体の資金集めの手紙を書くのは、ただ小切手を書くよりも、価値のあることだった。彼は「子どもに田舎の休暇を」基金の資金集めのために、「タイムズ」に毎年その事業について手紙を書いていた。その一つに、彼は「ご婦人は最近買った帽子を後悔するかもしれないし、男性は2番ウッドを買ったのにドライヴが二十メートルも伸びないと悔やむことがあるだろう。使ったことを決して後悔しないお金は　贈り物として渡したお金である」と書いている。

ミルンは「トックエイチ」*を支援した。タビー・クレイトン**のために書いたアピールのなかで、ミルンは、だれも運よく幸運を手にしたとか、自力でたたきあげたといって、得意になってはならない、と自分の感情を改めて表明している。「どんなに立派な業績をあげたとしても、どんなに大きな成功をおさめたとしても、謙譲と感謝の気持ちで自らを顧みることができなければ、それは愚か者である。我々の業績や財産は、我々が自分で作ったものではない。それは与えられたものである。インタビュアが必ずのように聞く、『あなたの成功の原因は何だとお考えですか？』という質問に対する正直な答えは、一つしかない。その答えは『幸運です！』である。」ミルンは人々に、あまり幸運でなかった人々を助けることによって、与えられた幸運に対する感謝を示してほしい、と訴えた。

また別のあるとき、ミルンはある病院のためにアピールの手紙を書き、何千という手紙に署名をし、何百という感謝状を書いて、大成功をおさめた。その書き出しは次のようだった。

皆さんは次のような話を聞いたことがおありだと思います。ある男が友人をバーに連れて行き、もったいぶった、気前のよさそうな態度で言った。「さあさあ、何がいいかね?」――すると、友人は、シャンパンを一パイント(五七〇㎖)もらおうかな、と言った。するとおごろうとした男が言った。「えーっ!うーん、何か三ペンスぐらいのところで考えてみてくれよ」***

ハムステッド総合病院が必要としているのは、一万ポンドです。もしあなたが同封の封筒に、気前よくその金額の小切手を入れて送ってくだされば、病院としては財源がすっきりして、たいへん助かるでしょう。しかし、もしあなたが三ペンスぐらいのところで考えたいと思われても、それは理解します。ただ、あまり少額すぎても、切手とか郵便為替を買うのは、ご面倒でしょうから、ギニー(一・〇五ポンド)単位ではいかがでしょうか。そうすれば小切手帳を開くだけの手間ですみます。しかし、援助してくださるのであれば、どうぞお好きな方法でなさってくだされば幸いです。

*キリスト教系の軍人・元軍人の親睦・奉仕団体。一九一五年にベルギー、一九二〇年にロンドンに設立された。本来の名称タルボット・ハウスのTHを軍隊の電信信号で略したToc Hからこう呼ばれる

**本名フィリップ・トマス・バード・クレイトンの通称。イギリス国教会の従軍牧師としてフランスとフランダースに赴き、ネヴィル・タルボットとともにトックエイチをベルギーに設立

***ビール一杯分くらいの金額

ミルンはアピールに関しては、サヴォイ・ホテルでのランチョンか、メイフェア・ホテルでのディナーへの出席に限っていた。公衆の面前に出ることはめったになかった。あるとき彼は、「わたしはいつでも大きな声で何かをいいたくない、めずらしい人種かもしれない」と言い、またあるときは、「わたしは人前に出ることがきらいで、いつも避けることにしている。実際、人前で何かするのがうまくないのだ」と言っている。「『できるひともいれば、できないひともいる、つまりそういうことなんだ』とクリストファー・ロビンの友だち、プーはいつも言いました」とミルンはプーを引用して言った。まだプーの言葉を引用している時期のことだ（やがて、その名前を聞いただけでもぞっとするようなときがくるのだが）。

ミルンは、子どもの本が大成功をおさめてからも、生活をまったく変えなかった。『クリストファー・ロビンのうた』が出版されたのとほぼ同じころ、彼はコッチフォード・ファームの支払いを済ませていた。ロンドンでも田舎でも、今より大きい家やりっぱな家を欲しいとは思わなかった。どちらの家も、設備と調度と使用人は、申し分なく揃っていた。彼はいい車を持っていたし（のちにはもう一台入手して、コッチフォードにいつも置くようにした）、運転手を雇っていた。ミルンは、自分はお金ではなく、お金について心配しないでいいことを愛すること、贅沢をするにしても良識をはたらかせることを愛することを父から受け継いだ、と言っていた。「我々は収入に見合う範囲で生活水準を決め、あとはあまり心配せずに楽しんだ。（中略）もし、ゴルフボールやタクシー代、クリケット観戦や劇場の最上のチケット、シャツやセーター、給仕へのチップ、新聞や雑誌の購読料、本、ワインなどについて細かく気を配らなければならないようなら、幸せとは言えないだろう。」彼はクリスマスにダフネに高価なランジェリーを買ってやるためにハーヴェイ・ニコルズ*にいき、店員に相談しながら、「やわらかい、きれいなクレープ・デシンやレースなど」を注意深く選ぶのが好きだった。「なんて楽しいんだ！」彼はこんな小さな贅沢を楽しんだ（ダフネは、自分で選んだ、もっと大きい贅沢を楽しむのだった）。彼は自分の家族の将来のためだけでなく、ケンの家族のためにも、必ず十分な貯えをしておくようにしていた。

ミルンは賭け事をしなかったが、価値があると思うものには、金の出し惜しみはしなかった。たとえば、一九二八年の夏、友人のP・G・ウッドハウスが、自作の小説『悩める乙女』をイアン・ヘイが舞台化にするにあたり、支援してくれる人をもう一人探していた。ウッドハウスはこう書いている。「経営者とイアンとわたしはそれぞれ五百ポンドずつ出すことになっている。必要な二千ポンドを調達するにはあと五百ポンド必要だったが、A・A・ミルンが親切にも、進んで自分も参加すると言ってくれた。イアンの脚色はとてもいいから、出資金を失うことはないと思う。」その

＊ロンドンの高級百貨店

通り、それは安全な投資だった。

　ミルンはケンの家族に対する責任を、それができることを心から喜んで引き受けた。教育や医療費などの問題が生ずると、何度も何度も、「もちろんだよ」とケンに言うのだった。ケンの家族は、支えがいのある家族だった。彼はケンへのある手紙の終わりに「兄さんたちみんなを愛しているよ」と書いたが、それは本心だった。別の手紙の終わりには「兄さんは家族を誇りに思っているにちがいない。わたしもそうだ、つまり兄さんの家族を誇りに思っている。自分の家族のこともだけどね。あの子は本当にかわいい子だよ。ぼくにはもったいないぐらいだ。ダフもだよ」（ヴァイオラ・ツリー*が雑誌「婦人画報」にミルンのことを「生まれつきの独身者《どくしんもの》と表現していた。「生まれつきの独身者にしては、わたしは家族に恵まれた」とミルンは書いている。たしかに、もう一人の「生まれつきの独身者」、ケネス・グレアムにくらべたら、ミルンはずっと家族運がよかった**）。

　ミルンが経済的にたいへん恵まれていたのは、二つの家族にとって、幸運なことだった。しかし、彼は富裕だからといって、決してうぬぼれることはなかった。金銭に関しては、良識があった。クリストファー・ミルンはのちに「金持ちであることはあまり気持ちがよくないところがある」と述べている。ミルンは自分が金持ちであるのがほとんど信じられなかったし、たとえそうであっても、それが長続きするとは思えなかった。彼はいつも頭のどこかで、なにか不思議なことが起こって今の状態が突然とまり、だれも彼の本を買ってくれないとか、戯曲を上演してくれないということになり、貯えで食べていかなければならなくなるのでは、という気がしていた。ケンの子どもの一人は、ミルンがいつも勘定書を支払う前に注意深く読み、値段が高いのによく驚いていたことを覚えていた（ロンドンに初めて来たころの名残りにちがいない）。クリストファーの学校の制服代とか特定のレストランの支払いに驚くこともあった。（「えっ、ミラベル***よりも高いのか！」）またミルンの姪は、彼が驚くほど小さな倹約をしているのを見つけた。「前年の手帳を日付を書き換えて使っていた」のだった。おそらく、新しい手帳を買いそびれて、とうとう店になくなってしまったからだろう。彼は、ケンの娘たちがロンドンで働き始めたころ、お金に困っているのに気づかないことがあった。劇場へいく前にマロード通りの自分の家でディナーに招いたが、彼女たちが劇場へ行くための服装や時間の関係でタクシーに乗らなければならないことを忘れていて、彼女たちはその費用を捻出するために一週間も昼食代を節約しなければならないことになるのだった。

J・V・ミルンは息子の新しい分野での成功を非常に喜んだ。まるで息子が子どもの本を書くのをずっと待っていたかのようだった。彼は売上げの数字を見て楽しみ、その評判が広がっている様

＊女優、歌手、劇作家
＊＊グレアムの一人息子アラステアは生まれつき片目が見えず、二十歳の誕生日の直前に自殺した
＊＊＊ロンドンのハイドパークの近くにあった高級レストラン

子を示すものを見るたびに喜んだ（プーの挿絵の複製が女性週刊誌「ホーム・チャット*」の付録として無料で配られたり、「おやすみのおいのり《ヴェスパーズ》」の歌がラジオで流れたり）。アランはケンへの手紙に書いた。「お父さんがあんまり幸せそうに興奮しているので、これまで幸せにしてあげなかったことを恥ずかしく思ってしまう」

　クリストファー・ロビンは六歳半になったので、プーのこと以外にも考えることがあった。彼の世界は広がりつつあった。だれかがくれたアフリカの地図が寝室の壁にかかっていて、彼の想像力を育んだ。いつか、彼はA・A・ミルンが経験したよりもはるかに遠くまで旅するだろう。本が彼の心も育んだ。「ムーンは『子ども百科事典』に夢中だ――ぼくからのクリスマス・プレゼントなのだが――それで朝食に下りてくるときはいつも一冊かかえてくる。国旗とカブトムシとエンジンの内部が、一番好きな読み物らしい。」それより何年も前のことだが、ミルンはケンの子どもたちの子ども部屋に入って、子どもたちが同じ百科事典を読みふけっているところに出くわしたことがあった。クマを演じなければならないと覚悟して上がっていったのだが、だれもクマには興味がなかった。「子どもたちはそれぞれはらばいになって、『子ども百科事典』に没頭していた。ぼくが入っていっても、だれも顔を上げなかった。大いにほっとして、ぼくもこのすぐれた事典の一冊をとり、はらばいになった。」ミルンは、質問の答えの多くは、子どもたちよりは自分に向けて書かれていると感じた。

たとえば、「なぜ石は沈むのでしょうか?」という質問がある。なぜ石が沈むか、知りたがる子どもはいない。答えはわかっている——「それ以外、石に何ができる?」——からだ。サー・アイザック・ニュートンでさえ、なぜリンゴは落ちるのか疑問に思う前に、もうおとなになっていた。そしてそれまでに人間は五万年もの間この世界にいたのに、だれひとりとして、重力について頭を悩ましはしなかったのだ。

クリストファーは野生の動物や植物に、特別の関心をもっていた。カブトムシだけではなかった。彼はあるときダーリントン家に泊まりにいくことになり、「イモムシ」が載っている一巻を持っていった。彼がいないときにミルンが珍しいイモムシを見つけ、調べようとして、その一巻がないことに気づき、がっかりした。あれは、ドクロメンガタスズメガだったかな? たしかに、ポプラスズメガよりは大きかった。ミルンはケンに手紙を書いた。「模様といい、色といい、小さな蛇のようだった(中略)ところが、ブリタニカ**はこれが何だか、はっきりした答えを出していないんだ」『クマのプーさんとぼく』*は、ゆっくりと形になってきていた。ミルンはメシュエン社で長時間にわたって話をしたあとで、シェパードに手紙を書いた。「今日、ミュラーとわたしは詩集の相談を

＊一九二八年に六週間にわたって、シェパードによる白黒の挿絵を色刷りにして付録とした
＊＊ブリタニカ百科事典。一七六八年スコットランドで創刊

した。新しい線画を見た。今のところ、十四枚の絵を貼り付け、全部で四十二ページになった。」ミルンはシェパードに「きみがこれから絵を描かなくてはならない詩」に、どれぐらいのスペースを空けているかを報告した。たとえば、「ゆるしてあげるよ」というアレクサンダー・カブトムシについての詩は、シェパードに、逃げていくカブトムシをページから消えていくまで何度も描かせて、三ページをあてるはずだった。しかし、そううまくいかなかった。その場面は、右ページにあるべきだったのに、左ページになってしまい、その結果、哀れな「アレクサンダー・カブト」は半分に切れてしまった。

ミルンは新しい詩集の長さについて、いくらか心配していた。結局、その本は、『クリストファー・ロビンのうた』にくらべると、詩は九編少ないのに、二、三ページ多くなった。シェパードはすでに、プー物語の第二集の挿絵にとりかかっていた。ミルンは新しい登場人物を購入して、彼らの挿絵に初めて出会うのを楽しみにしていた。「トラーの挿絵を早く見たいと思っている」と彼は書き送った。シェパードはこの詩集のなかで、おもちゃの動物たちを、ミルンが詩のなかで扱っているよりも多く登場させている。プーはもちろん、クリストファー・ロビンがどこへ行くにも、ほとんどいっしょだった。ミルンが「ぼくたちふたり」で言っているように。

ぼくがどこにいても、プーがいつもいる。

いつもプーとぼくがいる。
ぼくがなにをしても、プーもしたがる。
「きょうはどこにいくの?」とプーがいう。
「へえ、おかしいな、ぼくもそこへいくんだ。
いっしょにいこう」とプーがいう、プーがいう。
「いっしょにいこう」とプーがいう。

プーは、いつもそうしていたように、アンとクリストファーの朝の散歩についていく。だが、ときにはイーヨーとコブタとカンガとルーも登場する。「エンジニア」では、彼らは詩には出てこないのに、プラットホームで汽車を待っている。彼らはすっかりおなじみになったので、登場させないわけにはいかなかった。メシュエン社の発売前の広告は、新しい詩集は「『クリストファー・ロビンのうた』を「凌ぐ」とうたっていた。「これは疑わしい」とミルンは言ったが、「引けをとらない」とは思っていた。たしかに、この詩集にも、「ジョン王さまのクリスマス」、「くしゃみ」、「としよりの水夫」、「くらやみのなかで」など、一冊目の詩集の中のどの詩にもおとらない、印象的な詩がたくさんある。
『プー横丁にたった家』の物語をすでに四編書き上げて、ミルンは八月はコッチフォードで戯曲

――「推理劇で、書くのが楽しい」――を書いて過ごしていた。戯曲を書くのは、いつも楽しかった。たいへんなのは、そのあとだった。『象牙の扉』に関する交渉は、まだ続いていた。これは、登場人物の多い時代劇で、その意味で「シェイクスピア的」だった。秋にニューヨークとロンドンの両方で上演する可能性があった。結局、十月にニューヨークで開演したが、ロンドンでの上演は、推理劇のあと、二年後の四月だった。ミルンは「もうこれについては、気をもむのは諦めた」とケンに言っているが、この戯曲は彼にとって重要な作品だった。その前年、あるカナダの新聞が掲載した、チャトー社から出た『四つの戯曲』の書評の見出しはこうだった。

A・A・ミルン、劇作家として
今や日の出の勢い

とても気が利いた見出しとはいえなかったが、いずれにしても、ミルンはこれが本当でないことを知っていた。すでにあまりにも多くの人が、ミルンのことを主として子どもの作家だと考えていた。この戯曲集の「グランタ」*に載った書評は、次のような書き出しだった。

ミルン氏は劇作家としての活動のどこかで、そっとつぶやいただろう。「いつか、偉大な戯曲を書くぞ」と。この戯曲集を刊行した今、氏は、もっとひそかにつぶやいたにちがいない、「もう偉大な戯曲は書かないだろう」と。

この戯曲集には、ミルンが特別に高い期待をかけていた戯曲の一つ、『成功』が入っていた。「グランタ」の書評者もそれは気に入った。「部分的に、この戯曲には、迫力と力強さがあり、疑問があるにせよ、希望がもてる。私は長い間ミルン氏の作品に期待をかけ、楽しんできたので、それが習慣になってしまってやめられない。たぶん、結局のところ、ミルン氏は先の二番目のつぶやきはつぶやいていないだろう。」いや実際は、彼はつぶやいた、と私は思う。実際、推理劇が「偉大な戯曲」にはなりようがない。今後、彼は六編ほどの戯曲を書くが、偉大な戯曲を書くことはついになかった。

もう一つの戯曲『第四の壁』は、やがて『完全なアリバイ』というタイトルでニューヨークで上演されるのだが、たしかに巧妙な戯曲である。ある批評家はこの作品を次のように評価した。「技巧の観点からは非常に興味深い。第一幕で殺人の現場を見せる。観客は犯罪が行われ、下手人がだ

＊ケンブリッジ大学の学生雑誌（一八八九年創刊）。ミルンも学生時代、編集に携った。一九七九年に一般の季刊誌として再出発。作家の新作を掲載

れであるかを、目の当たりにして、第二幕と第三幕で、他の登場人物たちが謎を解き明かそうとするのを見物する。このようなやり方は、もちろん、『推理劇』で通常起ることの真逆である。（中略）このような扱い方をあえて選んだ勇気とオリジナリティは感謝に値するもので、そのために私は『第四の壁』をこれまでに見たどの『推理劇』よりもはるかに上にランクづけしよう。」のちにロンドンで上演されたとき、そのシーズンはほとんどどの劇も第一幕で死体が出てくる状態だったが、バスの胴体につけた広告板はこの作品が「ロンドンでベストの殺人劇」とでかでかと書き立てた。

しかし、一九二七年の夏は、ミルンは何も思い煩うことなく、コッチフォードの芝生に置いたデッキチェアにかけて、ケンに手紙を書いていた。

我々はここでとても満足だ。何もしないで、ダフが草取りをしているのをいつまでも見ていられるし、ダフはいつまでも草取りをしていられる。庭は今、とてもきれいだ。兄さんとモードも見られるといいのだが。来年のための改良計画の注文を出したところだ。とにかくこれで、何か美しいものを遺すことができる。ムーンは誕生日プレゼントとして、テントとバンタム二羽と縄梯子などをもらった。メスのバンタムが昨日はじめて卵を産んで、ムーンは今、それを食べたところだ。彼は庭にある花の名前をみんな知っていて、老練の園芸家が、まだ花の咲いていない小さな緑色の草むらを指さして、「これは何だろう？ わたしは知らないんだがね」と言うと、ムーンは声を張り上げて、「ザウスクネリア、または、カリフォルニア・フクシャだよ」と言う。しかも彼は「エスクスコルツィア」を知っているだけでなく、正しいスペリングで書くこともできるんだ。他のだれもできないのに。

『クマのプーさんとぼく』（原題『ぼくたちはもう六歳』）は、十月十三日に、イギリスとアメリカで同時発売された。クリストファー・ロビンのもらった本には、次のように書かれていた。

わたしのムーンへ
彼のブルーより
わたしはもう四十五歳

ミルンは十一月にケンに手紙を書いた。「書評はイギリスではよくないが、アメリカではずっといい。もしぼくが書評家だったら、Ａ・Ａ・ミルンが大嫌いだろう。彼は衰えてきたとか、成功していい気になっているとか何とか言いたいのを、どうやって我慢すればいいのだ。しかしながら、これで詩は終わりだ。それから、プーの本をもう一冊出したら、何か他のことを考えなければならない。実際、小説を試してみる時期だ。」詩集の書評はよいものもあり、悪いものもあった。イギリスでもアメリカでも、大勢の批評家が新しい本を楽しんだ。イギリスでは、週刊誌「スペクテイター」の書評はこう述べた。「最も厳しく批判するとしたら（中略）作者が掲げたとんでもなく高い目標にはちょっと届いていない、ということか。」アメリカでは、「ニューヨーク・タイムズ」は『クリストファー・ロビンのうた』ほど新鮮ではないかもしれないが、いいところまでいっている」と評した。

実のところ、書評がどうであれ、大した問題ではなかった。大西洋のどちら側でも、新しく出た本は、前の詩集のおかげで、出版後すぐに、爆発的な売れ行きだった。クリスマスには、J・V・ミルンは友人のミス・ピニントンに「アランの本の成功はたいしたものです」と言うことができた。彼は英国における売上げ数を並べてみせた。

『クマのプーさんとぼく』　九万四〇〇〇部
『クマのプーさん』　八万部
『クリストファー・ロビンのうた』　十六万九〇〇〇部

これで分かるように、新しい詩集は出版から二か月経つか経たないうちにすでに、一年前に出たべストセラーの『クマのプーさん』を抜いていた。

クリスマスに、ミルンはこの一年を振り返った。すべてうまくいっていた。「『象牙の扉』のニューヨークでの公演は順調で、毎週、観客の入りがよくなっていき、上々の成績が見込まれる。だが、それは、今ブロードウェイに押し寄せている『セックス』ものや『犯罪』ものの荒海に対抗しなければならず、危うく沈没するところだった。『犯罪』ものといえば、ヘイマーケット劇場がぼくの推理劇を扱うことになった。」開演は一九二八年二月二十九日で、セント・マーティンズ劇場での『ピムさん通れば』のリヴァイヴァル公演の翌日だった。アイリーン・ヴァンブラがかつて演じた役はマリー・テンペストが演じることになった。「ロンドンでは三年も劇がかからなかったのだから」、ミルンは『象牙の扉』が先にとりあげられることを願ったが、『第四の壁』のほうがはるかに成功する可能性が高かった。

一九二七年十二月は、彼らの生活にやや影が差した。「最愛のムーンが水ぼうそうにかかった」からだった。それほどひどくはなかったが、「彼は学校の終業の日に、ソロやデュエットを歌うことになっていたのに、できなくなってしまった。ぼくの劇の初日よりもずっと熱心に、それを楽しみにしていたのに。彼はとても歌がうまいんだ」

たしかに、彼はうまかった。少しあとに、四つの詩にシムソン＝フレイザーが曲をつけたものをレコードに録音することになったぐらいだった。
そのアイデアがはじめて持ち上がった時、次のような議論が起こった、というか、ミルンはケンにそう思わせた。

私　（はじめてその提案を聞いて）フーン！
ダフ　「すばらしいもの」だわよ。
私　ムーンがだれだっていうんだ？（中略）この家で重要な人はわたしだけだ。クリストファー・ロビンなんて、存在しない。あれは、想像でつくりあげて、色をつけただけだ。どうして、小さなつまらない子どもが――
ダフ　「すばらしいもの」になるわよ――あとで。
私　何のあとで？
ダフ　つまり――
私　もしわたしにその話があったら――
ダフ　あったんでしょ？
私　あれ！その話をしたかな？
ダフ　あなた、お受けなさいよ！「すばらしいもの」になるわよ――あとで。

私　何のあとで？

ダフ　つまり——

私　そもそも「まったくうんざりする」話だ。わたしはそれにはかかわらないぞ。きみは好きにやればいい。わたしは手を洗うからな。（ここで「手洗い」に退場）そこでダフはグラモフォン・レコード会社へいき、彼らはみんなして、彼女の説得にかかった——

そしてその結果がレコードだった。そもそものアイデアが、このやりとりが示すように、ダフネが考えたことなのかどうか、はっきりとはわからない。

クリストファーのいとこの一人がレコードのことをよく覚えていて、「プー王国のいただけない側面」だと思った。「レコードの音質というよりは、アイデアそのものでした。」レコード自体については、「あきらかに音感のいい小さな男の子の声で、調子はきちんと合っていて、かわいい声でした——精いっぱいに、いっしょうけんめいに歌っているのが感じられました（そのことがたぶん、かえって、このかわいそうな子は利用されているという感じをいっそう強めたと思います）。歌は四つありました。「おやすみのおいのり《ヴェスパーズ》」「バッキンガムきゅうでん」「池《いけ》のきしべで」、それからうまくいかなかった汽車のブレーキについての歌でした」

マロード通りの二階の応接間（金色の壁のある部屋）で準備のリハーサルをしたあとで、最終の練習をすぐ近くのフレイザー＝シムソンの家で行った（シスリー・フレイザー＝シムソンが指導をしてくれた。その返礼として、一九二九年に「プーの鼻歌」が献呈された）。――それからＨＭＶ《エイチ・エム・ヴィ》*社のスタジオでの録音だった。実は、レコードは二つあったにちがいない。なぜならクリストファーが覚えているレコードには、「ともだち」が入っているからだ。彼は「えーと、ぼくは六ペンスだとおもうけど、ちがっているかもしれないよ」を、プーの声で歌わなければならなかった。けっこう難しいことだった。

　しかし、何年も経ってから彼を悩ませたのは、「おやすみのおいのり《ヴェスパーズ》」だった。ストウ校で、隣の勉強室で生徒たちがこのレコードを何度も何度も、しつこく、繰り返してかけた。その歌を歌ったクリストファーにとって、それは「強烈な苦痛」だった。「そのうち、（レコードではなく）ジョークが擦り切れておかしくなると、連中は（ジョークではなく）レコードを私によこした。私はそれを受け取ると、粉々に砕いて、遠くの原っぱでまき散らした。」何年もたってから、彼の従妹のアンジェラが子どもたちにそのレコードの真ん中の穴にひもを通して木に吊るし、物を投げつける遊びをさせていた。あのレコードがいったい何枚ぐらい残っていて、アーネスト・ラッシュの歌う「ああ、鳩の翼がほしい」やハリー・ローダーの「おれはあの娘《こ》に首ったけ」などといっしょに、どこかの屋根裏部屋に眠っているのだろうか。

　クリストファーは一九二八年の春、もう一つ、重要な役割を果たした。ミルンはケンへの手紙に書いた。

プー・パーティーの準備で、ダフはとても忙しく、ぼくもある程度は忙しい。そういう会があることに対する思いやりある興味に始まり、何人かの人たちがいくつかの歌を歌うことに寛大な許可を与えることになり、我々はだんだん引きずりこまれて、ついにプログラム全体から劇団まで、準備から何から何まで、提供することになった。ムーンは、ホストを務め、三百五十人ほどの客と握手する！（五十人ぐらいでそっと消えろと言ってある）。そして三回出演する。プーをそばにおいて「ともだち」を歌う――楽しそうに、そしてうんとおかしく。もう一人の男の子（W・G・スティーヴンズの息子）といっしょに「ぼくたちふたり」を朗読する。それからイーヨーの誕生日パーティで、本ではフクロの役なんだけど、この劇ではクリストファー・ロビンがやる役を演じることになっている。ムーンは楽しんでいるよ、ぜんぜん恥ずかしがらないし、せりふもちゃんとしている。コブタを演じるのはヴェロニカという四歳のかわいい太った女の子で、とても低い声をしているんだが、ときどき重要でない言葉で突然、大きな声になるんだ

＊蓄音機から聞こえる主人の声（ヒズ・マスターズ・ヴォイス）に耳を傾けている犬のラベルのレコード会社

――「**いつまでも**おげんきで」「きっと**イーヨー**は、**風船**《ふうせん》なんか**そんなに**すきじゃないかもしれないし」――すごくおかしくて、その子はとびきりすてきだ。イーヨーはアン・ヘイスティングズ・ターナーだ――とてもへただけど、虚栄心から当日の午後にはうまくやってのけるかもしれない。それからプーはスティーヴンズの息子で、やはりまったく恥ずかしがらないし、頭がいいんだが、残念なことに、女の子のようなやさしい声をしていて、ムーンが考え出したようなぶっきらぼうな声とは似ても似つかない。アン・ダーリントンはかわいそうに、興奮しすぎて調子がおかしくなるから出てはいけないといわれてしまった。ドレス・リハーサルは今日の午後だ。リハーサルをするたびに、風船を二つ破ってしまうが、惜しいような気がする。

そして一九二九年七月には、アッシュダウン・フォレストで四日にわたって、一日に二度、野外劇が行われた。クリストファー・ロビン（午後のみ出演）が自分自身の役をやり、パークハウス校の子どもたちが「クマのプーさんと他のぬいぐるみ」を演じるのを見るために、マッケイル一家もミルン一家と一緒に行くことになった（「暑くて焼け死にそうだった」とマッケイルは愚かにも文句を言った）。フィナーレに行列があって、思いつくありとあらゆる歴史上の人物が出てきた――ゴドウィン伯*、エリザベス女王、ネル・グウィン**、クロムウェル***、レディ・ハミルトン****、ウェリントン*****（中略）そして、そのなかにまじって、クリストファー・ロビンと子どもたちが「少年とそのクマがいつも遊んでいる今のアッシュダウン・フォレスト」を演じた。クリストファーはそれをとても楽しんだ。「わくわくすることばかりで、こわいことは一つもなかった。心配することも、失敗することもなかった。劇に出たり、レコードの録音をしたりするのと違って、声がおかしくなることもなかった。」うまくいかないことは何もなかった。しかし、ミルン自身にとっては、一九二七年七月までに、何もかもうまくいかなくなっていた。

クリストファー・ロビン役の最後を楽しんでいる主役の少年クリストファーを追いかけているうちに、少し先へとび出してしまった。ここで元へ戻って、二冊の子どもの本――『クマのプーさんとぼく』と『プー横丁にたった家』――をもっとよく見なければならない。これらの本の人気のおかげで、イギリスでもアメリカでも、ミルン一家はいつも人目にさらされていた。

＊十一世紀の有力貴族
＊＊もと女優で、イングランド国王チャールズ二世の寵姫
＊＊＊政治家・軍人。清教徒革命を指導し、国王チャールズ一世を処刑して、イングランド共和国を打ち立てた
＊＊＊＊ネルソン提督の愛人
＊＊＊＊＊将軍・政治家。ウォータールーの戦いでナポレオンを破る

アメリカでは、『クマのプーさんとぼく』は、一九二七年十月の出版当日に、すでに九万部の注文があった。書籍販売の情報誌「小売書店情報」によれば、この詩集は「またもや疑いのない大当たり」であった。発売一か月は、一般書売上げのトップだった。「A・A・ミルンは、子どものための本の売れ行きが全国で他のすべての本を上回ることもありうることを、三度も示したのである」

大勢の人々がこの詩集を楽しみ、賞賛するなかで、強い反対の声が上がった。ドロシー・パーカーが、「愛読者」のペンネームで、最初の攻撃をしかけたのだ。「ニューヨーカー」一九二七年十一月十二日号で、彼女は新刊の二冊の子どもの本――『クマのプーさんとぼく』とクリストファー・モーリーの『秘密を知っている』（出版社はこの本を『アリス』や『ピーター・パン』や『クリストファー・ロビンのうた』の仲間入りをするにふさわしいと主張した）に対して、手厳しい批判を浴びせた。パーカー夫人はクリストファー・モーリーとクリストファー・ロビンがよく似ていて、混同しないのは難しいと指摘した。いかにも、彼女は二人を混同してしまう。

タイプライターの前でのたうつ不快な時間に、穏やかな夕べに、朦朧《もうろう》としてけだるいながらも眠らずにいる夜に、私の心は低くつぶやく。

クリストファー・モーリーがとんでいく、ピョコン、ピョコン
ピョコン、ピョコン、ピョン。
とぶのはやめてと、ていねいにたのんでも、
かれはいう、やめられないんだよ……

これはたまったものではない。もう諦めてしまおうか。この二人の妙ちきりんな子どもたちは、手のつけようがない。

しかし、パーカー夫人は諦めない。彼女の攻撃は続く。いつまでも、どこまでも、どこまでも、まるでクリストファー・ロビンのヤマネの尻尾のように。*パーカー夫人は言う、もし小さいときに、だれかが、モーリーのように、「かわいいいたずらっ子ちゃん」などと呼びかけたら、えくぼのあるこぶしを握りしめ、「あごの先に思い切り一発お見舞いしてやっただろう。」十分ありそうなことだ。モーリーの本は「気まぐれの新しい基準をつくり、風変りの新しい低劣さを示した。」『クマのプーさんとぼく』とは異なり、それは跡形もなく沈んでしまった。パーカー夫人がタイプライター

＊『クリストファー・ロビンのうた』のなかの詩「なまえをつけよう」

のリボンを無駄にする価値もほとんどなかった。彼女がやっとモーリー攻撃をやめて、ミルンに向かうとき、それは次のように始まる。

気まぐれといえば、A・A・ミルンを取り上げてみてはどうだろうか。A・Aミルンについて何か楯突くようなことをいうと、たちまち、孤児院に火をつけたり、足のわるい新聞売りの少年を殴ったり、幼い巻き毛の子どもたちを隅っこに誘って、サンタクロースは本当はパパがばかなまねをしているだけなのだと説明したりするような連中と同列に置かれることになるようだ。それは私も承知している。しかし、私も「ミルンの気まぐれ」について、強い反感を抱いている。たった今も、それを感じる。それが胸につかえている。

A・A・ミルンが私の唯一のヒーローだった時もあった。毎週、私は「パンチ」にとびついて、「A・A・M」の署名のある記事を探した。私は「週に一度」と「半時間」（おそらく「幸せなとき」のことだろう）を枕の下に置いて寝た、と言ってもいいぐらいだった。『赤い館の秘密』は擦り切れるまで読んだ。『ブレイズに関する真実』はすぐれた、容赦のない、正直な劇だと思った。だが、ミルンが風変りになってから、すべては終わった。今や彼は彼の人生を生き、私は私の人生を生きる。

『クマのプーさんとぼく』は『クリストファー・ロビンのうた』の続編で、ミルン氏は完全にウィニー・ザ・プーになってしまった。フェイ・ベインターが「東は西」を演じて以来、こんな念の入ったかわゆらしさを見たことがない。たとえば、「はじめに」の追伸を見てみよう。「プーが、これは別の本だと思ったとつたえてほしいそうです。気にしないでいただきたいそうですが、プーはある日のこと、友だちのコブタをさがしてこの本を通っていて、うっかりページの上にすわってしまったのです。」この文章一つ見ただけでも、クリストファー・モーリーは絶望してペンを踏みにじるかもしれない。A・A・ミルンはやはり巨匠なのだ。

ミルンの最近の詩について、私の意見はたった一人というほどの少数派である。それは気取っていて、ありふれていて、お粗末である。言いましたとも、お粗末である。さあ、このへんでやめにして、村八分にされる準備をしなくてはならない。

愛読者

アン・ダーリントンは、サンタクロースはいないという恐ろしい事実を漏らすひどい人々の一人だった。クリストファー・ミルンは、ある朝、タイト通りの幼稚園に乳母といっしょにいく途中で、アンがその思いがけないことを言ったのはここだったと、いつでも示すことができた。『クマのプーさんとぼく』は、アンに献呈されている。

アン・ダーリントンへ
七歳になったから
　そして
とってもとくべちゅな
ひとだから

「特別な」を「とくべちゅな」と書いたことは、パーカー夫人の他にも、多くの人々にいやな感じを与えた。クリストファー・ロビンが書き方をまちがえて、あの有名なはり紙にこう書いていたことは、別に問題がないようだった。

でかけた
すぎかえる
いすがし
すぎかえる

しかし、ミルンがちゃんと書けないふりをすることには、もっとも熱心な崇拝者の間にさえ、強い嫌悪感がある。だが、彼がアン・ダーリントンに贈った本には、心のこもった美しい献辞がミルンの手で書かれていて、アンへの特別な愛情を明らかに示している。

この歌の本は
愛するアン、きみのものだ
たくさんの愛と
ブルーからの愛を届ける
それから他にもう一つ
心からのお願いだ
「愛しいアンよ、ムーンから
遠くはなれないで」

アンの父、W・A・ダーリントンは、子どもたちがマロード通りにあるミルン家の子ども部屋の床の上で遊んでいたのを覚えていた。ダフネもいっしょで、「おもちゃの動物たちに命を吹きこみ、それぞれに性格を与えるのを手伝っていた。」彼によれば、アラン・ミルンは「遊びには加わらず、楽しそうに見ていた。」クリストファーの乳母は、前にも見たように、ミルン自身が遊びに加わったことを覚えていた。彼は「おもちゃたちに、まるで生きているように話しかけていました。」二人のいうことは、どちらも正しかったのだろう。ちがう日には、ちがう気分になるものだ。クリストファーは、自分と母とおもちゃたちがいっしょに遊んだことを覚えていた。「そして、動物たちに命が、性格が、だんだんと入っていって、あるところまでくると、父が引き継いだ。それから、最初のいくつかの話が書かれて、その周期が繰り返されていった。私の腕に抱かれたプー、朝食のテーブルで私の前に座っているプーは、ハチミツを探して木にのぼったり、ウサギの穴にはまってしまうプーだった」

たしかに、ミルンの手紙から想像すると、物語のアイデアは（フクロとウサギといっしょに）すべてミルンの頭から出たもので、子ども部屋からきたのはおもちゃの動物たちだけだった――もちろん、動物たちの性格や声は、クリストファー自身とダフネによるところが大きかった。ダフネはたしかに、プーと他の動物たちが生きているふりをすることにとりつかれていた。アメリカのレポーター、メイ・ランバートン・ベッカーの感情あふれる記事のなかに、ダフネのどこかいやらしい様子がちらりと見てとれる。ベッカーは二、三年前にミルン一家と会っていて、クリストファーへのプレゼントとして見事なインディアンの頭飾りを送っていた。ダフネの大喜びの感謝状から、彼女の話し方の特色がうかがわれるであろう。「クリストファー・ロビンはうれしくて、もう夢中でした。（中略）あの子のことを忘れずにプレゼントをお送りくださるとは、なんてご親切なのでしょう。彼もとっても喜んで、お礼を言っています。（中略）あの子があれをかぶって出かけるところを見ていただけるといいのですが。とっても可愛いいのですよ。」感情を溢れさせるのが、その時代の特徴だった。ミス・ベッカーが一九二八年にきたときは、レポーターというよりは、友だちとしてだった。彼女が訪れたとき、クリストファーはグラブをはめて、父を相手にボクシングをしていた。

細長い子ども部屋で壁は日光の色。著名な作家は窓下の腰掛にうずくまり、黄色の分厚いソファー・クッションを胸に抱きしめている。彼に向かって、攻撃にちょうどいいぐらい離れて、ボクシング・グラブをはめた少年が、ロンドン一の輝く茶色の目にかかる金髪を振り払い、脚はまさにプロの構えで前後に細かく動かしていた。

本物のクリストファー・ロビンはやはりシェパード氏の絵のように見える。おとなしくしているときや、黄色い子ども部屋の丸いテーブルで、とくに美味しいお茶をすませてくつろいでいるときのことだ。だが、クリストファー・ロビンのボクシングは、映画の、それも本格的でまともなものしか扱えない。これは間違いなく、本物なのだ。学校のかたわら、彼は有名なジムに通っている。たしかに彼はまだ小さい少年だけど、それを言うときは、「小さい」ではなく、「少年」のほうを強調すべきである。

彼がクッションを強打するのを見ていると、小さなしゃがれ声 ― ミルン夫人が部屋にいるときにプーが使う声 ― が「ねえ！ ぼくを支えて！ これを見逃すわけにはいかないんだ！」と叫んで、茶色いクマが私の肩からひざの上へころがり落ちてきた。私はすぐにクマを抱き起こし、その試合中ずっと、彼のふっくらした心地よい頭に頰をあてていた。アメリカの子どもたちに、「こういう風にプーを腕に抱いて、クリストファー・ロビンがボクシングをしているところを見られるようにしてあげたのよ」と言ったら、彼らがどんなに目を輝かせるだろう、と私は思った。

プーは、もうすぐ出るこの本、『プー横丁にたった家』のあとは、もうプーについての本はないと聞かされていた。彼がそれをよく理解したかどうか、私にはわからない。プーは何かの考えをのみこむのはゆっくりだったし、おもしろくない考えを理解しようと特に努力はしなかった。何だって！ 地球の反対側で、どの家にもあるおなじみの物の名前を変えるという、前例のないすごいことをやっておきながら、文学から引退するんだって？ アメリカでは、すべてのテディベアがほとんど一夜のうちに、子どものことばではプーベアになったのだ。

クリストファー・ロビンの本は、たしかにこれ以上はなくなるようだ。ミルン氏がそういっている。だから間違いないだろう。「いいえ、クリストファー・ロビンの本はもっと書かれるべきよ！」とミルン夫人は言った。「ほら、プーが泣いているわ！」たしかに、夫人の腕に抱かれた茶色のクマは、顔に両手をあてていた。だが、両手のすきまからこちらを真っ直ぐ見ている目は、自信に満ちていた。プーは文学における自分の地位が安全なことを知っているのだ。

その年にミルン家を訪ねたもう一人のクロード・ルークもまた、週刊文芸誌「ジョン・オー・ロンドン」に書いた記事で、チェルシーの日当たりのよい家の幸せな家族の印象を読者に伝えている。その家は、不思議なことに、「朝の、とても若い世界の朝の息吹」に満ちているようだった。「そんなすばらしい幼年時代のはかなさ」を嘆いたあとで、ルークは少年と子ども部屋の様子をリアルに伝えている——動物たち（「残念ながら、犬に噛まれた元々のコブタ」はおらず、代わりに、挿絵により近い大きさのコブタがいた）、『ドリトル先生』を含む本の数々、壁に飾られたシェパードの絵、スパイ*が描いた父の色付きスケッチ、あのアフリカの絵地図、あのインディアンの頭飾り。ルークがクリストファー・ロビンに、父の本が好きかどうかという見えすいた質問をしたとき、ドロシー・パーカーが子どもだったらやりそうな、えくぼのあるこぶしを握りしめる代わりに、彼は「人間の果てしない愚かさに驚いたかのように、しばらく私をじっと見つめ、それから乳母のほうを向いて、意味深長なことを言った。『ナニー、ぼくパパの本が好き？』それは、『このばかな人を放り出して！』というかのようだった」

＊A・A・ミルンの全身肖像画を描いた画家

ナニーが昼食の支度に階下へ下りていくと、クリストファー・ロビンはルーク氏に秘密のコーナーにある瓶のコレクションを見せてくれた。

「これ、ぼくの毒薬だよ！」と彼はささやいた。エドガー・ウォレス*さえぞくっとしそうな声だった。私は子どもっぽい筆跡のラベルを読んだ。一つは「レターズのためのサラーダ・ドレッシング」だった。もう一つは「フルッツ・サラーダのシンドー　のむとおいしい。」三つ目は「口のためのロション」だった。彼は一つを開けて、かがせてくれた。

「ぼく、これはがまんできないんだ」と彼は顔をしかめた。そして、それはイペカキュアナ・ワイン**と、小麦粉を練ったものとインクでできていると打ち明けた。我々は、がまんならない臭いだと意見が一致した。

あまりにもひどすぎることになっていた。明らかに、停止を命じるとき、すべてを終わらせるときだった。ミルンは終わらせようとした。しかし、メイ・ランバート・ベッカーが言ったように「プーの文学における地位は安全」で、それは、クリストファー・ロビンも退場しないということだった。名前を借りられた当の少年は、物語のなかのクリストファー・ロビンと共に生き続け、いつかは彼を受け入れなければならないのだろう。

『プー横丁にたった家』は一九二八年十月にニューヨークとロンドンで出版された。英国版のジャケットには他の三冊の本の売上げ総数が示されている。

『クリストファー・ロビンのうた』　十七万九〇〇〇部
『クマのプーさん』　九万六〇〇〇部
『クマのプーさんとぼく』　十万九〇〇〇部

アメリカでは、順位は同じで、売上げ総数はずっと大きかった。新しい本の書評は、イギリスでもアメリカでも、すべてが熱狂的な賞賛だった。みんなこれが最後の本だと聞いていて、書評家たちは口々にそのことを嘆いた。「パンチ」はこう書いた。「最後の本は最初の本と同じようにすばらしい。クリストファー・ロビンが成長しなければならないのは、残念なことだ。」「サタデー・レヴュー」誌はこうだ。「物語はまったく魅力を失っていない。これが終わりとは残念だ。」「タイムズ文芸付録」でさえ、ミルンが「成功の処方箋を機械的に繰り返したい誘惑」を退けたことを評価

＊作家。推理・スリラー小説で人気を博した。映画『キングコング』の脚本でも知られる
＊＊吐根《トコン》からつくる。主に吐剤として用いられる

しつつ、「物語がこれで終わりというのは悲しい」と述べた。「愛読者」、ドロシー・パーカーだけが、前年の攻撃を繰り返して、プーの鼻歌「雪がふればふるほど、ティドリー・ポン」をあざけった。この歌を攻撃するのは容易だった。

その歌は「プーには、いい歌のように、他の人にもうたってあげたい歌のように、思えました。」じっさい、とてもいい歌のようだったので、プーとコブタは、イーヨーにうたってあげようと、すぐに雪のなかを出かけていった。ちぇっ、なんてこと、ついうっかり、話の筋を言ってしまった。ああ、言わなければよかった。

プーとコブタが雪のなかを歩いているうちに、コブタはすこし気が弱くなりだした。「『プー』とコブタはとうとう、すこしおどおどして言いました。もうがまんできなくなりそうだと、プーに思われたくなかったのです。『ぼく、ちょっと思ったんだけど、これから家にかえって、きみの歌をけいこして、それからあしたか ー あさって、イーヨーに会ったときに、うたってやる、というのはどうだろう?』『それはとってもいい考えだよ、コブタ』とプーは言いました。『じゃあ、あるきながら、けいこしよう。でも、けいこするために家にかえるのは、だめだよ。だって、これはとくに雪の中でうたう「外の歌」なんだから。』

『ほんとに?』コブタは心配そうにききました。

『いいかい、コブタ。きいたら、わかるから。だって、こういうふうにはじまるんだよ。雪がふればふるほど、ティドリー・ポン――』

『ティドリー・何?』とコブタは言いました(コブタのことばは、まさにこの投稿者が言いたかったことだ)。

『ポン、だよ』とプーは言いました。『もっと調子よくするために、いれたんだ』」

親愛なる読者たちよ、この『調子よく』という言葉こそ、『プー横丁にたった家』のなかで、最初にアイドクチャもウェーーッとなっちゃったところだった。

ミルンはもちろん、これを嫌悪した。前年は、反撃したい誘惑を抑えたが、今度は十年以上も待ったうえで、自伝で、次のように書いた。

これらの本は子どもたちのために書かれたものだ。たとえば、ドロシー・パーカーが「愛読者」として「ニューヨーカー」に書いた記事で、『プー横丁にたった家』の五ページ目で「アイドクチャもウェーーッとなっちゃった(原文のまま、と言わせていただこうか)」と書いて洗練された読者を喜ばせたが、奇妙なことに、それでもその本の評価は変わらなかった。パーカー夫人が何と言われようと、乳しぼり娘がやってきたとき、オルダーニー種の牝牛は「わたしの乳がジンになったらいいのに」などと思いはしない。[*] 子どもの本の作家なら、出版社に向かって、「子どもたちのことは心配しなくていいですよ、パーカー夫人が喜んでくれますから」という人はいない。

ミルンは、パーカー夫人の記事が出るずっと前から、子どもの本はもう書かないと決めていた。その決意は本のなかに明確に含まれていたので、パーカー夫人は、彼の決断にいっそうの満足を与えただけであった。『プー横丁にたった家』の終わりで、獄舎の影がクリストファー・ロビンを囲みはじめ、すべてが終わろうとしている。学校とおとなになることが、どの子どももそうであるように、クリストファー・ロビンを待ち受けている。もう元と同じではいられない。

その年のクリスマスに、クリストファーは初めてサッカー・シューズを買ってもらって、「慣らすために」家のなかではいた。本の出版からちょうど三か月後の一月に、彼はプレップ・スクールに行きはじめた。スローン・スクウェアにあるギブス校だった。鮮やかな赤いブレザーを着て、初めて短くした髪に鮮やかな赤い帽子《キャップ》をかぶった。乳母がキングズ通りを走る十一番のバスで送っていった。ミルンはケンに書き送った。

ムーンは学校生活のただ中にいる、ダフは彼が十歳ぐらいに見えると言うが、ぼくはそれほどひどくはないと思う。とにかく、あるときは十二歳ぐらいに見えるかと思うと、今度は二歳のようになる。それに、彼に何かしろというと、「いやだよ、ブロッシュ」（ブルーがくずれた形だ）と言っていたのが、今は「はい！」と言って、それをするんだ。だが、なんとなく、この目新しさはすぐになくなる気がする。とても楽しそうで、同じ日にラテン語とフランス語を習い始めた。それから、四人のジョージ王**の家庭生活という課題に取り組んでいる（ちょっと早すぎると思うのだが）。


もう森を離れるときがきた。クリストファー・ロビンがプーに言った。

「ぼく、もう何もしないなんて、できなくなっちゃったんだ」

「ぜんぜんできないの？」

「まあ、それほどでもないけどね。そんなこと、していては、いけないんだって」

＊『クリストファー・ロビンのうた』のなかの「王さまのあさごはん」
＊＊ジョージ一世〜四世（一七一四〜一八三〇）

これは情緒的ではない。現実の感情を表しているのだ。受け入れられないとしたら、こちらの責任であって、ミルンのせいではない。最後の子どもの本の、しばしば引用される最後のことば、「少年とその子のクマがいつもあそんでいるでしょう」は、記憶のなかだけのことなのである。

うまくいっているうちにやめる、それが肝心だった。そして、できれば、息子をこれ以上、世間の目にさらさないことも重要な理由だった。一九二九年にミルンはこの決断に至った理由を、詳細に、説得力のある文章で書いた。一九二四年に最初の詩集が出たとき、読者がすでに少年に注目したことに驚きを示している。

いわば一夜にして、私自身は後ろに押しやられ、『クリストファー・ロビンのうた』のヒーローが、私が慎ましく期待したように、作者ではなく、その頃はほとんど聞いたこともない奇妙な名前の子どもだった、ということに気づいた時の、私の驚きと嫌悪感を想像できるだろう。それは、ハツカネズミを飼い、歩道の四角ではなく、線のうえを歩き、春の朝、何をしようかと考えた、このクリストファー・ロビンだった。アメリカ人たちが大さわぎして会いたがったのは、私ではなく、このクリストファー・ロビンだった。そして実際（おそまきながら認めるのだが）、この本がこんなにバカ売れしたのも、私ではなく、出版社でもなく、このクリストファー・ロビンのおかげだった。

ところで、このクリストファー・ロビンとは、何者であろうか――いまや『クリストファー・ロビンのうた』のヒーローとして受け入れられていて、まもなく『クマのプーさんとぼく』と二冊のプー物語の本のヒーローとなるこの子どもは？　私にとっては、私の想像力の子どもであった。今でもそうである。私は彼を思いついたとき、森のなかにいて、木のなかに住んでいる（子どもは本当はそんなところに住みはしない）少年を思いついた。子ども部屋ではない。そこで動物たちと遊んでいるのは、（この家に住む我々に関する限りは）違った名前の少年である。*このため、私はクリストファー・ロビンについて書くとき、とくに気にならなかったし、自分の家族を世間の目にさらすことに弁解が必要だとも思わなかった。プーとコブタ、イーヨーやカンガとその他の「動物たち」は、また別のケースである。私は彼らを「創りだした」わけではない。息子とその母親が動物たちに命を吹きこんで、私はただ「彼らを本にした」だけだ。動物たちは今も子ども部屋にいて、アーネスト・シェパード氏が絵を描く前に見たように、見ることができる。シェパード氏と私とで動物たちに形を与えたかもしれないが、私がすぐわかったように、見るだけでわかるのだ。プーは「頭があまりよくないクマ」で、トラーは「は

＊彼は家ではビリーとかムーンと呼ばれていた

ねっかえり」で、イーヨーは「ふさぎや」だということ、などなど。私は彼らを都合よく利用したが、実在のクリストファー・ロビンを利用したとは思っていない。私がクリストファー・ロビンから手に入れたのは、彼がまったく使わない名前と、友だちに紹介してもらうこと（中略）そして私が追い求めてきた輝きであった。

しかしながら、実在のクリストファー・ロビンと想像上のクリストファー・ロビンの区別は、私にははっきりしていても、他の人にははっきりしていなかった。そして、とにかく彼らには、あるいは私にも、この二人を区別する線が、本が出るたびに薄くなっている。そういうわけで、詩集とお話の本に切りをつける理由の一つが（やっと）はっきりしてきた。実在のクリストファー・ロビンはすでに、私が望む以上に、世間に知れわたってしまった。しかも、やがて、彼が成長していく過程で、自分が望む以上に世間に知れわたっていると感じるようになるだろう。我々はみな、老いも若きも、何らかの名をなしたいと思うものだ。しかし、それは、自分の選んだ方法で、そしてできれば、自分自身の努力で、なしたいのだ。オックスフォード・ケンブリッジ対抗クリケット・マッチ（アンダーテンがあるとして）に出場し、最後に三点取ってあの劇的決着をつけてヒーローになること、下級学校で文句なしの超軽量級チャンピオン（体重約二十八キロ）になること、学年で割り算の筆算のできるただ一人の生徒になることでもいい。このどれもが、いろいろな文学上の評判よりも、ずっと価値があるのだ。ロレンス*はこの先ずっと「アラビアのロレンス」と紹介されるのを避けるために、ショーと改名して、英国空軍に身を置いた。私はC・R・ミルンが自分の名前がチャールズ・ロバートであればよかった、と思わないことを願っている。

「アラビアのロレンス」とクリストファー・ロビンを比べるのは、一見、突拍子もないことのように見えるが、じつは反響し合うところがある。ロバート・グレイヴズ**はそのロレンス伝のなかで、「彼は自分を取り囲む伝説を軽蔑し、同時に愛していた」と書いている。このことは、クリストファー・ロビンにも、人生のさまざまな時期においてあてはまる。大きな違いは、もちろん、ロレンスの伝説は彼自身の業績に基づいているのに対し、クリストファー・ロビンの伝説はまったく自分自身がしなかったことに基づいていることだ ― そして彼の複雑な感情の対象は、次第に伝説から父親 ― 伝説を創り出した人 ― へと移っていった。

　ミルンが子どもの本を書くのをやめた理由が、もう一つあった。作家は、最新の本が自分の最上の作品だと信じなければならない。

＊軍人、考古学者。オスマン帝国に対するアラビア人の反乱を支援し、アラビアのロレンスと呼ばれた

＊＊詩人、小説家、評論家。親交のあったロレンスの評伝を書いた

私はこれだけ本を書き続けてきて、それぞれがその前作よりよいと言い切れるだろうか？　どうやればそれが可能なのか、私にはわからない。ダーウィンかだれかが、知識の世界を光の環にたとえた。光の円周が大きければ大きいほど、その周辺で照らされようとしている暗闇も大きくなる。子どもの想像力の世界はそのようではない。子どものときは、我々はその世界をくまなく探検し、その地図が心のどこかに埋められているが、描かれた記号の意味は忘れられている。外からの光がその地図を照らし出して、ほんの一瞬、地図が見えるようになる。その貴重な一瞬に、他の人のためにコピーをつくることができる。だが、光が消えてしまったら、そのコピーのコピーを作り続ける——そのことに価値があるだろうか？

あっさり告白しよう、書くことは楽しいのだ。書くことはインスピレーションだと言う人もいる。そういう人は歌う。しかしムネアカヒワのように、か弱い歌い方だ。一方、そのような気取った表現に反感をもつ人々もいて、書くことは単なるビジネスであって、他の仕事と同じだと言う。また別の人たちは、書くことは苦悩だ、（英雄気取りで）それぐらいなら、いっそどん底生活をしたほうがましだと言う。だが、たしかに、インスピレーションもあり、ビジネスの要素もあり、ときには、苦悩もあるが、大部分は、書くことは喜びなのである。探検のわくわく感である。探検が困難な土地であればあるほど、他の作家がすでに足を踏み入れていなければいないほど、（少なくとも私にとっては）よりわくわくする喜びになる。
さて、私は子どもの本から十分わくわく感を体験したし、同じ喜びを再び経験することはないだろう。少なくとも、私がおじいちゃんになるまでは。

A・A・ミルンは生きている間は、おじいちゃんにならなかった。彼のただ一人の孫、クレアは、彼の死の二、三か月後に、深刻な障害を負って生まれた。

ミルンはこのエッセーのタイトルを「章の終わり」とした。彼が四冊の子どもの本を書いてきた五年あまりが終わろうとしていたからだった。彼は今後、常にこれらの本とともに記憶されることになる。もう一つの、もっと長い、本になるくらいの章があったが、それも終わろうとしていた。『クマのプーさんとぼく』の出版直後、兄のケンの病状が深刻になった。ケンは長い間結核を患っていたが、病気を受け入れ、動き回り、静かだがほぼ普通の生活が送れるようになっていた。ところが、ここへきて床につくことになった。
初めのうちは、アランはそれほど心配しなかった。ケンは前にも床についたことがあった。今度のぶり返した病状から回復しないと考える理由はなかった。ケンは弟のアランが入手できるかぎりの最上の医学上の助言と治療を受けていた。「兄さんが望むなら、別の専門医に診てもらうことを恐れてはだめだよ」とミルンはケンに書き送った。次の手紙では、ミルンは息子のクリストファーがシェイクスピアの『十二夜』でサー・エイギューチーク*を演じるのを見たと報告した。「つまらない役だよ。何ページにもわたって、彼は『そう、そうだとも』しか言わず、それから長い間待ったあげく『わしもじゃ』と言うだけなんだ。だけど、まあ彼は芝居がうまくいくように努力したし、他の人たちは彼がとてもよかったと言っていた。ぼくの演技への期待度が高すぎるのだろう。」クリストファーが父を失望させたのはこれが最初であったが、最後ではなかった。ミルンは続けて書いている。

『第四の壁』はニューヨークで大ヒットしている。だが、ぼくはひどい挫折も味わっている。スカーバラの学校の教師が手紙で、プーの本からの一シーンを、謝礼を払わずに上演してもいいか、ときいてきた。ダフが、学内だけの上演でしたらどうぞ、と返事をした。すると、その教師がまた手紙をよこして曰く、「先週の日曜日に手紙を差し上げたところ、『シーリア・ブライス』なる人物から返事がきました。私は彼女ではなく、貴下にお願いをしたのです。貴下がこのような失礼な返事を書かれるならば（もし貴下が返事を書かれたのなら）、あのシーンは、いや貴下のどの作品のどのシーンも、くたばるがよろしかろう、貴下もともどもに。敬具。」これで、スカーバラからは何も期待できないことになった。

人生は、お金に不自由しない健康な人にとってさえ、順風満帆というわけにはいかないものだ。「フィアットが看護婦キャヴェル記念碑**のそばで故障して、家まで牽引してもらわなければならなかった。いつ修理できるのか、そもそも修理できるのか、まだ何の連絡もない。」この手紙をミルンはこう結んだ。「お願いだから、よくなって。心からの愛をこめて。アランより。」これから数か月にわたって、彼はこの言葉を何度も繰り返した。「お願いだから、よくなって」

この困難な時期でさえ、ケンの妻モードは、クリストファーのクリスマス・プレゼントに名前入りの特別の鉛筆を用意した。アランはケンの家族に、小切手ではなく、高額の紙幣を送った。そのほうが「まったく必要ではない」何か素敵なものを買うのに使いやすいだろうと願ったのだ。「兄さんと家族のみんなに、クリスマスおめでとう」とアランは書いたが、そのような挨拶を送るのはこれが最後になるのを、認めたくなかった。「新年が兄さんたちみんなにとってよりよい年となりますように」

ダフネとアラン・ミルンは一九二九年二月にスキーをしにスイスのグリンデルワルトに行った。

＊こっけいな登場人物

＊＊第一次大戦中、ドイツ占領下のベルギーから二百人の同盟軍兵士の逃亡を助けたかどで、ドイツ軍に捕えられ処刑された

一九〇七年に、アランが「パンチ」に入社してまもなく、ケンとアランは一緒にグリンデルワルトに行っていた。アランはケンのことが気にかかっていた。彼は、ケンと二人で楽しんだ長い山歩きを思い出した。そのルートを地図でみんなに見せたが、「だれも信じないんだ。」彼のそれ以前の最後のスイス旅行は一九一三年のことで、その時アランとダフネは婚約したのだった。彼はその時のことも思い出した。

十六年前、ぼくはゆるやかなスロープを滑り下りて、下で転んだ。ダフネは上で倒れたきり、下りてこなかった。だが、それ以上のことがあるようだ。ここではだれもがとても熱心で、とても上手な人がたくさんいる。彼らの滑りは、見ていてとても美しい。ぼくが出来ないことについていつも感じることだが、出来ること（といってもそう多くはないが）をすべてやるよりも、むしろ難しいこのこと一つをやりとげたいと感じる。

アランはケンに、スイスに行く直前に出席した「少年新聞*」主催のランチについて書いた。

ボールドウィン首相の乾杯の辞に応えて、編集長は少年たちから寄せられる質問について話した。ある少年――手紙の書き方から十歳ぐらいと思われる――の質問は、北極か南極に「男一人と犬一匹」で探検に行くのにどれぐらい費用かかるか、というものだった。これを聞いて、ぼくは思わず大声で「おー！」と言ってしまい、なぜか涙が一つぶ鼻のわきをこぼれ落ちるのに気づいた。

ミルンは自分がなぜそれほど感動したか、ケンが理解するのがわかっていた。彼は、少年の頃の自分たちのことを思って胸が熱くなったのだ。失われた子ども時代、二人でいっしょに楽しんだすべての探検や冒険、二人の少年と犬 ─ ずっと昔に飼っていたブラウニーという名の雑種犬 ─ を思い出して、涙を流していたのだった。そしておそらく、人生は価値があり、満足できるものではあったが、少年の日に想像していたような意欲をかきたてる目標を与えてはくれなかったこと、そしておそらくは、自分が知る唯一の雪は安全で心地よいスイスの雪で、北極の雪ではなかったことに、涙を流していた。

何よりもミルンは、失おうとしている兄のために涙を流していた。ケンは一九二九年五月二十一日に四十九歳で亡くなった。ミルンの子ども時代との最も血の通った絆は失われた。記憶は、彼の最もすぐれた子どものための作品を生み出した源泉だが、いまや苦痛に満ちたものとなった。

＊週刊の少年向け物語新聞。刊行期間一八七九〜一九六七

終わりに

アラン・ミルンは、兄のケンが没し、クリストファー・ロビンについて書くのを止める決意をしたのち、さらに二十八年生きた。だが、ミルン自身も息子のほうも、四冊の子どもの本が彼らにもたらした特殊な有名税を免れることはできなかった。ミルンは一九三一年にアメリカ合衆国を訪れているが、表向きはおとな向けの新作の小説『かれら二人』を宣伝し、新しい劇の執筆計画について相談するための訪問だったにもかかわらず、書店やパーティで出た質問はすべて、クリストファー・ロビンとクマのプーさんに関するものだった。その二年後、アメリカの「ペアレンツ」誌は、世界で最も有名な五人の子どものひとりとしてクリストファー・ロビンの名を挙げた。

一九三〇年代になると、ミルンとダフネは、次第に別々に過ごすことが多くなっていた。プーの本やそれに伴う名声に固執するダフネの熱狂そのものが、夫婦間の軋轢の元となり、ミルンはプーの本を書いたことを悔いることさえあった。ダフネのほうは、ミルンが好む静かな生活（執筆していないときには、ゴルフ、クリケット観戦、クロスワード・パズルなど）では、十分満たされないと感じていた。ふたりが、むしろ他の人たちとのほうが幸福を実感し得ていた証拠がいくつもある。アラン・ミルンは、「今ある幸せを見逃さないようにしなさい、さもないとそれを失ってしまう」と言った。ミルンは、子どもたちだけが混じり気のない幸福を経験できると思っていた。おとなになると「幸福はいつも、その代価を払う羽目になることを知っているために汚れる」からだ。深刻な男女問題もあったものの、結婚生活は何とか続いた。

アラン・ミルンの父親が一九三二年に亡くなった。子ども時代に結びつくあらゆる繋がりが断たれてしまった。ミルンは、成人してからずっと、自分が次に書くものや、次に「パンチ」に書く記事、次の劇、次の小説などを楽しみにしながら、きわめて楽観的に生きてきた。いつも、自分で名声を作りだしているような気がしていた。ところが、今や確実に、自分が名声を手にしたこと、そして、それは自分の望んだものではなかったこと、を認めざるを得なくなった。

この本では、一九三〇年代の社会情勢の緊張や緊迫について、詳しく記す必要はないだろう。ミルンは、政治状況やファシズムの台頭に関して、あるインタヴューに応えて、「堪えがたいほどつねに頭がいっぱいだった」と語っている。彼の作品の一つ、戦争反対の小冊子『名誉ある平和』が一九三四年に出版され、驚くほどの成功を収めた。このとき、一時的に、ミルンは、クリストファー・ロビンの父親として以外で有名になった。ところが、彼の平和主義者的見解にはあまり勝ち目がない時代だった。そのような見解は「妥協策」と見られ、ミルン自身も、戦うべき何かがある、と思うようになった。六年後、『名誉ある戦争』を出すに至る。それ以外は、彼のおとな向けの本は売れ行き不振で、劇の評判も冴えなかった。

『ヒキガエル屋敷のヒキガエル』（彼のお気に入りのグレアムの児童書を劇にした）一作だけが、熱狂的に受けいれられた。この劇は、ずっと以前の一九二一年に、カーティス・ブラウンに勧められていたのだが、ミルンがようやく筆を執ったのは一九二九年になってからだった。このミルン版は、二十一世紀になって、アラン・ベネット版の『たのしい川べ』に取って代わられるまで、何年もの間、子どもたちのクリスマスのお愉しみとして上演され続けた。

ミルンは、自分の作品の書評やプーの本に言及するのに絶えず用いられる'whimsical'（「お茶目」「気まぐれ」）という言葉を嫌うようになった。たとえば、ただ、「ネコがマットにすわった」という読み書きを習う子どもたちにお馴染みの単純な文を書いただけで、ネコでふざけている、それも「本物のネコではなく、『クマのプーさん』の作者が我々を喜ばせようとして魅力たっぷりに創りだしたような架空の子ネコちゃん」などと非難されたのだ。

一九四〇年に『セイラ・シンプル』がアメリカで上演されたとき、ある劇評家に、『ピムさん通れば』『ブレイズについての真実』『ドーヴァー街道』ほどの傑作を書いた劇作家が、「今ではクリストファー・ロビン並みの未熟なものしか書かない」と酷評された。むろん当時は厳しい時代だった。劇評どころではないと思われていた時代だ。だが、これにより、ミルンは、自分が人々の記憶に残るのは、劇作家としてではなさそうだということを思い知った。

Ａ・Ａ・ミルンは、今や、自分で想像したこともないほど裕福になっていた。不平を言うのは不遜に思えた。プーはすでに、三〇年代の一大産業になっていたのだ。プーの本四冊すべてがたいへんな売れ行きを見た。世界中で翻訳され、それに刺激されて、「衛生的なぬいぐるみ」、ボード・ゲーム、カレンダー、ジグゾー・パズル、便箋、子ども用陶器などが大量に販売された。本そのものからも絶えず副産物が生まれた。プーのハミング集、歌集、クリストファー・ロビンのお話集、クリストファー・ロビン読本、クリストファー・ロビンの詩集（十二枚のカラー図版付き）など。アメリカでは、プーの本四冊の総売り上げはすでに百万部に達していた。イーヨー、トラー、コブタ他の登場者たちは、英語文化圏で共有され語り継がれる物語世界の一員として、我々の共通言語や思考の一部として、定着しつつあった。

アラン・ミルンにとって、三〇年代でもっとも重要なことは、息子との関係であった。クリストファー自身が回想録『クマのプーさんと魔法の森』にこう記している。「大きな喜びを自らの少年時代からすくいだしていた父は、私の中に自分がそこに一緒に戻る仲間を見出した。」ケンの没後まもなく、クリストファーがよくなついていた乳母のオリーヴ・ランドが去るときが来た。彼女は、ようやく遠慮なく結婚できると感じたのだ。ミルンは、結婚祝いに、「夕べの祈り《ヴェスパーズ》」と呼んでいた彼女のコテージを改装してやった。九歳のクリストファーは、寄宿学校に送られるが、休暇中は、かつてクリストファー少年の大のお気にいりがオリーヴだったときとは異なり、父子の間に入る者はだれもいなかった。

ミルンにとって、クリストファーは、成長するにつれ、少年時代の兄のケンのような存在になったのかもしれない。サマセット州にいる寝たきりのケンに送っていた手紙は、ケンの没後は、学校にいるクリストファー宛てになった。ふたりは、学校の休暇中、コッチフォードやロンドンやドーセットで、いろいろなことを一緒にするようになっていった。十年間ほど、少年は父親のいちばんの親友になったのだ。少年は、このかなり早い段階で、一流のクリケット選手になれるかもしれないと思えた。ミルンは、ある旧友に、こう書き送っている。「どの学年にいても、いつも、クリストファーが最年少で、たいていトップさ。親バカを許してくれ。とにかくあいつはかわいいやつなんだ。」クリストファーは知識欲が旺盛で、代数学やギリシャ文字を熱心に学びたがった。ふたりは一緒に、球技、クロスワード・パズル、ユークリッド幾何学や、モールス信号も楽しんだ。

一九三四年の夏、ミルンは、十四歳になった自分の息子のことをこう書いている。「ムーンは七月にプレップ・スクールを終えた。学年のトップ、聖歌隊のリーダー、クリケットのキャプテン、それにサッカーのレギュラーとしてだ。」クリストファーは、父親が選んだストウ校への奨学金を得ていた。ミルンは、息子がどんなに自分の知名度を疎ましく思うようになっていたのか、おめでたくもまだ気づいていなかった。息子は、この段階では父親のせいにしていたわけではないが、本人の言葉を借りると、「『クリストファー・ロビン』が現れだし、やがて、癒すことができないような深い傷になりつつあった」

一九三六年に、ミルンはある友だちに、こう書き送っている。息子は「この世で、もっとも徹底して慎み深く、甘やかされておらず、熱意にあふれた、幸福ないい子だ。ずばり、かわいくてたまらないよ。」クリストファーは、父親が「生涯を通して思ったことを口にできなかった」と述べているが、私の伝記を読むまで、彼はこの手紙を読んでいなかったのだ。おまけに、ストウ校で、隣りの勉強部屋にいる少年たちが、クリストファーの歌う「おやすみのおいのり《ヴェスパーズ》」のレコードを手巻きのグラモフォンで何度も何度もかけては、「幸福ないい子」を絶望の淵に追いつめていたのも、このころのことである。クリストファーはひどく傷つきやすかった。しかし、たいていは、詩の本やクマのことは忘れ、自分の勉強に専念できていた。数学では父親より優れていたほどだったが、役立つかもしれなかったクリケットでは、父親の夢は叶わず、三軍止まりに終わった。

三〇年代半ばの四年間、父と息子は、ドーセット州の海岸の借家で、ケンの未亡人モードとクリストファーのいとこの三人の子どもたちと、休暇を過ごした。モードは五十歳で、食事の世話を引きうけた。他の五人は遊び、泳いだ。クリストファーは次のように回想している。「私たちにとって子ども時代は非常に意味あるものだったので、過去へさかのぼる道は短く、過去と現在の往復はたやすかった。」ときに、ボートをこいだり、テニスをすることもあったが、いつも、海で泳ぎ、クロスワード・パズルをし、紙とペンのゲームをいつまでも続けた。

ミルンは、次第に、未来よりも過去を見つめることが多くなった。一九三八年、ミュンヘン危機*が最も緊迫していた時期で、これは無理からぬことであった。ミルンは『自伝』を執筆中で、一九三九年に、アメリカでは同名のタイトルで、イギリスでは『今からでは遅すぎる』として、出版された。ミルンは、この自伝の半分以上を、自分の前半生の幼年期、学童期、学生時代に割いていて、著名な四冊については、そここそが多くの人々の関心を集める部分だと気づいていたはずなのに、ほんの数ページしか充てていない。クリストファーという名については、「ローズマリーと呼ぶつもりでいたのだが、あとで、ビリーのほうがもっとぴったりだと考えた」ということぐらいしか述べていない。結局、クリストファー・ロビンという名で登記したが、「この名は、無駄になってしまった。というのは、口がきけるようになるとすぐ、この子は自分をビリー・ムーンと呼ぶようになり、それ以後、家族や友人の間ではムーンと呼ばれたためだ。私がこのことをわざわざここに書くのは、その後、『クリストファー・ロビン』という名が世間に知れわたったものの、我々の私生活にはまったく影響がなかったことを説明するためだ。その名は、ある本に登場する一人物名として出てきたに過ぎなかった」

＊チェコスロバキア北西部の帰属をめぐる緊迫した情勢

クリストファー少年は、たしかに、通常の思春期の反抗的な兆候をまったく見せたことがなかった。彼が見せはじめた兆候は、はりつめた神経、増しつつある内気さ、おそらく意識はしていなかった悩み、つまり、父親が深いところで自分に対して抱いている野望にぜったいに応えられないという不安や、あの魅力的で優秀なクリストファー・ロビンという子どもが仮に「成長する」のを想像することがあったとしたら読者が期待するような、さっそうとした青年には絶対なれないという不安が、外見にも出てきたことである。学童クリストファー・ミルンは、打ち震え、口ごもり、自分の行ないすべてにおいて父親を喜ばせることを切望し続けたのである。

一九三九年、宣戦布告前夜の最後のあの美しい夏に、ダートムアで共に休暇を過ごした父子は、未だに極めて緊密で、戦時中もそうあり続ける。当時は、大半のとき、何百キロも離れていたにもかかわらず、ずっとそうだった。クリストファーは、その年の秋、ミルンも学んだケンブリッジ大学のトリニティ・コレッジに進学した。

ミルンは、ある種の韻文的戦争日誌を書くことで、長らく放っていたライト・ヴァースの腕を磨くことに慰めを見出す。そして、戦争の始まった年に、「パンチ」誌上に発表した。一九四〇年十月に『戦線の背後から』という本になって出版されたときには、次の献辞が添えられた。

私の親愛なる分身、

C・R・ミルン、トリニティ・コレッジの数学者の卵へ
そして、この本が世に出るころには、
運がよければ英国陸軍工兵隊員になりし者へ

クリストファーは、神経が昂ぶり過ぎて震えが止まらず、一次の身体検査に落ちたが、父親の介入によって、再度、徴兵検査を受ける機会を得ていたのだ。息子のほうもその気になり、何とか口頭試験を通り、一九四二年七月、ついに任用され、英国陸軍工兵隊の大隊とともに中東に向けて船出した。

　この戦争こそが、結果として、彼が必要としていた父親からの逃避や、自分らしくなること、子ども時代に決別することを可能にしてくれた。本人いわく、この五年間が、「おとなの人生を築くのに必要な、堅固で長続きする礎をつくってくれた」

　ミルンは、中東、北アフリカ、イタリアなど、息子の行く先々に手紙を送り続けた。一九四四年十月七日、コッチフォードのミルン夫妻に恐ろしい電報が届いたとき、クリストファーはロンバルディ[*]にいた。彼は行方不明になったのではなく、むしろ同じぐらい恐ろしい知らせで、「砲弾によ

＊イタリア北西部の州、州都はミラノ

り右後頭部に負傷し重篤」ということだった。のちに、頭部の傷はそれほど深刻なものではなかったことが判明した。ミルンは、「タイムズ」紙に投書し、陸軍省の通知のし方に抗議した。

これに匹敵するほどの苦悩はその後はなかった。ただし、心構えができていなかった別の苦悩がミルンを襲うことになった。イタリアのトリエステでひとりの少女が現れ、少年を父親に縛りつけていた「絆を緩める助けとなった。」ミルンはよく息子に、自分の二本の足で立ち、自力で名を成すよう望んでいる、と語っていた。ところが、ようやく、クリストファーがその一歩を踏みだしたとき、ミルンはそのことに耐えがたい苦痛を覚えたのである。

父子に最後の亀裂が生じたのは、戦後のことだった。クリストファー青年は、多くの帰還兵と同様に、仕事に就くのが難しい状況を見て、学位を取るためにケンブリッジ大学に戻り、英文学専攻に転じたが、三等級*の成績で卒業した。

> 私の提供できる才能を利用したいと思ってくれる雇い主を探して、重い足を引きずりながらロンドンの街中を歩きまわった。悲観的なときには、父が、幼い私の肩に乗っかって今の地位まで登りつめ、私から名誉を奪ったあげく、父ミルンの息子という空疎な名声だけを私に残したのではないか、と思えた。

今となっては、ふたりが共有しているものは一つだけのようだ。「私がクリストファー・ロビンから逃れたいと思っていたとしたら、父もまた同様だった」

　父と息子の間にあった絆が強かっただけに、それを断ちきるのはいっそう困難だった。ふたりが同席したほぼ最後は、クリストファーが従妹のレズリー・ド・セリンコートと結婚したときである。若い男女がお互いに知らないことを残念に思っていた、共通の継祖母に引きあわされたのだった。レズリーの父親のオーブリーは、クリストファーの母親のダフネとは、何年も疎遠だった。だが、結婚は「親の諍いを鎮め」はしない。クリストファーはレズリーと結ばれて敵陣に加わった。レズリーは、『クマのプーさん』にまったく関心がなかったのである。

　一九五一年に、クリストファーとレズリーは、デヴォン州のダートマスに、自分たちの書店を開いた。その後、ふたりの物語は五十年近く続き、それにより、クリストファーは、二冊目の回想録『クリストファー・ロビンの本屋』の前書きに、「ふたりは幸福な日々を送った」と記すことができた。彼は、生身のクリストファー・ロビンであることを忌み嫌う思いをまったく払拭できなかったものの、自分の店で四冊の有名な本を見たとき、ついに、父親を誇らしく思わざるを得ないことを認めた。彼は、自分と妻が、ハーバー書店で自力でがんばっている事実を誇らしく思っていた。父

＊学年末・卒業試験の成績は、一、二、三の等級に分けられる

の遺産の取り分は、身体障害のある娘クレアのための信託に委託され、この信託は、二〇一二年のクレア没後も、イングランド南西部の身体障害者支援のために継続された。

A・A・ミルンの最晩年期は、ダフネと和やかにアッシュダウンの森のはずれの家で暮らし、とうとう、不朽の名声への希求と、もっとも有名な自分の創造物「クマのプーさん」とに折りあいをつけたものの、幸福とは言えない。ある若いファンにこう書き送っている。「あれについて触れられると激怒していた時期があったが、今では『穏やかな心地よさ』があれを包んでいるので、私の好きな作家のひとりが創りだした、私には関係のないもののような気がする」

奇妙な発言である。おそらく、ようやく、ミルンにも、自分の四冊の本が、ケネス・グレアムの『たのしい川べ』と同じ特別な書架に並ぶのにふさわしいことがわかってきたのだろう。

一九二六年、『クマのプーさん』の出版直後に、A・A・ミルンは、次のように書いた。「私たちはだれでも、ひそかに、不朽の名声を望んでいるのではないでしょうか。あの世で何をしているとしても、この世では永遠に生き続ける名を残すことを期待して。」ミルンは、求めていた方法とは異なるものの、まぎれもなく、ある種の不朽の名声を手にいれたのである。

A・A・ミルンは、長く患ったのち、一九五六年に没した。クリストファー・ロビン・ミルンは、その四十年後に没した。

著者アン・スウェイト（Ann Thwaite）について

一九三二年ロンドン生まれ。第二次大戦時中、ニュージーランドに疎開したのち、イギリスに戻り、オックスフォード大学セント・ヒルダズ・コレッジで学ぶ。東京をはじめ世界各地を訪れつつ、ノーフォーク州の田舎に長らく暮らし、伝記作家、児童文学作家として活躍してきた。夫で詩人のアントニー・スウェイト氏との間に四人の娘、九人の孫がいる。

英語圏では、最も著名な伝記作家のひとりとして知られ、これまでに著した伝記の代表作五冊は、いずれも大きな文学賞や高い称賛を受けている。第一作は、一九七四年の『パーティを待ちながら』（*Waiting for the Party*, 1974、副題 *Beyond the Secret Garden* を付けて二〇〇七年に再発行）で、フランセス・ホジソン・バーネット（『秘密の花園』（*The Secret Garden*）の作者）の伝記である。次に著した『エドマンド・ゴス 文学の風景』（*Edmund Gosse: A Literary Landscape*, 1985）で、同年のダフ・クーパー賞を受賞、英文学の大御所ジョン・ケアリーに「この時代に書かれた文学的伝記作品の最高傑作」と評される。次作『エミリー・テニスン 詩人の妻』（*Emily Tennyson: The Poet's Wife*, 1996）は、妻の伝記を通してテニスン自身の姿が浮き彫りにされた最も興味深い伝記として広く好評を博す。『宇宙の神秘を垣間見て』（*Glimpses of the Wonderful*, 2002）は、エドマンド・ゴスの父フィリップ・ヘンリー・ゴスの生涯を記したもので、「インディペンデント」紙でD・J・テイラーにより、「これまで書かれた伝記ベスト10に入る」と絶賛される。そして、第五作『A・A・ミルン　その生涯』（*A. A. Milne: His Life*, 1990）（本書親本）で、ウィットブレッド文学賞の伝記部門年間最優秀賞を受賞する。番外編『クマのプーさん　スクラップ・ブック』（*The Brilliant Career of Winnie-the-Pooh*, 1992）も著した。二〇〇九年に発表した、『通り道　あるニュージーランド一家の物語』（*Passageways: The Story of a New Zealand Family*）で、英国から移民した自らの八人の曽祖父母の足跡をたどって、伝記的な作品の締めくくりとした。本書『グッバイ・クリストファー・ロビン』は、著者の本格的な伝記の本邦初の翻訳書である。

児童文学作家としても、『砂に消えた文字』（*Camelthorn Papers*, 1969）以後、数多くの絵本や読み物を著している。また、一九六八年から七年間、年刊作品集《アニュアル》『よりどりみどり』（*Allsorts*）を編集したり、英国には珍しい「文庫」を自宅で開き、蔵書を地元の子どもたちに開放するなどの独自の活動も行ない、子どもの本の世界にも大いに貢献してきた。

これまでの優れた業績が認められ、イースト・アングリア大学より名誉博士号、オックスフォード大学より文学博士号を授与される。王立文学協会会員、ロウハンプトン大学（国立児童文学研究センター）名誉会員。

主なA. A. ミルン（関連）の著作

本書では、日本語の既訳書があるものは、その訳題を書名として用いたが、原題から離れているものもある。以下に、既訳書の訳題、訳者名、版元：原著の著者名、書名、出版年、原題の直訳、を示しておく。

・小説・詩集

『赤い館の秘密』大西尹明訳、東京創元社：*The Red House Mystery,* 1921.（『赤い館の謎』）

『クリストファー・ロビンのうた』小田島雄志・若子訳、晶文社：*When We Were Very Young,* 1924.（『ぼくたちがとても小さかったころ』）

『クマのプーさん』石井桃子訳、岩波書店：*Winnie-the-Pooh,* 1926.（『ウィニー・ザ・プー』）

『クマのプーさんとぼく』小田島雄志・若子訳、晶文社：*Now We Are Six,* 1927.（『ぼくたちはもう六歳』）

『プー横丁にたった家』石井桃子訳、岩波書店：*The House at Pooh Corner,* 1928.（『プー・コーナーにある家』）

・伝記

『今からでは遅すぎる』石井桃子訳、岩波書店：A. A. Milne, *It's Too Late Now,* 1939.（『もう遅すぎる』）

＊同時発売の同書アメリカ版は『ぼくたちは幸福だった ― ミルン自伝』：A. A. Milne, *Autobiography,* 1939.（『自伝』）

『クマのプーさんと魔法の森』石井桃子訳、岩波書店：Christopher Milne, *The Enchanted Places,* 1974.（『魔法のかかった場所』）

『クリストファー・ロビンの本屋』小田島若子訳、晶文社：Christopher Milne, *The Path Through the Trees,* 1975.（『木々の間の道』）

『A・A・ミルン その生涯』（未訳）：Ann Thwaite, *A. A. Milne: His Life,* 1990.

『クマのプーさん スクラップ・ブック』安達まみ訳、筑摩書房：Ann Thwaite, *The Brilliant Career of Winnie-the-Pooh,* 1992.（『クマのプーさんの輝かしき仕事』）

『グッバイ・クリストファー・ロビン』（本書）：Ann Thwaite, *Goodbye Christopher Robin,* 2017.

＊上記、Ann Thwaite, *A. A. Milne: His Life* の短縮版。

訳者あとがき

ミルンとはどうも不思議な縁があるらしい。これまでそのことをあまり深く考えたことはなかったのだが、実は、節目節目で出会いと再会を繰り返してきている。

まず、私が小学生のとき母に勧められて挑戦した初の「長編小説」が『クマのプーさん　プー横丁にたった家』だった。あまりに長く、読み切るのは本当にたいへんだったが、達成したときの喜びは格別だった。その達成感に加え、そこで出会った石井桃子訳の何とも味わいのある文章は、その後も「楽しい」言葉として響き続けてきた。作品と再会したのは大学二年のときだ。橋爪茂子先生の二年次リーディングのテキストが *When We Were Very Young／Now We Are Six／Winnie-the-Pooh* だった。小学生のときがんばって読破した作品を、今度は原書で（しかも注釈なしの「本物の」ペーパーバックで）読むことは特別に魅力的な課題だった。今も手元に残してある三冊には、予習時と授業中に書き込んだ鉛筆書きがびっしりある。その後、大学を卒業してしばらく経ってから、イギリスで本格的に児童文学を学ぼうと思いたち、母校の聴講生になった。それが、たまたま、本書の原作者アン・スウェイトさん（ご本人との約束で「先生」と呼ばないのをお許しいただきたい）が客員教授として東京女子大学にいらした年だった。もちろん、その授業はミルンが中心で、作品の背景や作家の人となりについて本格的に学ぶまたとない機会となった（まさに本書の親本が生まれようとしていたときだったのだ）。とはいえ、私自身が若すぎて未熟だったせいで、プーの本四冊がもたらした作家父子の苦悩や人生の皮肉までは、リアルに実感できないまま、過ぎていた気がする。

それが、昨年の六月十五日、別の拙訳書の仕事がようやくすべて終わり、その最後の校正紙を国書刊行会に届けて帰宅すると、アンさんからのメールが待っていた。そこには、本書の原作が出版されることとそれに基づく映画が完成しつつあることに加え、親本よりもだいぶ短くなったから、日本語に翻訳して出せないか、と添えられていた。親友の山内玲子さんと相談してみて欲しいということも。早速、その晩、編集の中川原氏にメールを出した。「耳寄りのお知らせ」という件名で、私はこう切りだしている。「もう、お前はうんざりだと言われそうなタイミングですが、別件でちょっとお知らせです。…話題作なので、早い方がよいと思いまして。」翌朝九時十九分の同氏の返信「いい感じですね。弊社としても積極的に受け入れますので、前向きにおすすめくだされば幸いです。」プーの魔法だった！

そんなわけで、私も少しだけ訳を分担させていただくことになり、ここにこうしてあとがきを記している。プーの本はとても魅力的だが、音の遊びが多く、非母語話者には手強い。そのせいか、これまで私は研究対象にしてこなかった。いや、それ以上に、好きな作家・作品としてテキストを読んで（あるいはシェパードの素晴らしい絵を見て）楽しむだけにしたかったのだと思う。しかし、今回の翻訳を通じて、これまで自分自身が本気で洞察することのなかった「クマのプーさん」の世界の光と影に触れ、人間の幸福、とりわけ子どもであることの幸福について、何度も考えることができたのは、とても幸運なことであった。私もようやく人生の機微がわかる年齢に達したからかもしれない。そして、その機会を、山内玲子さん・久明さんご夫妻と共有できたのは本当に光栄なことだった。玲子さんには訳文を丁寧にチェックしていただいたうえ、R・S・トマスの詩の解釈では、久明さんにもご教示いただいた。そして、何にもまして嬉しいのは、アンさん待望の邦訳書出版を通じて、私のイギリスでの学びの門戸や人脈を拓いてくださった三十年来のアンさんへの恩返しを少しなりともできることである。

田中美保子

本書は、アン・スウェイト氏によるミルンの大部な伝記『A・A・ミルン　その生涯』（一九九〇）のなかの、『クマのプーさん』をはじめとする四冊の子どもの本が書かれた背景と、その驚異的な成功がミルンと息子のクリストファーとに与えた影響に関する中心部分を取り出したものである。ミルンの生い立ちや晩年など、前後の部分を思い切り簡潔にまとめ、注や引用の出典などの学術的な要素をすっぱり削除して、ずっと軽やかになった本書は、気軽に手にとれる読み物になっている。親本の単なる短縮版ではなく、焦点を絞っているだけに、主題がくっきりと浮かび上がっている。プーさんの物語に親しんでいる読者はもとより、何となくプーさんを知っている人、アニメやグッズを通してしか知らなかった人にも楽しめ、多くの発見とともに深い感動を与えるであろう。

著者アン・スウェイト氏とは、長くて深いご縁がある。詩人アントニー・スウェイト氏が初めて来日された年の秋、アン夫人を伴って私の大学に講演にこられた時から数えれば、なんと六十年以上になる。アイルランドの詩人、イェイツについての講演であった。まだ一年生だった私は講演を理解する知識も能力もなかったが、スウェイト氏の詩の朗読の美しさと、学生一同、陶然として聞き入った光景をはっきりと記憶している。金髪に黒いドレスのアン夫人の姿も印象に残った。その後、夫がスウェイト氏の東大における教え子であったことから交流が始まり、今日に至るまで、日本とイギリスで、家族ぐるみのご縁が深まった。折にふれ、夫妻の作品を日本に紹介したいという話が出て、アンさんが私にバーネットの伝記、『パーティを待ちながら』の翻訳を提案してくださった。そのときも、その後『A・A・ミルン その生涯』が出版されたときも、私は出版社を探そうと努力したが、実らなかった。いろいろな翻訳を手がけつつも、アンさんの作品を翻訳できていないことがずっと心残りだった。

ところが、昨年の夏、アンさんから、『グッバイ・クリストファー・ロビン』が出版され、映画にもなった、ついては、この本を田中美保子さんといっしょに日本語に訳してほしい、という思いがけない提案が舞い込んだ。しかも美保子さんのご縁で国書刊行会が出版を承知してくださったという、夢のような有難いお話であった。こうして、長年の願いがかなうことになり、心からうれしく、感謝の気持ちでいっぱいである。

翻訳の分担については、アンさんから明確な指示があった。本文の一章から六章までを玲子が、その前後の、日本語版に寄せて、序文、はじめに、この本を読む前に、終わりに、は美保子が、それぞれ訳し、お互いの訳稿を読み合い、忌憚ない意見を交わして、直し合うようにというものだった。私たちは当然それに従い、分担量が多くて仕事が滞りがちな山内を補って、著者紹介の執筆と著作リストの作成や込み入った連絡などは田中が受け持った。頼もしくも寛容な年来のよき友人と共に、共通の大切な友、アンさんの作品を訳すのは、大きな喜びで、アンさんの声が聞こえるように感じながら、仕事を進めた。

兄や友人たちに宛てたミルンの手紙には、息子に対する細やかな愛と喜びと誇らしい気持ちがあふれている。おとなになってからのクリストファーは、父を知らなかったから愛せなかった、父から愛されていなかった、と感じていたと回想記で述べているが、アンさんの伝記のなかで初めてこれらの手紙を読み、父から深く愛されていたことを知る。父への長年のわだかまりが、これによって晴れたのであろう。伝記を読んで、クリストファーは、伝記執筆を許可したあとも消えなかった疑問や不本意な気持ちがすっかりなくなり、「称賛と幸福感以外は何も残っていない」と著者に書き送った。このことは著者を深く安堵させ、喜ばせたが、同時に読者を感動させる。伝記の力を感じさせる。

私のプーとの関わりは、ケンブリッジに住み始めたころ、幼い息子が寝る前に、夫と交代で読み聞かせる本として始まった。ピーターラビットの次ぐらいだった。その後、『たのしい川べ』やナルニアのシリーズから『ホビット』へと進んでいく途中で、プーはくり返しリクエストが出たものだった。帰国後、児童文学の仲間とも読んだが、今回ひさしぶりにじっくり読み直し、詩集のすばらしさも再発見した。イギリスやアメリカでは、二冊の詩集は、プーの本に引けを取らないほどの人気という。言葉の問題もあろうが、日本では今ほとんど読まれていないのではないだろうか。とても残念なことである。プーのお話や詩が、どうしてあんなに子どもとおとなを引きつけるのか、本書はたっぷり語ってくれる。忘れかけていた魔法の森の木々と空が見えてくる。

本書の出版を快諾してくださった国書刊行会の佐藤今朝夫社長と編集の中川原徹氏に厚くお礼を申し上げたい。中川原氏の寛大な心配りのおかげで、仕事が遅れがちの私もなんとか頑張ることができた。こうして、待望のアンさんの本を、美しい装幀とともに日本の読者に紹介できる幸せを感謝申し上げる。そしてこの本を通して、大勢の読者が新しいプーの世界を見出してくださることを心から願っている。

そして最後に（本文二一六〜二一七ページより）、アンさんへ／手をたずさえていきます／美保子とわたし／この本をあなたの膝におくために／びっくりしたといって／気に入ったといって／これが見たかったのといって／これはあなたの本だから／あなたを愛しているから

二〇一八年八月

山内玲子

訳者紹介

山内玲子（やまのうち・れいこ）
津田塾大学卒業後、アメリカに留学。イギリスに９年間在住中、ケンブリッジ大学で日本語講師。帰国後、非常勤講師を経て翻訳家。主訳書に、ブリッグズ『妖精ディックのたたかい』、イェイツ／フィリップ編『妖精にさらわれた男の子――アイルランドの昔話』、キングマン『とびきりすてきなクリスマス』、バーネット『秘密の花園』、ラヴェラ『ダーウィン家の人々――ケンブリッジの思い出』（以上、岩波書店）、ブリッグズ『イギリスの妖精――伝承と文学』（共訳、筑摩書房）、共著書に小池　滋ほか『イギリス』（新潮社）など。

田中美保子（たなか・みほこ）
東京生まれ。東京女子大学で教鞭をとりながら、英語圏のヤング・アダルト文学やファンタジー文学の研究や翻訳・紹介をしている。著書に *Aspects of the Translation and Reception of British Children's Fantasy Literature in Postwar Japan*（音羽書房鶴見書店）、主訳書に、ベリー『月影の迷路』（国書刊行会）、ジンデル『アップルバウム先生にベゴニアの花を』（岩波書店）、共訳書にワトソンほか編『子どもはどのように絵本を読むのか』（柏書房）など。

グッバイ・クリストファー・ロビン
――『クマのプーさん』の知《し》られざる真実《しんじつ》

2018年8月24日　初版第1刷発行
2019年1月25日　初版第2刷発行

著者　アン・スウェイト
訳者　山内玲子・田中美保子
発行者　佐藤今朝夫
発行所　株式会社国書刊行会
〒174-0056　東京都板橋区志村1-13-15
TEL 03（5970）7421　FAX 03（5970）7427
http://www.kokusho.co.jp
印刷・製本　三松堂株式会社
装幀　真志田桐子

ISBN 978-4-336-06260-4